UN SOUDAIN MOUVEMENT DU CŒUR

BARBARA TAYLOR BRADFORD

UN SOUDAIN
MOUVEMENT
DU CŒUR

ÉDITIONS FRANCE LOISIRS

Traduit de l'américain par Michel Ganstel

Ce roman est une œuvre de fiction. Les scènes et situations décrites, autres que certains événements historiques, sont entièrement imaginaires. A l'exception des quelques personnalités connues, les protagonistes ne s'inspirent d'aucun personnage réel et sont issus de l'imagination de l'auteur. Toute similitude avec des personnes vivantes ou décédées ne serait donc que pure coïncidence.

Édition du Club France Loisirs,
avec l'autorisation des Éditions Albin Michel

Éditions France Loisirs,
123, boulevard de Grenelle Paris
www.franceloisirs.com

Titre original :
A SUDDEN CHANGE OF HEART
© Barbara Taylor Bradford, 1999

Traduction française :
© Éditions Albin Michel S.A., 1999
ISBN 2-7441-3511-9

Pour Bob, avec toute mon affection.

Avertissement de l'auteur

Deux des tableaux décrits dans ce roman n'existent pas. *Rêve de Tahiti*, de Paul Gauguin, fait partie de la collection fictive de Sigmund et Ursula Westheim, personnages imaginaires d'un de mes précédents romans victimes de l'Holocauste. Sir Maximilian West, leur fils, héritier du susdit tableau, est lui aussi un personnage imaginaire du même roman. *Jeune Marocaine en caftan rouge tenant une mandoline*, d'Henri Matisse, figure dans la collection supposée de Maurice Duval, personnage imaginaire du présent roman. Je me suis accordé la licence littéraire d'inventer ces deux tableaux pour les besoins de mon intrigue. Je ne voulais pas, en effet, nommer des œuvres réelles de Gauguin et de Matisse, dans la crainte de donner à penser que de vrais tableaux de ces artistes puissent faire l'objet d'un litige.

Barbara Taylor Bradford
New York, 1998

Prologue

Eté 1972

A SEPT ans, mince, vive, énergique, Laura Valiant était grande pour son âge. Des yeux d'un bleu éblouissant éclairaient son visage expressif, mais ses cheveux noirs coupés court et les vêtements qu'elle affectionnait lui donnaient une allure de garçon manqué. Son sempiternel « uniforme », déplorait sa grand-mère, se composait d'un jean, d'un T-shirt blanc et de tennis, blanches elles aussi, qui constituaient sa seule coquetterie. Laura tenant à ce qu'elles soient toujours immaculées – plus blanches que blanc, disait-elle –, elles s'usaient tous les jours dans la machine à laver et devaient être souvent remplacées.

C'est donc vêtue de sa tenue habituelle que Laura sortit ce matin-là de la maison de ses grands-parents. Comme à l'accoutumée, elle traversa la pelouse au pas de course vers la rivière qui coulait au bas de la propriété, située dans un vallon verdoyant près de Kent, petit village rural dans le nord-ouest du Connecticut. Emigrés en Amérique dans les années vingt, ses grands-parents avaient été si conquis par le charme de ce site, leur rappelant leur pays de Galles natal, qu'ils l'avaient acquis et baptisé du nom gallois de Rhondda Fach.

Arrivée au bord de la rivière, Laura flâna un moment sous les saules pleureurs en observant les oiseaux, dont le vallon constituait une étape favorite. Ici, une nichée de canetons barbotaient autour de la mère cane ; là, des oies du Canada picoraient dans l'herbe de la berge. La main en visière pour

13

se protéger du soleil, Laura chercha le héron bleu qui se pavanait parfois sur la rive opposée, mais l'orgueilleux échassier n'était pas au rendez-vous ce matin-là. Elle s'en consola sans peine en suivant les manèges comiques des canetons, que leur mère semblait avoir beaucoup de mal à discipliner.

Un sac de toile à l'épaule, Laura reprit son chemin en direction d'un bouquet d'arbres proche du mur de soutènement en pierres sèches. Longtemps auparavant, alors qu'il n'était lui-même qu'un petit garçon, son père avait édifié avec l'aide de ses frères une cabane dans les branches maîtresses d'un grand chêne. La cabane était toujours là et Laura, comme tous les jeunes de sa famille avant elle, en avait fait son domaine de prédilection.

Agile et vigoureuse, il ne lui fallut qu'un instant pour grimper à l'échelle de corde et se glisser dans son poste d'observation où elle s'installa commodément. En cette radieuse matinée de juillet, il était à peine plus de six heures. Personne n'était encore levé, dans la maison du moins car Tom, le gardien jardinier, s'affairait déjà près de la grange de l'ancienne ferme, Laura l'avait aperçu en traversant la pelouse. Il avait fauché le pré la veille, l'air embaumait le foin coupé. Laura huma avec gourmandise ce parfum qu'elle adorait. En fait, elle aimait tout à Rhondda Fach, qu'elle préférait de très loin à New York où elle vivait avec ses parents et son frère Dylan.

En pensant à sa famille, son visage souriant prit une expression plus grave. Chef d'orchestre, compositeur renommé, Richard Valiant, son père, était constamment en tournée dans le monde et Maggie, sa mère, l'accompagnait neuf fois sur dix. « Ces deux-là sont inséparables », disait d'un ton parfois acerbe Megan, la grand-mère de Laura. Ils étaient rarement chez eux, en effet. Et lorsque sa mère n'était pas en voyage, elle s'enfermait dans son atelier pour peindre les fleurs et les natures mortes auxquelles elle devait sa réputation. « Elle les vend bien », disait Owen, son grand-père, indulgent envers sa belle-fille.

C'est ainsi que Laura et son frère Dylan, de trois ans son cadet, étaient souvent confiés à leurs grands-parents. Laura ne s'en plaignait pas, elle avait pour eux une profonde affection. Bien sûr, elle aimait aussi ses parents ; mais si elle se sentait proche son père – quand il était présent... –, sa mère se montrait trop souvent froide et lointaine.

Laura allait remonter l'échelle de corde quand elle se ravisa. Personne ne viendrait la troubler dans sa retraite. A quatre ans, son frère n'était capable au mieux que de gravir deux ou trois échelons ; quant à son amie Claire, elle avait trop peur de tomber pour s'y aventurer. Il est vrai que l'échelle n'était guère rassurante, Laura le savait. Elle avait maintes fois proposé à Claire de l'aider à grimper jusqu'à la cabane qu'elle mourait d'envie de découvrir, mais la peur de son amie était la plus forte et l'empêchait de dépasser les premiers échelons. Malgré ses douze ans, Claire craignait beaucoup d'autres choses. Petite, menue, elle était délicate comme une poupée de porcelaine, disait d'elle la grand-mère de Laura.

En dépit de leurs différences, Claire et Laura étaient les meilleures amies du monde. Le grand-père de Laura l'avait toujours encouragée à être forte et à cultiver son goût de l'aventure. Pour développer sa confiance en elle-même, il lui avait appris à monter à cheval, à nager, à escalader les collines alentour. Il lui avait surtout enseigné à n'avoir peur de rien : « Sois toujours brave, Laura, lui répétait-il. Apprends à être forte et courageuse, à te tenir droite et à garder la tête haute en toutes circonstances. »

Au contraire de Laura, Claire fuyait l'exercice physique. Parce qu'elle avait peur de l'eau et que les chevaux la terrifiaient, elle ne savait ni nager ni monter à cheval. Mais les deux fillettes avaient tant d'autres choses à partager qu'elles

15

étaient plus intimes que des sœurs. Sous son aspect fragile, Claire avait un instinct maternel inné qu'elle dépensait sans compter sur Laura et le petit Dylan. Conteuse hors pair, elle enchantait son amie par de merveilleuses histoires nées de son imagination. Ensemble, elles inventaient aussi des saynètes dont elles se distribuaient les rôles. Aussi, dans bien des domaines, Laura vouait à Claire une sincère admiration. Claire, après tout, avait cinq ans de plus qu'elle et était plus mûre et plus instruite.

Assise en tailleur sur le plancher de la cabane, Laura sortit de son sac la bouteille de jus d'orange que Fenice, la gouvernante, laissait au frais pour elle tous les matins. Après en avoir bu une longue gorgée, elle prit son journal dans sa cachette et entreprit d'y consigner ses pensées secrètes, rituel auquel elle ne manquait jamais de sacrifier.

Le soleil déjà haut réchauffa bientôt la cabane au point de provoquer chez Laura une douce torpeur. Elle s'adossa à la paroi et, malgré ses efforts pour rester éveillée, ne tarda pas à céder au sommeil.

Combien de temps était-elle restée assoupie? Elle n'aurait su le dire lorsqu'elle se réveilla en sursaut. Avait-elle réellement entendu crier au loin, avait-elle rêvé? L'oreille tendue, elle entendit de faibles appels au secours. Elle n'avait donc pas rêvé, quelqu'un était bel et bien en danger! Laura rampa à reculons, tâta du pied le premier barreau de l'échelle de corde et descendit de son perchoir avec la célérité acquise par une longue expérience.

De plus en plus faibles, les cris cessèrent quand Laura toucha terre, mais elle avait eu le temps d'en repérer l'origine : le coude de la rivière, là où elle s'élargit au bord d'une prairie parsemée de fleurs sauvages. Elle avait aussi cru reconnaître la voix de Claire. Qui d'autre se promènerait dans la vallée à une heure aussi matinale?

Laura partit en courant dans cette direction pour ne s'arrêter qu'en découvrant un panier plein de fleurs, renversé dans l'herbe. En un tournemain, elle retira ses tennis, son jean et dévala la pente boueuse au moment où la tête de Claire émergeait de l'eau.

– J'arrive, Claire ! Tiens bon ! cria-t-elle avant de se jeter à l'eau.

Claire disparut à nouveau. Laura aspira une lampée d'air, plongea et distingua à quelques brasses son amie qui flottait entre deux eaux. Laura était grande et musclée, Claire à peine plus lourde qu'elle, de sorte qu'elle eut tôt fait de l'empoigner sous les bras et de la remonter à la surface. Mais elle commençait juste à nager vers la rive en soutenant Claire quand elle se sentit retenue sans comprendre pourquoi.

– Mon pied... J'ai un pied pris dans quelque chose au fond, parvint à bredouiller Claire.

Livide, les yeux vitreux, elle suffoquait, crachait de l'eau. Laura chercha désespérément autour d'elle comment se tirer de ce mauvais pas. Il fallait avant tout dégager le pied de Claire mais, si elle la lâchait, elle coulerait à coup sûr – et pour de bon, cette fois. Laura remarqua alors une grosse branche morte, charriée par le courant, qui reposait à demi sur la rive. En un clin d'œil, elle estima la situation : la branche était sans doute trop lourde pour qu'elle puisse la soulever, mais peut-être parviendrait-elle à tirer dessus pour la dégager de la boue et la rapprocher en la faisant flotter. Claire pourrait ainsi s'en servir comme d'une bouée pendant qu'elle irait chercher du secours.

– Il faut que je te lâche un instant, Claire...

– Non ! Non, je t'en supplie, j'ai trop peur !

– Il le faut, Claire ! Ecoute, je vais chercher cette grosse branche là-bas, pour que tu t'y accroches pendant que je dégagerai ton pied. Quand je te lâcherai, tu battras des bras et tu agiteras ta jambe libre. Tu flotteras, crois-moi. As-tu bien compris ?

Muette de terreur, Claire ne répondit pas. Laura hésita une seconde avant de la lâcher.

— Bats des bras, ordonna-t-elle, agite la jambe!

Constatant que ses mouvements désordonnés suffisaient à maintenir son amie à flot, Laura nagea aussi vite qu'elle put vers la branche, qu'elle réussit à dégager au prix de violents efforts. Puis, nageant d'un seul bras, elle remorqua la branche jusqu'à ce que Claire puisse s'y agripper. Laura en fit autant, le temps de reprendre haleine avant de plonger pour voir ce qui retenait Claire au fond de la rivière.

Elle constata alors qu'une chaussure de Claire était coincée dans un rouleau de grillage en partie déroulé qui la serrait comme les mâchoires d'un piège. Après s'être vainement efforcée de dégager le pied de Claire ou de la déchausser, elle remonta à la surface et s'appuya à la branche le temps de retrouver son souffle.

— Je vais chercher Tom pour m'aider, annonça-t-elle.

Le visage décomposé par la peur, Claire lui lança un regard implorant :

— Non! Ne me quitte pas!

— Il le faut, Claire, je n'y arriverai jamais toute seule. Ne lâche surtout pas la branche, je n'en aurai pas pour longtemps.

Laura regagna rapidement la rive, enfila à la hâte son jean et ses tennis et partit en courant vers les bâtiments de l'ancienne ferme à la recherche de Tom. Faute de le trouver et consciente qu'elle n'avait pas de temps à perdre, elle prit un sécateur dans la cabane à outils et regagna la rivière en courant. Après s'être à nouveau dévêtue à la hâte, Laura nagea le plus vite qu'elle put pour rejoindre Claire, toujours agrippée à la branche.

— Je n'ai pas trouvé Tom, dit Laura en lui montrant le sécateur. Alors, je vais plonger et découper ta tennis pour te dégager le pied.

Tremblante de froid, claquant des dents, Claire sentait ses forces décliner. Elle ne put qu'acquiescer d'un signe.

18

Laura plongea, mais la tâche se révéla vite plus ardue qu'elle ne l'avait imaginé. Elle dut s'y prendre à plusieurs reprises, en remontant à la surface entre chaque échec afin de respirer. Finalement, au bout de plusieurs tentatives, elle parvint à découper suffisamment la chaussure pour dégager le pied de Claire de son piège mortel. Quand elle refit surface, elle était hors d'haleine et proche elle aussi de l'épuisement.

– Pardonne-moi, Laura, murmura Claire en frissonnant. Je suis vraiment désolée... Tu vas bien?

Laura rassura son amie d'un signe avant de l'empoigner et de la traîner jusqu'à la rive. Trempées, transies, les deux fillettes s'affalèrent dans l'herbe en claquant des dents. Au bout d'une minute, malgré son épuisement, Laura se rhabilla puis, soutenant Claire par la taille, elle prit le chemin de la maison.

Elles allaient atteindre la porte de la cuisine quand Laura s'arrêta:

– Avant d'entrer, dis-moi exactement ce qui s'est passé. Comment es-tu tombée à l'eau?

D'une main tremblante, Claire repoussa les mèches qui lui tombaient dans les yeux.

– Je me suis trop approchée du bord en cueillant des fleurs, Laura. La rive était boueuse, j'ai glissé sans pouvoir me rattraper, j'ai paniqué, mais je ne comprends toujours pas comment j'ai pu dériver jusqu'au milieu de la rivière.

– Tu as eu de la chance que je t'aie entendue. Bonne-maman dit que cette partie-là de la rivière est dangereuse parce qu'il y a du courant et des tourbillons. Mais entrons vite, tu trembles de froid.

– Toi aussi.

Elles claquaient des dents et frissonnaient tant et plus. A leur vue, Fenice sursauta, horrifiée, les empoigna chacune par un bras et les poussa près du fourneau sur lequel elle préparait le petit déjeuner.

19

— Dieu tout-puissant! D'où sortez-vous, toutes les deux?
s'écria-t-elle. Laura, va vite chercher des grandes serviettes-
éponges dans le placard de la lingerie. Il faut tout de suite
sécher et frictionner cette pauvre Claire, elle est en moins
bon état que toi, j'en ai peur.

Laura obéit sans hésiter. Un instant plus tard, elle revint
chargée d'une brassée de serviettes.

— Allez, Claire, enveloppe-toi là-dedans et montons vite
dans la salle de bains, ordonna Fenice. Toi aussi, Laura.
Vous avez toutes les deux besoin d'une bonne douche
chaude.

Megan Valiant, la grand-mère de Laura, apparut alors sur
le seuil de la porte de communication avec la salle à manger :

— Que se passe-t-il? Que vous est-il arrivé?

— Claire cueillait des fleurs dans le pré et elle est tombée à
l'eau, à l'endroit où la rivière fait un coude, expliqua Laura.

— Je me serais noyée si Laura ne m'en avait pas sortie,
intervint Claire. Je suis désolée de causer tant de tracas,
madame.

Megan Valiant s'était figée, frappée par le souvenir d'un
autre enfant, son petit-fils Mervyn qui, dans des circonstances comparables, n'avait pas échappé à la noyade
dans le lac de New Preston. Avec un frisson, elle chassa cette
image douloureuse et tourna son attention vers Claire, dont
l'attitude à la fois contrite et craintive la déconcertait. Elle se
blottissait contre Laura comme si elle quêtait sa protection.

En trois enjambées, elle s'approcha des deux fillettes
qu'elle examina d'un regard exercé :

— Vous ne paraissez pas trop mal en point, Dieu merci,
mais vous allez tout de suite monter prendre une douche
bien chaude, comme disait Fenice. Et vous, Fenice, refaites
chauffer la bouilloire, elles auront grand besoin d'une bois-
son réconfortante quand elles se seront séchées. Le fameux
« thé du mineur » de ton grand-père vous remettra
d'aplomb, Laura, j'en réponds.

Pendant que Fenice s'exécutait avec empressement, Laura entraîna son amie vers la porte. Megan leur emboîta le pas, de plus en plus étonnée par le comportement de Claire. Que la fillette soit encore sous le coup de la frayeur était d'autant moins surprenant qu'elle ne savait pas nager. Mais pourquoi présenter des excuses ? Etait-elle en état de choc ? Megan se demanda si elle devait appeler le médecin ou emmener Claire à son cabinet. Laura était pâle elle aussi et frissonnait encore de froid, mais Megan connaissait assez sa petite-fille pour prévoir qu'elle s'en remettrait très vite.

– Tu as perdu une chaussure, Claire ? lui demanda-t-elle en montant l'escalier derrière elle.

– Elle est restée dans la rivière, bonne-maman, l'informa Laura.

– Bien. Nous irons tout à l'heure à Kent en racheter une paire.

– Ce n'est pas la peine, j'ai des sandales, se hâta de dire Claire.

– Les tennis sont plus commodes à la campagne et cela me fera plaisir de t'en faire cadeau. Et maintenant, les filles, ajouta-t-elle en arrivant sur la palier, sous la douche !

Claire entra dans la chambre bleue, où elle couchait quand elle séjournait chez son amie. Laura se dirigea vers la sienne et Megan suivit sa petite-fille.

– Enlève bien vite ces vêtements trempés et va prendre une douche brûlante, Laura. Après, tu me diras exactement ce qui s'est passé.

– Mais je te l'ai déjà dit, bonne-maman !

– Je veux le savoir en détail. Et je crois que ce serait une bonne idée de vous emmener toutes les deux chez le Dr Tomkins.

– Mais non, bonne-maman, nous n'avons rien ! protesta Laura.

– Nous verrons. En attendant, je vais chez Claire voir où elle en est et comment elle se sent.

21

Claire était encore sous la douche quand Megan entra dans sa chambre. En se retournant, son regard tomba sur le miroir pendu au-dessus de la commode ; par désœuvrement, elle s'en approcha et se pencha en avant pour étudier son reflet.

D'un geste machinal, elle lissa ses cheveux châtains, rajusta le col de son chemisier bleu ciel. Elle était très pâle, ce qui n'avait rien de surprenant, tout compte fait. La mésaventure de Claire la bouleversait, quand bien même elle n'en avait rien laissé paraître devant les filles. Laura ne lui avait pas encore relaté les détails de l'accident mais, à l'évidence, la situation aurait pu tourner au tragique. Laura n'ignorait pas que cette partie de la rivière était dangereuse ; elle avait donc sciemment pris un risque considérable en se portant au secours de Claire. A cette idée, Megan frissonna et sentit qu'elle avait la chair de poule. Le pauvre petit Mervyn n'avait pas eu autant de chance quand il était tombé dans le lac...

En attendant que Claire sorte de la douche, Megan traversa la chambre et se posta devant la fenêtre. A soixante-sept ans, Megan Morgan Valiant était encore très belle. Grande et svelte, se tenant toujours droite, elle conservait intacts le port altier et l'aisance souveraine de la star de Broadway qu'elle avait été naguère. Si, depuis quelque temps, l'aide discrète de son coiffeur se révélait nécessaire pour raviver la riche nuance noisette de sa chevelure, celle-ci n'avait rien perdu de sa luxuriance. En dépit d'un fin réseau de rides, ses traits gardaient le charme de la jeunesse ; mais ce qu'on remarquait surtout, c'était le bleu intense de ses grands yeux lumineux, dont sa petite-fille avait hérité ainsi que de sa prestance. Energique, Megan restait jeune de cœur et d'esprit. Et si, parce qu'elle l'avait décidé, sa carrière théâtrale passait désormais à l'arrière-plan, sa popularité ne s'était jamais atténuée et ses admirateurs se comptaient toujours aussi nombreux.

– Ah! Vous étiez là, madame? s'étonna Claire en sortant de la salle de bains, drapée dans une serviette. La douche m'a fait du bien. Et surtout, je me sens réchauffée.

– Nous devrions peut-être quand même aller chez le docteur...

– Non, non, je n'en ai pas besoin! l'interrompit Claire. Je vais très bien maintenant, je vous assure.

– Allons, ma chérie, dis-moi ce qui s'est passé. Pourquoi t'es-tu aventurée dans l'eau alors que tu ne sais pas nager?

– Je suis tombée, voilà tout. Je cueillais des fleurs dans le pré, j'ai glissé sans pouvoir me rattraper et je me suis trouvée entraînée vers le milieu de la rivière sans comprendre pourquoi.

– Il y a un fort courant à cet endroit, je sais. Et il est très dangereux, nous nous en méfions depuis des années. Tu as eu de la chance que Laura soit avec toi ce matin.

– Non, j'étais seule. Elle a dû m'entendre appeler au secours et elle est arrivée très vite. Elle a tout de suite plongé, mais elle n'a pas pu me sortir tout de suite de l'eau, j'avais le pied coincé dans un rouleau de grillage. Laura a dû découper ma chaussure avec un sécateur.

– Grands dieux! C'est un miracle que tu en aies été quitte pour la peur, ma pauvre chérie!

– J'ai eu beaucoup de chance que Laura m'ait entendue et soit si vite arrivée. Mais il faut que j'aille sécher mes cheveux.

Quand Claire se retourna pour regagner la salle de bains, un pan de la serviette glissa de son épaule en dévoilant son omoplate couverte de vilains hématomes jaunâtres et violacés.

– Claire! s'exclama Megan. Qu'est-il arrivé à ton dos?

Claire rajusta sa serviette à la hâte.

– J'ai dû me faire mal en tombant tout à l'heure dans la rivière, répondit-elle en rougissant.

— Voyons, Claire, ce sont des traces déjà anciennes, la reprit Megan avec douceur.

— Euh... Je suis tombée de bicyclette l'autre jour à Central Park.

Et Claire s'engouffra dans la salle de bains.

Quelques minutes plus tard, Megan rejoignit à la salle à manger son mari, qui prenait son petit déjeuner arrosé de « thé du mineur », son breuvage favori, très fort et très sucré.

— Je suis déjà au courant, dit-il quand elle entra. Fenice m'a tout raconté. Elles s'en tirent sans trop de mal, n'est-ce pas ?

— Oui. Mais je frémis en pensant que cette pauvre Claire aurait pu se noyer sans Laura.

— Elle est forte et dégourdie, notre Laura. Dieu merci, elle a eu la présence d'esprit de sauter tout de suite à l'eau pour sauver Claire plutôt que d'appeler Tom ou de courir me chercher ici. Comment le pied de Claire a-t-il pu se prendre dans un rouleau de grillage ? Dieu sait ce qu'il faisait dans la rivière ! Je demanderai tout à l'heure à Tom de l'en sortir, l'endroit est assez dangereux sans cela. Et j'exigerai de Claire qu'elle apprenne enfin à nager, ajouta-t-il. Laura et moi lui donnerons des leçons dans la piscine.

— C'est une bonne idée, en effet.

Voyant la mine songeuse de Megan, Owen marqua une pause.

— Je sais à quoi tu penses, ma chérie, dit-il enfin. Ce triste incident te rappelle notre pauvre petit Mervyn, n'est-ce pas ?

— C'est vrai... Je crois que je vais prendre une tasse de ton thé, enchaîna-t-elle en se forçant à sourire. Je ne l'apprécie guère en temps normal, mais avec ce qui vient de se passer, j'ai besoin d'un remontant.

— Je me réjouis que tu reconnaisses enfin ses mérites ! dit Owen en riant. Je me félicite surtout, poursuivit-il en reprenant son sérieux, d'avoir aidé Laura à se développer physiquement. Cela lui a déjà servi dans le passé et lui sera sans doute plus utile encore à l'avenir.

— Laura n'a jamais eu froid aux yeux, Owen, même quand elle était toute petite. Et elle sait réfléchir et réagir vite.

— De toute façon, elle adore Claire. Quoi qu'il arrive, elle volera toujours à son secours.

— Je sais, répondit pensivement Megan.

Un soupir lui échappa.

— Qu'y a-t-il? s'étonna Owen. Tu parais troublée, tout à coup.

— Le dos de Claire est couvert de traces de coups déjà anciennes.

— Quoi? s'exclama Owen.

— Je les ai vues quand elle est sortie de la douche. Elle prétend avoir fait une chute de bicyclette dans Central Park.

— Et tu ne l'as pas crue?

— Je ne sais trop que croire, Owen.

— Les Benson m'ont toujours semblé bizarres, bougonna Owen. Mais enfin... elle peut avoir vraiment fait une chute.

— Oui, bien sûr.

Megan marqua une pause.

— J'espère, poursuivit-elle, que nous vivrons assez longtemps pour veiller sur Laura et Claire, Owen. Pour être prêts quand elles auront besoin de nous.

Il tendit la main, serra celle de sa femme avec tendresse.

— Moi aussi, ma chérie. Mais n'oublie pas : ces deux filles ne seront jamais seules au monde. Elles s'épauleront toujours l'une l'autre.

Première partie

Hiver 1996

1

QUAND elle venait à Paris pour affaires, Laura Valiant ne manquait jamais d'aller passer quelques heures au musée d'Orsay.

L'occasion se présenta ce jour-là. N'ayant pas de rendez-vous après un déjeuner au Relais-Plaza avec un marchand de tableaux, elle prit rapidement congé en promettant de lui faire signe dès que possible pour le Matisse qu'il proposait. Sur le trottoir de l'avenue Montaigne, elle releva son col en frissonnant. Il n'y avait pas de taxi à la station devant l'hôtel ni aucun en vue. Plutôt que d'attendre dans le froid humide de cette journée de décembre, elle préféra faire le trajet à pied.

Laura était entièrement vêtue de noir, de son manteau à son tailleur et à ses fines bottes de cuir. Ses cheveux noirs coupés court accentuaient la pâleur de son visage, dans lequel le bleu de ses yeux prenait un éclat surnaturel. Grande, svelte, beaucoup plus jeune d'allure que ses trente et un ans, elle attirait les regards masculins qui s'attardaient avec admiration sur son passage.

Absorbée dans ses réflexions, Laura marchait d'un bon pas sans prêter attention aux hommages les plus appuyés. Elle ne se souciait pas davantage du plafond de nuages gris, qu'un timide soleil hivernal s'efforçait en vain de percer par endroits. Pour elle, que le temps soit radieux ou lugubre, Paris serait toujours une ville pleine de souvenirs heureux... ou nostalgiques.

29

C'est à Paris qu'elle avait vécu à dix-huit ans son premier amour. Oh! avec quelle passion elle l'avait aimé, avec quel bonheur elle lui avait fait don de sa virginité! C'est à Paris encore qu'elle avait subi son premier vrai chagrin, quand il lui avait froidement signifié un beau matin que tout était fini entre eux et l'avait quittée sans un regard, la laissant assommée de douleur. C'est à Paris enfin qu'elle avait été pour la première fois saisie des affres de la jalousie quand, lui rendant visite quelques jours plus tard dans l'espoir de le reprendre, elle l'avait trouvé au lit avec une autre fille.

Mais parce qu'il y a dans la jalousie plus d'amour-propre que d'amour, écrivait La Rochefoucauld, elle s'était souvenu de ces sages paroles et s'en était fait une règle de conduite. Ses blessures pansées, elle était à nouveau tombée amoureuse alors qu'elle s'en croyait à jamais incapable et avait découvert comme par miracle, du moins lui sembla-t-il sur le moment, que le monde fourmillait de jeunes gens séduisants... et plus souvent disponibles qu'elle n'osait l'imaginer.

C'est sa mère qui l'avait amenée pour la première fois à Paris quand elle avait douze ans. Conquise d'emblée par le charme de la ville, elle y était revenue à dix-huit ans suivre des cours d'histoire de l'art à l'école du Louvre et de littérature contemporaine à la Sorbonne. Pendant ses deux années d'études, elle avait appris à connaître Paris, voire plus intimement que New York, sa ville natale.

Tant sous les giboulées de printemps que sous la chaleur étouffante de l'été ou la neige hivernale, Paris restait aux yeux de Laura la plus belle ville du monde.

Mais de quelque manière qu'on la qualifiât, ville lumière, paradis des amoureux, cité de la joie, patrie des arts et des artistes, la magie de Paris exerçait sur Laura une fascination que ni le temps ni l'habitude ne pouvaient amoindrir.

Laura voyait surtout en Paris la patrie des arts et des artistes. Les plus grands peintres des dix-neuvième et vingtième siècles n'y avaient-ils pas vécu et créé leurs chefs-d'œuvre ? Quelles qu'aient été leurs origines, ils étaient venus du monde entier donner ici libre cours à leur génie. Gauguin, Van Gogh, Renoir, Manet, Degas, Monet, Pissarro, Cézanne, Matisse, Vuillard, Sisley, Seurat, tous ces impressionnistes et post-impressionnistes, dont elle admirait les œuvres et dont elle était devenue experte, avaient convergé sur Paris, ou s'y étaient côtoyés, à un moment ou à un autre de leurs fulgurantes carrières.

Le monde de l'art était le sien et l'avait été aussi loin que remontaient ses souvenirs. Maggie Valiant, sa mère, peintre renommée formée au Royal College de Londres et à l'école des Beaux-Arts de Paris, lui avait légué sa passion de la peinture. Laura était toutefois la première à admettre qu'elle ne possédait ni le talent de sa mère ni sa vision de peintre. Aussi, dès l'adolescence, avait-elle compris qu'il valait mieux se consacrer au service de l'art plutôt que de s'y essayer et de végéter dans la médiocrité. A la fin de ses études en France, elle avait donc travaillé dans quelques galeries parisiennes avant de regagner les Etats-Unis. De retour à New York, elle avait complété sa formation pratique dans des galeries avant de passer quatre années particulièrement enrichissantes au Metropolitan Museum of Art.

Un de ses supérieurs du musée, impressionné par la sûreté de son coup d'œil, son expérience et l'étendue de ses connaissances, l'avait encouragée à embrasser la profession de conseiller artistique. C'est ainsi qu'à l'âge de vingt-huit ans, elle s'était associée à l'une de ses amies et collègues du Met, Alison Maynard, pour fonder leur propre entreprise sous la raison sociale « Art Acquisitions ». En parfaite coopération, Alison et elle conseillaient des clients fortunés souhaitant se constituer une collection et achetaient des œuvres pour leur compte. Laura adorait son métier, qui comptait pour elle plus que tout au monde, en dehors de sa famille et de Doug, son mari.

Venue à Paris afin d'acquérir des œuvres pour un magnat de la presse canadienne, elle n'avait malheureusement encore rien trouvé qui convienne à son client. Elle était donc convenue par téléphone avec Alison de prolonger son séjour et de poursuivre ses recherches. Ayant pris plusieurs rendez-vous dans le courant de la semaine à venir, elle espérait ne pas rentrer bredouille.

Laura arriva bientôt à l'entrée du musée, le cœur battant comme à chacune de ses visites. Là, à quelques pas, se trouvaient certaines de ses œuvres de prédilection. Il y avait peu de visiteurs ce jour-là, ce qui accrut son plaisir car elle avait horreur de la bousculade des touristes, dont les commentaires parfois ineptes lui gâchaient sa contemplation.

D'un pas alerte, elle se dirigea d'abord vers la salle des Renoir et se posta longuement devant un *Torse de femme au soleil*. Peint en 1875, il était si frais, si lumineux qu'on l'aurait cru créé de la veille. Laura ne se lassait jamais d'admirer les nuances nacrées de la peau du modèle, se détachant dans l'ombre bleutée des feuillages qui l'entouraient. A ses yeux, Renoir trempait son pinceau dans la lumière plutôt que dans la peinture. Le plus sensuel des impressionnistes savait comme nul autre rendre sensibles les pulsations de la vie.

Laura s'arrêta ensuite devant *Le Moulin de la Galette*, tableau débordant de gaieté, de jeunesse, de mouvement. Comment, se demanda-t-elle pour la énième fois, Renoir avait-il réussi à capturer cet élément immatériel qu'est la simple joie de vivre?

Elle s'attardait à détailler les visages souriants des danseurs et les reflets des lampions sur les bosquets quand elle sursauta :

– Laura? Quelle bonne surprise!

Elle se croyait pourtant seule. Agacée, elle se retourna, se figea. Un homme s'approchait, sourire aux lèvres.

– Voyons, Laura, vous ne reconnaissez plus les vieux amis? Philippe Lavillard.

Laura réprima une grimace de contrariété et effleura à regret la main qu'il lui tendait. Philippe ne lui avait jamais causé que des problèmes. Pourquoi le hasard lui imposait-il sa présence importune?

– Je vous croyais au Congo, dit-elle en se demandant comment se débarrasser de lui au plus vite. Claire m'a dit que vous étiez fixé en Afrique pour un certain temps.

– C'est exact. Je ne fais qu'une brève escale de quelques jours à Paris avant de poursuivre vers les Etats-Unis, où je dois rencontrer les chercheurs du CDC.

– Le... CDC?

– Le Center for Disease Control d'Atlanta, vous savez? Le centre de recherches sur les maladies virales et épidémiques.

– Oui, en effet. Claire m'avait dit que vous travailliez sur le virus Ebola, je crois.

– Et quelques autres, tout aussi dangereux. Vous comptez séjourner longtemps à Paris, Laura?

– Non.

– Et comment va ce cher Doug?

– Très bien, merci, répondit-elle sèchement.

Puis, sans transition, Lavillard se tourna vers le tableau :

– Ce *Moulin de la Galette* est un de mes préférés. Il déborde de vie, d'optimisme. L'espoir brille dans ces regards, la gaieté illumine ces visages. Il en émane une sorte de naïveté candide qui...

Il s'interrompit, lança un coup d'œil sur sa droite. Laura suivit son regard et reconnut la femme boulotte, d'âge mûr, vêtue sans recherche, qui s'approchait d'un pas mesuré. Rose Lavillard, la mère de Philippe, les rejoignit en dévisageant Laura avec curiosité.

– Tu te souviens de Laura Valiant, n'est-ce pas mère?

33

La curiosité de Mme Lavillard se mua aussitôt en une hostilité à peine déguisée.

— Ah oui, en effet. Bonjour.

Laura n'avait pas oublié leur dernière rencontre, le jour du mariage. Elle dut prendre sur elle pour répondre poliment :

— Bonjour, madame. Nous ne nous sommes pas vues depuis bien longtemps. Vous vous portez bien, j'espère ?

— Oui, merci. Vous êtes en vacances à Paris ?

— Non, en voyage d'affaires.

— Laura est conseillère artistique, intervint Philippe. Elle expertise et achète des œuvres d'art pour des collectionneurs.

— Bien, bien. Vous aimez Renoir, sans doute ?

— Beaucoup. Je passe toujours quelques heures au musée d'Orsay quand je viens à Paris.

— Vous avez raison, il renferme tant de chefs-d'œuvre. Le spectacle de la beauté nous console de la laideur et de la barbarie du monde qui nous entoure. Aimez-vous aussi Van Gogh ?

— Bien sûr. Ainsi que Degas, Cézanne, Gauguin...

— Ses bons sauvages sont trompeurs, l'interrompit Rose Lavillard. Ils sont beaucoup plus compliqués qu'il ne leur en donne l'air. Comme la plupart des gens, d'ailleurs, ajouta-t-elle avec une sorte de ricanement. Ainsi, vous appréciez les impressionnistes ?

— Ils font partie de mon domaine d'expertise, avec les post-impressionnistes.

— Je les aime aussi. Si j'avais de l'argent, je collectionnerais leurs œuvres. Mais je ne suis qu'une pauvre femme sans fortune et je dois me contenter de les admirer dans les musées.

— Comme la majorité des gens, mère, lui fit observer son fils.

— Peut-être... Admirez vos Renoir.

Sur quoi, Mme Lavillard se détourna et s'éloigna sans un salut. Philippe fit à Laura un sourire gêné :

– Il faut que je vous quitte. Ravi de vous avoir revue, Laura. A bientôt, j'espère.

Laura se contenta d'un bref signe de tête. Elle suivit un instant du regard les Lavillard qui s'éloignaient avant de revenir à sa contemplation des Renoir. Mais cette rencontre lui avait gâché son plaisir en ravivant trop de mauvais souvenirs qu'elle aurait préféré laisser à jamais enfouis au plus profond de sa mémoire. Enervée, mal à l'aise, elle ne pouvait plus accorder d'attention à ses tableaux bien-aimés. Elle répugnait aussi à écourter sa visite du musée, où elle n'aurait sans doute pas l'occasion de revenir avant son départ.

Dans l'espoir de se ressaisir, elle alla s'asseoir sur une banquette à l'autre bout de la salle et ferma un instant les yeux. Mais les Lavillard refusaient de s'effacer de son esprit. Plus elle s'efforçait de ne plus penser à eux, plus les souvenirs lui revenaient.

Quelle femme étrange, cette Rose Lavillard! Claire ne lui avait-elle pas appris, des années auparavant, qu'elle avait été internée dans un hôpital psychiatrique? Rose avait eu, il est vrai, une existence à tout le moins difficile. Son enfance pendant la guerre, la perte de toute sa famille dans un bombardement, son mariage malheureux avec Pierre Lavillard, son départ dans les années cinquante pour les Etats-Unis où Philippe était né. Philippe, son fils unique, sa joie et sa fierté. Philippe, le médecin célèbre couvert d'honneurs, le génie de la virologie unanimement acclamé par ses pairs. Un jour, dans un accès de colère et de ressentiment, Claire avait dit que Rose était folle à lier et qu'elle n'aurait jamais dû être relâchée de l'hôpital psychiatrique...

Mieux valait penser à sa chère Claire Benson. Sa meilleure amie, sa confidente. La sœur aînée qu'elle n'avait jamais eue. Claire vivait à Paris depuis des années, ce qui donnait à Laura une raison de plus d'y revenir souvent. Pour le plaisir de revoir Claire et de passer avec elle ne serait-ce que quelques heures.

Laura rouvrit les yeux et se leva, décidée à chasser une fois pour toutes de son esprit les Lavillard, mère et fils. Il ne lui fallut qu'une minute pour mettre sa résolution en pratique et savourer le spectacle des merveilleux tableaux qui lui rafraîchissaient l'âme.

Elle se croyait de nouveau seule quand elle sentit qu'on lui prenait le bras et, à sa stupeur, reconnut Claire.

— Que fais-tu là? s'exclama-t-elle, angoissée à l'idée que son amie eût pu rencontrer les Lavillard.

— Tu m'avais dit que tu irais au musée après le déjeuner, l'idée m'est venue de t'y rejoindre. Mais qu'y a-t-il? Tu as l'air bizarre.

— Non, rien, tout va bien. Tu m'as surprise, voilà tout.

Laura sourit, soulagée de constater que le visage de Claire n'affichait aucun signe de détresse.

— D'ailleurs, dit Claire en lui prenant le bras, j'aime voir des œuvres d'art à travers ton regard. Je les apprécie cent fois mieux.

Quelques instants plus tard, Laura marqua une pause devant un tableau qu'elle considéra en silence, l'air pensif. Toujours sensible aux humeurs de son amie, Claire s'en étonna :

— A quoi penses-tu?

— Je me suis souvent demandé si, parmi tous ces tableaux, il y en a qui ont été volés. Et combien.

— Volés? s'écria Claire. Que veux-tu dire?

— Les nazis ont pillé des dizaines de milliers d'œuvres d'art pendant la guerre et on en retrouve aujourd'hui une partie dans les musées du monde entier. Pour la plupart, ces tableaux proviennent de grandes collections privées, celles des Rothschild, des Kahn, du célèbre marchand Paul Rosenberg, de bien d'autres encore.

— J'ai lu quelque chose à ce sujet il y a quelque temps. Il est sans doute difficile aux héritiers des propriétaires spoliés de faire valoir leurs droits et de récupérer leurs biens, faute de preuves irréfutables.

— C'est exact. Tant de documents ont disparu pendant la guerre, quand ils n'ont pas été détruits par les nazis eux-mêmes pour mieux brouiller les pistes! Presque tous les musées connaissent l'origine réelle des œuvres qu'ils possèdent et se gardent bien d'en faire état. C'est scandaleux, mais essaie de décider un conservateur de musée à se dessaisir d'une œuvre... Mission impossible! Depuis quelque temps, certains commencent quand même à avoir mauvaise conscience.

— Les anciens propriétaires ou leurs héritiers ne peuvent-ils poursuivre ces musées en justice?

— En principe, oui, à condition de produire les preuves que tel ou tel tableau leur appartient. Et même dans ce cas, il est douteux qu'ils obtiennent gain de cause.

Claire réfléchit un instant :

— Hector est au courant d'une affaire de ce genre, je m'en souviens maintenant. Un de ses clients est l'héritier d'une famille juive spoliée par les nazis, en 1938 je crois.

— Ah, oui? Tu sais de qui il s'agit?

— Non, il ne me l'a pas dit.

— Il n'y a pas que les musées, tu sais. Une bonne partie de ces œuvres volées se trouvent dans des collections privées et sont encore plus difficiles à récupérer. Tâche donc de faire restituer un tableau par quelqu'un qui l'a payé des millions! Mais tout cela commence à se savoir et il y aura bientôt des problèmes, j'en suis convaincue.

— Hector disait exactement la même chose il n'y a pas longtemps. Tu devrais peut-être lui en parler.

— Volontiers.

— Nous pourrions le voir ce week-end, si tu veux. Au fait, un de tes clients revendique-t-il une de ces œuvres volées?

— Pas pour le moment, mais cela se produira peut-être un jour.

Les deux amies poursuivirent leur visite en silence. Elles se connaissaient et se comprenaient si bien depuis leur enfance que la parole, entre elles, était superflue.

Toujours inquiète pour son amie, Laura l'observait du coin de l'œil. Depuis qu'elle vivait à Paris, Claire avait acquis un chic typiquement français. Ce jour-là, comme tous les jours, elle était habillée avec une élégance raffinée, dépourvue d'ostentation, qui mettait sa beauté en valeur. Laura admirait son style et son aisance naturelle.

Au bout d'un moment, Claire s'arrêta pour consulter sa montre.

— Il est temps que je retourne au studio. J'organise une série de prises de vue pour le magazine, comme tu le sais, et Hector doit venir tout à l'heure vérifier si rien ne cloche dans un de mes décors. Je ne pourrais pas me passer de ses conseils.

— Il est devenu pour toi un ami fidèle, n'est-ce pas ?

— Bien sûr, mais pas mon *meilleur* ami. Je n'en ai qu'un, une devrais-je dire, toi, Laura. Personne ne prendra jamais ta place dans mon cœur.

Touchée, Laura lui étreignit le bras :

— Ni toi dans le mien, Claire.

Laura entendit la sonnerie du téléphone malgré le bruit de l'eau qui coulait dans la baignoire. Elle tendit le bras et décrocha le récepteur mural de la salle de bains.

— Bonjour, ma chérie ! dit une voix familière.

— Doug, c'est toi ? Bonjour, mon chéri.

Elle s'assit sur le tabouret de la coiffeuse où sa montre était posée. Six heures du soir, il était donc midi à New York.

— Je t'ai appelée cet après-midi, mais tu n'étais pas encore rentrée. Je dois déjeuner dans quelques minutes avec un client et je voulais te joindre avant que tu sois de nouveau sortie.

— La communication est si nette que je te croirais dans la pièce à côté ! s'écria Laura, heureuse d'entendre la voix de son mari.

— Je le voudrais bien, figure-toi.

— Et moi, donc... Ecoute, pourquoi ne viendrais-tu pas passer le week-end avec moi ? On est demain vendredi, tu pourrais prendre un vol en fin de journée. Cela me ferait tant plaisir, Doug !

— Moi aussi, ma chérie, répondit-il d'un ton soudain changé, mais c'est malheureusement impossible. C'est d'ailleurs une des raisons pour lesquelles je t'appelle. Je dois partir demain pour la côte Ouest discuter avec les avocats d'Aaronson International. Après des mois de tergiversations, la fusion est enfin décidée.

— Vraiment ? C'est plutôt inattendu, non ?

— Tout à fait. Mais je n'y peux rien, on compte sur moi là-bas.

— Eh bien, tant pis, soupira-t-elle. Je me ferai une raison.

— J'en suis autant désolé que toi, ma chérie, crois-moi. Quand penses-tu être de retour à New York ?

— J'ai des rendez-vous jusqu'au milieu de la semaine prochaine, je ne pourrai donc pas rentrer avant jeudi ou vendredi.

— Bon, je peux donc compter que tu seras là le week-end prochain et je serai revenu moi aussi. Je n'ai pas l'intention de traîner là-bas plus longtemps qu'il ne faudra.

— Où descendras-tu ?

Doug s'éclaircit la voix avant de répondre :

— Au Peninsula à Beverly Hills, comme d'habitude.

— Doug chéri ?

— Oui ?

— Tu m'as beaucoup manqué cette semaine, tu sais ?

39

— Toi aussi, Laura. Mais nous nous rattraperons bientôt. Tu connais le proverbe : l'absence attise les flammes de l'amour.

— Peut-être, dit Laura en riant. En tout cas, je préférerais être avec toi en ce moment. Mes flammes flamberaient beaucoup plus fort.

— Ne retourne pas le couteau dans la plaie! répondit-il en riant à son tour. Mais l'heure tourne, il faut que j'y aille, ma chérie.

— Quand pars-tu? Demain?

— Je prends le vol de neuf heures du matin. Les conférences commenceront aussitôt, j'aurai donc à peine le temps de déposer mes bagages à l'hôtel. Je te téléphonerai dès que j'aurai une minute.

— J'attendrai ton coup de fil avec impatience. Au revoir, mon chéri. A demain.

— A demain, Laura. Je t'embrasse très, très fort.

Détendue par la chaleur de l'eau, Laura lézarda dans la baignoire plus longtemps que d'habitude en pensant à son mari.

A vingt-cinq ans, elle avait épousé Douglas Casson qui était de deux ans son aîné. Ils étaient faits l'un pour l'autre, comme allait le prouver l'harmonie de leur vie conjugale. Ils s'entendaient sur tout — sauf que, depuis quelque temps, Doug travaillait beaucoup trop.

Cette pensée fit sourire Laura : n'en disait-il pas autant sur elle? De fait, Doug se plaisait à répéter qu'ils étaient l'un et l'autre des « drogués du travail ». C'était vrai, mais Laura n'appréciait pas le sous-entendu malsain qu'impliquait l'expression. Qu'ils aiment tous deux leurs professions respectives, soit. Mais pas jusqu'à l'obsession!

Claire avait beau prétendre que la capacité de travailler dur et longtemps comptait plus que tout parce que c'était un

40

signe de maturité, Laura n'était pas d'accord. Pour elle, l'amour comptait au moins autant, sinon davantage. Selon Colette, un de ses auteurs préférés, l'amour et le travail tiraient seuls à conséquence dans la vie. Laura approuvait ce point de vue sans réserve, alors que Claire ne croyait plus à l'importance de l'amour parce qu'elle en avait trop souffert. « Je m'y suis brûlée au troisième degré, disait-elle, et il m'a fallu trop longtemps pour en guérir. Maintenant, je me suis constitué une carapace qui me protège. Rien ni personne ne pourra plus me faire de mal. »

L'affection de Laura pour Claire se doublait d'une immense compassion pour les épreuves qu'elle avait endurées. Si elle savait que Claire était à vif, vulnérable au moindre choc, Laura n'en déplorait pas moins que son amie refuse d'ouvrir à nouveau son cœur et son âme à l'amour et se renferme dans sa coquille, par peur de s'exposer à de nouveaux coups du destin.

Pour Laura, la vie d'une femme était vouée à la stérilité sans un amour pour l'enrichir, sans un homme à aimer. Mais quand il lui arrivait d'aborder le sujet avec Claire, celle-ci se bornait à répondre : « J'ai Natacha, personne d'autre ne compte pour moi. Elle est toute ma vie, je n'ai pas besoin de m'encombrer d'un homme. » Une fille de quatorze ans suffit-elle à combler une vie ? se demandait souvent Laura. Sûrement pas celle d'une femme aussi pleine de cœur, passionnée, intelligente que l'était Claire. Laura n'avait jamais eu d'amie plus proche, plus chère. Elle aimait Claire plus que quiconque au monde, même si elle vivait le plus souvent loin d'elle, parce qu'elle la connaissait littéralement depuis toujours.

Elle avait cinq ans lorsque Claire et ses parents, Jack et Nancy Benson, étaient devenus les voisins de palier de ses parents dans leur charmant vieil immeuble de Park Avenue, au coin de la 86e Rue. Laura avait voué à Claire une admira-

41

tion immédiate, comme une enfant de cinq ans peut tomber amoureuse d'une « grande » de dix ans. Dès le début, elle avait tenté d'égaler son idole. Puis, lorsque leurs deux familles eurent noué des relations, Claire avait pris Laura et Dylan sous son aile pour devenir à la fois mentor, amie et confidente.

Débordée par Dylan, qui n'était encore qu'un insupportable gamin de deux ans, la nurse des jeunes Valiant accueillit avec soulagement l'assistance bénévole que lui apportait Claire. Fille unique, Claire réalisait ainsi son rêve d'appartenir à une vraie famille dont Megan et Owen Valiant, les grands-parents de Laura, contribuaient à agrandir le cercle par leur présence constante.

Chacun à sa manière traitait donc Claire comme un membre à part entière de la famille. Laura alla à la même école que sa sœur d'adoption et leurs liens continuèrent à se resserrer, jusqu'à ce que leurs cinq ans de différence s'estompent au point de s'effacer complètement. Adolescentes, puis jeunes femmes, elles restèrent aussi inséparables que dans leur enfance. Faute d'être sœurs par le sang, elles l'étaient véritablement par le cœur et l'esprit.

Claire s'était mariée jeune, à vingt et un ans. Natacha, sa fille, était venue au monde un an plus tard et, deux ans après sa naissance, la famille était allée s'établir à Paris. Rien cependant, ni mari ni enfant, ni même l'éloignement, ne pouvait altérer leur amitié : leurs liens étaient trop étroits, leur affection trop profonde. Ainsi que Claire l'affirmait volontiers, elles seraient toujours sœurs quoi qu'il arrive.

Sept ans auparavant, par malheur, l'existence de Claire avait tourné au drame. Son ménage, qui battait de l'aile depuis un certain temps, avait sombré dans un divorce douloureux ; ses parents étaient morts peu après, à quelques semaines l'un de l'autre. Pour comble d'infortune, Natacha avait été grièvement blessée dans un accident d'automobile.

Grâce à Dieu et aux soins vigilants prodigués par Claire, elle s'en était remise. Mais que d'épreuves subies en si peu de temps, presque coup sur coup...

Laura s'ébroua et émergea enfin de la baignoire. Un coup d'œil à sa montre sur la coiffeuse la fit sursauter : elle aurait dû être prête depuis longtemps au lieu de rêvasser ! Elle allait maintenant devoir mettre les bouchées doubles.

2

— Vous n'aimez pas la disposition de la pièce, Hector?
s'inquiéta Claire, une main sur le dossier d'un fauteuil Louis XV. Ces sièges ne conviennent pas? La couleur
des tapisseries, peut-être? Soyez franc! Vous trouvez ma
décoration ratée, n'est-ce pas?

Hector Junot pouffa de rire :

— Allons, Claire! Vous plaisantez, j'espère?

— Pas du tout, je suis très sérieuse.

— Eh bien, en toute franchise, vous avez réussi une décoration superbe. Vous avez un goût parfait. L'accord entre les
meubles, les tissus, le tapis d'Aubusson est irréprochable.
Mais...

— Ah, je le savais! Il y a un *mais*...

— Mais la pièce n'est pas tout à fait finie, ma chère Claire,
poursuivit-il. Une décoration est incomplète sans...

— Sans tableaux aux murs, enchaîna-t-elle en souriant. Je
sais qu'il faut des tableaux, Hector, mais lesquels? De quel
style? C'est précisément la raison pour laquelle je vous ai
demandé de venir critiquer ce décor : j'ai besoin de vos
conseils. Dois-je prévoir un Gauguin? Un Renoir? Un
Picasso, peut-être, ou une œuvre encore plus moderne? Ou
bien quelque chose de résolument ancien, une paire de vues
de Venise de Canaletto, par exemple?

— Un Van Gogh ou un Gauguin ajouterait de la force au
décor, mais vous n'en avez pas besoin dans le cas présent.
Canaletto jurerait avec les harmonies de couleurs que vous

44

avez créées. Il vous faut des tons qui s'accordent à l'atmosphère de quiétude que vous avez réussi à suggérer. De plus, votre agencement confère à la pièce une sensation d'espace, de lumière. Tout bien considéré, je pencherais pour un Renoir. Oui, décidément, c'est un Renoir qu'il vous faut, ajouta-t-il après un nouveau coup d'œil autour de lui.

— Ce serait parfait, je suis d'accord. Mais où trouver un Renoir ? Qui accepterait de m'en prêter un le temps de la séance de photos ? Les gens qui en possèdent n'aiment guère les perdre de vue ou les sortir de leur coffre-fort, vous le savez mieux que moi.

— Il n'est pas impossible que je vous en déniche un. Il y a quelques mois, on m'en a montré un qui était à vendre. J'ignore s'il a été vendu depuis, je l'avoue.

— S'il ne l'est pas encore, le propriétaire consentirait-il à me le prêter, à votre avis ?

— Sans doute, c'est une de mes amies et ancienne cliente. Si elle l'a encore, elle me le prêtera sans difficulté pour quelques heures. A cause de sa valeur, il sera bien entendu hors de question de le laisser au studio pendant la nuit.

— Et moi, je ne voudrais à aucun prix l'y laisser, à moins de coucher à côté. La responsabilité me ferait frémir ! De toute façon, nous prendrons une assurance couvrant le transport et les prises de vue. Quand pourrez-vous en parler à votre amie ?

— Je lui téléphonerai dès ce soir, si vous voulez.

— Vous savez que je dois préparer mes articles trois ou quatre mois à l'avance. Celui-ci sortira dans le numéro de mars et une des photos sera en couverture.

— Raison de plus pour décider mon amie à vous prêter son Renoir. Paraître en couverture d'un magazine comme le vôtre pourrait décider un acheteur encore inconnu. Ou faire monter les enchères.

— Bien vu ! Comment est-il, ce tableau ? Question idiote ! ajouta-t-elle en souriant. Un Renoir est un Renoir.

45

– Il n'a pas peint que des chefs-d'œuvre, vous savez! répliqua Hector en riant. Mais celui-ci en est un. Je vous préviens cependant que c'est un petit format. Il ne pourrait être accroché qu'au-dessus de la cheminée ou de cette console. Il vous faudra un tableau plus grand au-dessus du canapé.

– Je suis parée de ce côté-là, mon assistante a trouvé un Seurat. Une des galeries avec lesquelles nous travaillons accepte de nous le prêter.

– Bien, Seurat ne jurera pas avec Renoir. Je vous appellerai demain, quand j'aurai parlé à mon amie. Et maintenant, ma chère Claire, il faut que je m'en aille, poursuivit-il en prenant son pardessus posé sur le dossier d'une chaise. Je dois retourner au bureau. Voulez-vous que je vous conduise au magazine ou restez-vous encore un peu?

– Non, j'ai fini pour aujourd'hui. Juste un mot à dire à l'équipe qui travaille sur un autre plateau. Si cela ne vous impose pas un détour, pouvez-vous me déposer au Plaza-Athénée?

– Avec plaisir, ma chère petite.

Claire avait fait la connaissance d'Hector Junot au cours d'un dîner en ville douze ans auparavant, peu après son arrivée à Paris. La jeune Américaine inconnue et le célèbre architecte d'intérieur s'étaient d'emblée découvert des atomes crochus. Conquis par son irrévérence et son sens de l'humour, sa connaissance des arts et des antiquités, sa verve de journaliste pour raconter une histoire, il avait trouvé en Claire la voisine de table la plus intéressante et la plus distrayante qu'il lui avait été donné de rencontrer depuis des années.

Agé désormais de soixante-seize ans, Hector Junot jouissait d'une réputation mondiale qui le plaçait à l'égal des plus grands de la profession. A l'originalité de ses conceptions, il joignait une expertise unanimement reconnue du mobilier français classique ainsi qu'une connaissance des peintres impressionnistes et post-impressionnistes, Van Gogh et Gauguin en particulier, à laquelle les collectionneurs privés et les conservateurs des plus grands musées faisaient souvent appel.

Paradoxalement, plus il avançait en âge, plus ses activités se développaient. Tous ceux qui appréciaient le style unique et l'élégante somptuosité de ses décors intérieurs – surtout s'ils disposaient des moyens considérables nécessaires à l'acquisition des meubles et objets d'art de très haute qualité qu'il préconisait – s'arrachaient littéralement ses services... et devaient s'armer de patience.

Lorsqu'elle avait fait sa connaissance, Claire se trouvait à un tournant de sa carrière. Sans vouloir délaisser son métier de journaliste, elle se sentait plus que jamais attirée par le monde des arts plastiques et décoratifs. Lors de leur première rencontre au cours de ce dîner, elle s'était confiée à Hector en lui exposant ses hésitations sur l'orientation à donner à sa vie professionnelle. Séduit par sa personnalité, impressionné par ses qualités, Hector avait alors décidé de l'aider de son mieux à résoudre son dilemme. Dès le lendemain matin, il avait discrètement pris des contacts utiles et réussi à lui obtenir un poste de rédactrice dans un magazine d'art et de décoration de portée internationale. Claire y débutait au bas de l'échelle, certes, mais son talent et son énergie allaient la propulser au sommet de la hiérarchie : elle occupait depuis quatre ans le poste de rédacteur en chef. Hector Junot ne pouvait que se réjouir du brillant succès de sa protégée.

Leur amitié s'était renforcée au fil des ans. Claire se fiait aveuglément à son jugement et ne manquait jamais d'avoir recours à ses conseils lorsqu'elle nourrissait un doute ou une hésitation sur l'un de ses projets. Tel avait été le cas ce jour-là. Un soudain manque de confiance dans la composition de son décor, une indécision inaccoutumée quant aux tableaux destinés à compléter l'ensemble l'avaient incitée à inviter Hector à venir juger son travail.

L'ensemble avait néanmoins produit sur Hector Junot une plus forte impression qu'il n'en avait laissé paraître ; il se demandait maintenant s'il n'avait pas commis une erreur. Aurait-il dû exprimer ses compliments avec davantage de chaleur ? Claire lui paraissait plus préoccupée qu'à son habitude. Assise à côté de lui à l'arrière de sa Mercedes, elle n'avait pour ainsi dire pas desserré les dents depuis leur départ du studio de photographie, comportement inhabituel de sa part.

Hector étouffa un soupir en regardant distraitement par la portière. Le chauffeur conduisait avec prudence dans la circulation dense de ce début de soirée. Une averse de neige fondue était tombée dans l'après-midi, la chaussée du boulevard du Montparnasse luisait comme un miroir sous les lumières des réverbères et des magasins.

S'il avait un regret concernant Claire sur le plan professionnel, c'était de ne pas l'avoir engagée comme assistante dès le moment de leur rencontre. Elle serait devenue pour lui un irremplaçable bras droit, dont il aurait aujourd'hui grand besoin. Son goût, ses dons de décoratrice restaient en friche au magazine, puisqu'elle n'y faisait appel qu'afin de créer des décors destinés à illustrer un article ou à orner la couverture de la revue. C'est grand dommage, pensa-t-il.

Il éprouvait un autre regret, plus secret celui-là, celui de ne lui avoir pas fait la cour quand elle s'était séparée de son mari sept ans auparavant. Ce n'était pas faute d'en avoir eu envie. Plutôt par peur. Peur de paraître ridicule. Peur qu'elle repousse ses avances. Peur de gâcher leur amitié, aussi. Mieux valait préserver cette précieuse amitié que risquer de voir Claire disparaître de son existence.

Et puis – comment l'oublier ? – il avait quarante ans de plus qu'elle. Véronique, sa défunte épouse, lui disait souvent qu'il ne faisait pas son âge. C'était vrai : il se maintenait dans une forme physique que lui enviaient bien des hommes plus jeunes ; et si sa chevelure avait blanchi, elle restait toujours aussi drue. Quant à sa sexualité, sans se vanter, il n'avait pas à en rougir. Leur différence d'âge n'en était pas moins trop considérable pour qu'il la néglige.

Le désarroi de Claire au moment de son divorce, état qu'il avait jugé pour le moins étonnant sachant qu'elle prétendait haïr son mari, l'avait aussi dissuadé de tenter sa chance auprès d'elle. Ensuite, le temps avait suivi son cours, la vie sa routine quotidienne, et l'occasion ne s'était plus représentée. Leur affectueuse amitié était désormais trop bien établie pour qu'il accepte de la remettre en cause sans risquer de bouleverser Claire et de l'éloigner de lui.

A l'époque, il était veuf depuis déjà quinze ans. S'il regrettait sa femme du fond du cœur, il était sûr que Claire aurait rempli dans sa vie le vide laissé par sa disparition. Véronique était américaine elle aussi, mais le parallèle s'arrêtait là. Grande blonde aux yeux bleus, elle avait été l'un des mannequins vedettes de l'après-guerre. Elle paradait sur les podiums de Christian Dior pour présenter le *new look*, et le monde entier admirait la suprême élégance de sa silhouette longiligne sur les couvertures des magazines de mode. Hector avait eu pour elle un coup de foudre immédiat ; jusqu'à son décès prématuré, ils avaient vécu un bonheur conjugal sans nuages.

Du coin de l'œil, il observa Claire et, une fois encore, sa mine l'inquiéta. Elle avait les yeux cernés ; les boucles auburn de sa chevelure, qui lui faisaient une auréole d'or mat, semblaient avoir perdu leur éclat habituel. En arrivant au studio, il avait été surtout frappé par sa minceur qui, depuis peu, se muait en une maigreur maladive. Elle n'était

49

pourtant pas dans cet état la semaine précédente, quand ils avaient déjeuné ensemble chez Taillevent, il l'aurait aussitôt remarqué. Couvait-elle une grippe, une autre maladie? Au cours de leur entretien au studio, elle semblait pourtant déborder de sa vitalité coutumière...

Alors, avait-elle des soucis d'une autre nature? Financiers, peut-être? Non, c'était peu probable. Son mari lui versait une pension généreuse pour l'éducation de Natacha, elle gagnait largement sa vie au magazine et, de toute façon, elle savait pouvoir compter sur lui pour la dépanner en cas de besoin. Se tracassait-elle au sujet de Natacha? Ce ne serait guère plus vraisemblable. La petite avait la tête bien faite et une maturité supérieure à son âge. Lorsque, par le passé, il arrivait à Claire de se soucier de la santé ou de l'éducation de sa fille, elle n'avait jamais hésité à lui en parler. Il était pourtant mal placé pour la conseiller, lui qui n'avait jamais eu d'enfants. Mais la confiance que Claire lui témoignait s'étendait à presque tous les domaines et elle lui était reconnaissante de son intérêt quasi paternel pour Natacha.

Pensif, Hector formula dans sa tête une entrée en matière qui amènerait Claire à répondre à ses questions et l'éclairerait sur ce qui semblait la miner. Il désirait plus que tout au monde chasser les nuages qui lui obscurcissaient l'esprit et il s'en savait capable – si elle voulait bien lui en offrir l'occasion. Depuis des années, il était amoureux d'elle et il le serait toujours. Mais le prétexte se présenterait-il, ou lui donnerait-elle un jour la permission de lui manifester ses sentiments? Mieux valait faire une croix sur cet espoir. Comme aucun homme ne pouvait l'ignorer, les femmes sont volontiers contrariantes...

Claire s'était toujours sentie à son aise avec Hector Junot. Aussi n'accordait-elle aucune importance au mutisme pensif auquel elle se laissait aller tandis que la voiture progressait avec lenteur dans les embouteillages. Elle n'avait jamais éprouvé le besoin de se surveiller en présence d'Hector, assez âgé pour être son père, assez proche intellectuellement pour être le plus sûr des amis. Son silence lui semblait donc tout à fait normal, comme il peut l'être entre des êtres trop proches pour se formaliser d'un manque d'attention passager. Elle ne s'était jamais crue obligée de lui « faire la conversation » par politesse et elle était sûre qu'il éprouvait les mêmes sentiments à son égard.

De fait, elle pensait à Laura et anticipait son plaisir de dîner avec elle. A l'exception de sa fille Natacha, Laura incarnait sa seule famille au monde. Ses parents étaient morts, son unique tante aussi. Quant à son ex-mari, elle en était séparée depuis si longtemps qu'il n'existait plus pour elle. Elle revit brièvement ses traits, dont elle repoussa aussitôt l'image. Son souvenir lui gâcherait la soirée !

En sortant du musée, Laura et elle avaient établi le programme du week-end avec la ferme intention de s'amuser. Natacha était aussi ravie que sa mère du séjour imprévu de Laura à Paris – sans Doug, pour une fois. Non qu'elles ne l'aiment pas, elles le jugeaient plutôt sympathique. Mais avoir Laura pour elles seules, pour changer, représentait un plaisir dont la mère et la fille se réjouissaient d'avance.

– Qu'est-ce qui vous tracasse, Claire ?

La question soudaine l'arracha à ses réflexions.

– Mais... rien du tout, Hector. Qu'est-ce qui vous le fait croire ?

– Vous êtes bien silencieuse depuis tout à l'heure. Je dois aussi vous dire que je vous trouve mauvaise mine ces derniers temps. Vous avez beaucoup maigri, Claire. Beaucoup trop.

– Mais non ! répondit-elle en riant. Souvenez-vous de ce que disait la duchesse de Windsor : on n'est jamais ni trop riche ni trop mince.

51

— Je ne suis pas d'accord. Vous avez trop maigri, Claire.

— Bon, passons aux aveux : je suis un régime depuis huit jours. Je veux être mince et élégante pour porter une belle toilette à votre réveillon du nouvel an.

— Vous êtes ravissante comme vous êtes, Claire. Vous n'avez absolument pas besoin de suivre un régime. Cette manie de se laisser mourir de faim pour gagner une taille de robe ! Si vous continuez, vous pourrez passer par le chas d'une aiguille.

— « Il est plus facile à un chameau de passer par le chas d'une aiguille qu'à un homme riche d'entrer au royaume de Dieu », dit-elle en souriant. J'ai entendu pour la première fois ces paroles bibliques dans ce vieux film avec Tyrone Power, Gene Tierney et Clifton Webb...

— *Le Fil du rasoir*, enchaîna-t-il. Nous l'avons vu ensemble au moins cent fois.

— Pas tout à fait cent, quand même ! Mais rassurez-vous, Hector, je vais très bien. Sincèrement. Un peu surmenée ces jours-ci, voilà tout. Maintenant, écoutez, j'ai repensé au Renoir. S'il n'est pas vendu, il pourrait intéresser Laura. Elle recherche des tableaux pour un de ses clients, je sais qu'elle est déjà fixée sur un Matisse et un Bonnard, mais pourquoi pas un Renoir en plus ? Si ce client-là n'en veut pas, elle aura d'autres amateurs, j'en suis persuadée.

— Excellente idée, Claire. Mon amie m'aurait prévenu si elle avait vendu le tableau, elle l'a sans doute encore. Je l'informerai dès ce soir que nous lui avons peut-être trouvé un acquéreur de toute confiance.

3

— Ce week-end va nous rajeunir, dit Laura. Il nous rappellera le bon vieux temps où je suivais des cours à la Sorbonne et où tu venais d'arriver à Paris avec ton mari et ton bébé. Nous nous amusions bien, à cette époque-là. Tu t'en souviens ?

— Oh, oui ! répondit Claire en riant. Quant au bébé, elle a quatorze ans ! Elle s'intéresse déjà au maquillage, aux fringues et aux garçons, te rends-tu compte, Laura ? Tu auras un choc quand tu la reverras, elle nous dépasse d'une demi-tête. Depuis deux mois, surtout, elle a poussé comme une asperge.

Assises dans la chambre de Laura au Plaza-Athénée, les deux amies prenaient l'apéritif en bavardant. Entre l'arrivée de Claire et le moment où elles s'apprêtaient à partir pour le restaurant, le temps s'était sérieusement détérioré. Il neigeait d'abondance et il soufflait un vent glacial, selon les renseignements communiqués par le concierge. Aussi avaient-elles décidé qu'il serait plus sage d'annuler leur sortie et de se faire servir à dîner dans la chambre.

— De quoi as-tu envie ? demanda Laura en consultant la carte déposée un peu plus tôt par le serveur. Si je continue à prendre mes repas ici, ajouta-t-elle en riant, je vais devenir énorme ! Il est impossible de résister à la tentation de toutes ces bonnes choses.

— J'essaierai d'être raisonnable, mais je ferai volontiers ce soir une entorse à mon régime, répondit Claire. Hector me trouve maigre comme un clou. Qu'en penses-tu, toi ?

— Tu as minci, c'est vrai, mais tu me parais en pleine forme.

— Bien sûr. Il n'empêche qu'Hector m'a sermonnée pendant tout le trajet sur mon poids et ma santé.

— C'est normal, il t'adore.

Claire leva un sourcil réprobateur :

— Il m'aime comme un père, je sais, mais...

— Non, il t'aime d'amour. En amoureux, précisa Laura. Je dirai même, en soupirant frustré.

— Quoi ? s'écria Claire. Hector et moi ?... Tu plaisantes !

— Je ne plaisante pas, je t'assure. J'ai toujours su qu'il avait un... un faible pour toi — et je pèse mes mots. Voyons, Claire, il faudrait être aveugle pour ne pas le remarquer ! Doug lui-même s'en est aperçu et m'en a parlé plusieurs fois.

— Je serais donc la seule à ne me douter de rien ? Allons donc ! Je l'aime bien, j'ai même pour lui une sincère affection. Il a toujours été un ami sûr et fidèle depuis que je vis à Paris, il m'a rendu et me rend encore des services inestimables, mais de là à dire... Non, il n'est pas question d'amour entre nous, voyons ! Pas de mon côté, du moins.

— Parce que tu le trouves trop vieux ?

— Non, l'âge n'a rien à y voir ! De toute façon, il est beaucoup plus jeune d'esprit que bien des hommes de trente ans. C'est simplement que je ne m'intéresse plus aux hommes, je te le dis depuis des années. Allons-nous enfin commander le dîner ? conclut-elle. Je commence à mourir de faim.

— Je suis ravie de te l'entendre dire ! Encore un peu de champagne en attendant, ou préfères-tu autre chose ?

— Grands dieux, non ! Un verre de plus, je roulerais sous la table.

Après avoir passé leur commande par téléphone, Laura revint s'asseoir en face de son amie.

— Ecoute, Claire, ce n'est pas parce que tu as eu une mauvaise expérience qu'il faut jeter l'éponge et fermer ton cœur à tous les hommes. Qu'Hector ne t'intéresse pas, soit, je le comprends. Mais il y en a peut-être un autre, dans le vaste monde, qui serait l'homme de ta vie si seulement tu te laissais une toute petite chance de...

— Non! l'interrompit Claire d'un ton catégorique. Je ne veux plus entendre parler des hommes. Le mariage est un champ de bataille, j'ai assez de cicatrices pour le prouver. J'ai gagné la guerre en prenant la fuite et je n'ai plus aucune intention de m'exposer au feu. Ce n'est pas une vie que de perdre la sienne, ajouta-t-elle avec un rire amer.

— La vie conjugale n'est pas nécessairement un champ de bataille, objecta Laura. La mienne ne l'est pas, en tout cas.

— Tu as eu plus de chance que beaucoup d'autres, Laura. Tu as rencontré Doug, vous êtes tombés amoureux et tout s'est bien passé ensuite. Vous êtes sur la même longueur d'onde, vous n'avez pas de graves sujets de dispute, vous menez une vie bien organisée, sans orages ni tempêtes. Ce n'est pas si fréquent, crois-moi.

— A t'entendre, nous aurions une existence monotone et ennuyeuse comme la pluie! protesta Laura. Doug n'est pas toujours aussi facile à vivre que tu le crois. Il se montre parfois têtu comme une mule, il est plus tatillon qu'une vieille fille pour beaucoup de choses. Et Dieu sait qu'il n'arrête pas de me harceler pour avoir un enfant... Ce n'est pas bien de lui casser du sucre sur le dos, ajouta-t-elle d'un air penaud. Je ferais mieux de me taire.

— Si tu n'es pas enceinte, ce pourrait aussi bien être sa faute, tu sais. Pourquoi te le reproche-t-il à toi seule?

— Je ne sais pas, mais c'est comme cela. Du moins, j'en ai l'impression. Nous avons passé une nouvelle série d'examens et nous sommes tous les deux parfaitement normaux de ce côté-là. Il n'empêche que je n'attends toujours pas d'enfant.

— Veux-tu vraiment en avoir? demanda Claire.

— Bien sûr! Mais après tout, je ne suis pas complètement décrépite. A trente et un ans, j'ai encore le temps.

55

– Doug fait peut-être une fixation, suggéra Claire. Cela arrive souvent, paraît-il. A force de trop y penser, on échoue.

– Je ne suis pas obsédée.

– Toi, non. Je te parle de Doug.

– Peut-être. A vrai dire, il est survolté, ces temps-ci.

– Alors, il faudra qu'il apprenne à se détendre.

– Lui, se détendre? s'écria Laura en riant. Ce serait un miracle! Doug est un vrai paquet de nerfs, toujours à courir à droite et à gauche. Bonne-maman me disait il n'y a pas longtemps qu'il est incapable de rester en place le temps de faire un bébé.

– Ta chère grand-mère! dit Claire en riant. Son franc-parler me manque. Elle a le chic pour trouver des formules qui font mouche.

– Selon elle, son âge lui confère le droit de dire ce qu'elle pense, quand elle veut et à qui elle veut.

– La vieillesse a des avantages, c'est vrai... Hé! Te souviens-tu de ce qu'on disait quand on était petites? poursuivit Claire en donnant une tape sur le bras de Laura. Que quand nous serions vieilles et débarrassées une bonne fois des hommes et autres bagages inutiles, nous irions vivre ensemble sur la Côte d'Azur, nous passerions nos journées sur la plage avec des grands chapeaux et nous nous ferions peindre les ongles des pieds en rouge par des gigolos beaux comme des dieux.

– Bien sûr que je m'en souviens, répondit Laura avec un large sourire. Quels drôles de numéros nous étions, à l'époque.

– Nous pouvons encore appliquer ce programme, tu sais. Enfin... dans quelques années. J'ai hâte que tu revoies Natacha, enchaîna-t-elle. Je t'ai déjà dit qu'elle avait poussé comme une asperge et, depuis l'été dernier, elle s'affine et devient vraiment ravissante.

– Telle mère, telle fille.

– Pas de pommade, de grâce! Sérieusement, Laura, elle est merveilleuse, ma fille. Je le dis objectivement, même si je suis sa mère.

– Tout compte fait, tu n'auras pas subi en pure perte tes épreuves sur le « champ de bataille conjugal », comme tu dis.

– C'est vrai. L'existence de Natacha compense tout, et au-delà. Elle représente, disons, mes... dommages de guerre. Un butin d'une valeur inestimable, poursuivit-elle avec attendrissement. Je ne sais plus à quoi rime ce monde où nous vivons ni où la vie m'entraînera, mais je suis sûre d'une chose : ma fille a donné un sens à ma vie, le seul. Elle est le meilleur de moi-même. Je remercie Dieu tous les jours de me l'avoir donnée et de pouvoir la garder avec moi. C'est drôle, ajouta Claire avec un sourire, mais envers moi elle est... protectrice. Elle se conduit parfois comme si j'étais sa fille plutôt que sa mère.

Laura marqua une brève pause avant de demander :

– Voit-elle jamais son père?

– Non, déclara Claire. Très rarement, du moins. Il ne lui manque plus du tout. Au début, bien entendu, elle a eu du mal à accepter notre séparation, mais c'est bien fini maintenant. En tout cas, poursuivit-elle en soupirant, je n'ai rien à lui reprocher sur le plan matériel. Ses chèques m'arrivent régulièrement tous les mois.

– J'ai toujours pensé qu'il aimait beaucoup Natacha et...

Devant l'expression que prit le visage de Claire, elle laissa sa phrase en suspens et jugea plus sage de ne pas insister. Le sujet du père de Natacha et de ses sentiments envers leur fille indisposait Claire à un point que Laura s'expliquait mal.

Le silence se prolongeait quand le serveur arriva avec leur dîner. Une fois installées à table, Laura prit l'initiative de relancer la conversation dans une direction radicalement différente.

57

– Hector t'aurait-il donné un ordre de grandeur de la valeur du Renoir? Ou, plutôt, du prix qu'en demande son amie?

– Non. En fait, je ne crois pas qu'il le sache lui-même.

– De toute façon, ce tableau sera cher, observa Laura. La cote de Renoir n'est pas près de baisser, si j'en crois les résultats des dernières ventes de Sotheby's.

– Sans doute. Mais dis-moi, tu devrais faire appel à Hector quand tu recherches des œuvres. Il connaît beaucoup de collectionneurs, certains sont ou seront peut-être disposés à vendre. Je pense, par exemple, au Matisse et au Bonnard que tu as du mal à trouver en ce moment pour ton client.

– En effet, et j'en ai un autre prêt à donner son bras droit pour un Gauguin – du moins, c'est ce qu'il me dit.

– Eh bien, tu connais Hector, tu sais qu'il est expert de Gauguin. S'il y en avait un sur le marché, il serait le premier à le savoir. On lui en parlera ce week-end, je l'inviterai à dîner.

– Avec joie. J'aime beaucoup Hector et j'ai grand plaisir à lui parler de peinture. Ou de n'importe quoi, d'ailleurs, sa conversation est toujours passionnante.

– Parfait, je l'inviterai donc samedi soir. Au fait, ajouta Claire en reposant sa fourchette, j'oubliais de te dire que j'ai vu Dylan il y a une quinzaine de jours.

– Vraiment? s'étonna Laura. Et comment va mon petit frère? Je ne l'ai pas revu depuis une éternité.

– Il a toujours aussi mauvais caractère, pour parler franchement. Il m'avait invitée à dîner à l'Espadon, parce qu'il était descendu au Ritz, et il a passé sa soirée à chercher des poux dans la tête à un malheureux serveur qui faisait pourtant de son mieux. J'étais affreusement gênée! J'ai dû le calmer en lui envoyant des coups de pied sous la table. Après cela, Dieu merci, il s'est bien conduit.

Laura ne put retenir un soupir :

— C'est désolant qu'il ne se décide pas à perdre ses mauvaises habitudes. A son âge, il serait grand temps qu'il sache se tenir! Enfin... A part cela, comment l'as-tu trouvé? Maman répète qu'il a désormais du plomb dans la tête, qu'il se civilise, que tout va bien. Mais tu sais qu'il a toujours su s'y prendre avec elle pour l'aveugler et se faire pardonner ses incartades.

— Eh bien, franchement, je l'ai trouvé beaucoup mieux dans sa peau, même si cela t'étonne. Vivre en Angleterre semble lui avoir donné un certain équilibre. Il dit qu'il adore son travail au magazine *Time* et je le crois volontiers.

— Rien ne pouvait me faire plus plaisir. Sa vie personnelle est toujours aussi chaotique, je suppose?

— Il la qualifie même de cataclysme permanent, répondit Claire en souriant. Minerva, sa dernière bonne amie, l'a plaqué. Il la croit enceinte et redoute soit qu'elle le fasse chanter, soit qu'elle le prive de son rejeton. Nina, celle d'avant, le harcèle sans arrêt et le menace des pires représailles, selon ce qu'il prétend. Et il vient de rencontrer une Suédoise, Inga, qu'il envisage d'installer chez lui. Ah! J'oubliais de te dire qu'il s'est acheté une vieille ferme au pays de Galles.

— Rien de ce que tu dis ne m'étonne de lui, soupira Laura. Tu sais, poursuivit-elle en riant, nous avons eu bien raison, toi et moi, de rayer Dylan de nos tablettes il y a des années. Il a toujours été un « vilain garnement », comme disait bonne-maman. Et il nous a toujours détestées. Il était jaloux de notre amitié et ne nous pardonnait pas de ne jamais jouer avec lui quand il était petit. N'oublie pas non plus les colères qu'il piquait pour un oui ou pour un non. Je me demande parfois s'il est normal, mon pauvre frère, conclut-elle.

— Et nous autres, le sommes-nous vraiment?

Laura marqua une pause et sourit à Claire.

— Tu as peut-être raison. Les Valiant ont sans doute tous un grain, comme tant d'autres familles...

– Ne dis surtout pas cela devant ta chère grand-mère, elle t'étranglerait de ses mains ! dit Claire en riant. Pour ma part, je ne cesserai jamais de me réjouir que tu m'aies permis d'en faire partie.

– Que veux-tu dire ?

– De m'accueillir dans cette merveilleuse famille un peu piquée mais si chaleureuse qui est la tienne. Sans les Valiant, je serais probablement devenue quelqu'un de très différent.

– Plus sensée, peut-être ?

– Non, simplement ordinaire et barbante.

– Toi, ordinaire et barbante ? Jamais de la vie ! Tu es née fascinante, Claire, crois-moi sur parole. Et je suis heureuse que tu aies fait et que tu fasses toujours partie intégrante de la famille. Tu nous a donné cent, mille fois plus que ce que nous avons pu te donner à toi.

Laura se réveilla en sursaut, trempée d'une sueur froide qui lui collait sa chemise de nuit à la peau. Elle se leva, alluma la lampe de chevet et courut vers la salle de bains en se demandant la cause de cette transpiration anormale. Couvait-elle quelque chose, une grippe ou un mauvais rhume ? Elle ne pouvait à aucun prix se permettre de tomber malade en ce moment ; elle avait trop de travail jusqu'à son départ de Paris et Noël était proche.

Une fois débarrassée de sa chemise de nuit poisseuse, elle se frictionna énergiquement, enfila un peignoir en tissu éponge et alla se recoucher. Mais le sommeil s'obstina à la fuir. Au bout d'un moment, de guerre lasse, elle alluma la télévision, zappa d'une chaîne à l'autre et finit par se brancher sur CNN. Les nouvelles n'étaient guère passionnantes, certes, mais elles valaient mieux que des rediffusions de séries ineptes et lui laissaient l'esprit libre pour réfléchir.

C'est en reposant sur la table de chevet le verre d'eau minérale dont elle venait d'avaler une longue gorgée que le souvenir de son rêve lui revint. Un mauvais rêve, un cauchemar à l'atmosphère oppressante dont elle revit en détail l'étrange déroulement.

Elle se trouvait avec Rose Lavillard dans un bâtiment démesuré d'une ville inconnue et elles étaient toutes deux perdues dans un labyrinthe de longs couloirs qui semblaient ne mener nulle part. Ces couloirs étaient bordés de portes innombrables. A chaque fois qu'elles en ouvraient une, l'occupant du local les dévisageait avec stupeur et répondait, à la question qu'elles n'avaient pas posée, que la sortie se trouvait au fond du corridor. Mais la sortie n'y était jamais : elles n'ouvraient la dernière porte que pour déboucher dans un nouveau couloir, en tous points semblable aux précédents.

A bout de nerfs, désarçonnée, Laura sentait la panique la submerger alors que Rose Lavillard gardait son calme : « Il y a toujours une issue », répétait-elle alors qu'elles n'arrivaient toujours pas à localiser la porte qui leur aurait enfin permis de gagner l'extérieur et de retrouver la liberté.

Il faisait de plus en plus chaud dans ces corridors sans fenêtres. Laura étouffait, au bord de l'épuisement, alors que Rose Lavillard, impavide et stoïque, lui promettait sans cesse de découvrir, quoi qu'il arrive, la sortie du labyrinthe. La toute dernière porte déboucha en effet sur un toboggan. Rose y poussa Laura, qui se vit glisser de plus en plus vite vers la terrifiante obscurité d'un gouffre sans fond. Tout en s'efforçant en vain de freiner sa glissade, elle entendait derrière elle la voix de Rose, qui chantait à tue-tête une chanson dont elle ne comprenait pas les paroles et qui paraissait la rattraper, comme pour la pousser plus vite vers l'abîme...

C'est alors qu'elle s'était réveillée, trempée de sueur. Une sueur provoquée par la terreur qu'elle avait éprouvée.

Ce cauchemar laissa Laura perplexe. Que pouvait-il bien signifier ? Et pourquoi avait-elle rêvé de Rose Lavillard,

qu'elle connaissait à peine ? La réponse à cette dernière inter-
rogation se trouvait peut-être, tout simplement, dans le fait
qu'elle l'avait rencontrée au musée d'Orsay au début de
l'après-midi et que cet événement, insignifiant en apparence,
ne lui était pas sorti de la tête comme elle l'avait cru.

D'ailleurs, pendant qu'elles prenaient le café après le
dîner, Laura avait été sur le point d'en parler à Claire. Et
puis, leur conversation avait suivi son cours et l'occasion
d'aborder le sujet ne s'était plus représentée. En y repensant,
Laura se reprocha ce mensonge par omission, pour véniel
qu'il ait été.

D'une rencontre désagréable à une autre, elle en vint à
penser à son frère Dylan.

Elle aurait dû lui passer un coup de téléphone à Londres,
ne serait-ce que pour lui dire bonjour ; pourtant, elle avait
remis cette corvée de jour en jour – et pour une raison très
simple : elle savait que leur conversation tournerait obliga-
toirement en dispute. Son frère était si agressif et si mauvais
coucheur qu'il n'avait même pas besoin d'un prétexte valable
pour chercher noise au premier venu, l'épisode du serveur
du Ritz rapporté par Claire ne l'avait pas étonnée le moins
du monde. Qu'il soit angoissé de nature, qu'il lutte avec ses
démons intérieurs, peut-être. Mais n'est-ce pas le lot
commun de beaucoup sans que, pour autant, les moindres
rapports humains doivent dégénérer en affrontements ?

Ses adorables grands-parents gallois s'étaient toujours van-
tés d'être *différents* parce qu'ils étaient celtes et Laura les
croyait, en partie du moins. Elle était cependant assez sensée
pour avoir compris très tôt que son frère et elle étaient moins
différents que déboussolés, sinon anormaux, par la faute
d'une mère distraite et négligente, trop absorbée par son
amour pour son mari et sa peinture au détriment de ses
enfants ; d'un père qui les étouffait d'une tendresse excessive
pour compenser ses trop nombreuses absences ; et d'une

grand-mère, restée l'actrice célèbre qu'elle avait été, qui les entourait de ses propres extravagances théâtrales et des légendes d'une mythique celtitude.

A cette pensée, un sourire vint aux lèvres de Laura. Quelles qu'aient été les influences qui l'avaient formée, elle n'avait aucun doute sur sa personnalité. Elle était une Valiant. Et fière de l'être.

4

— Il est heureux que vous ayez pu vous libérer cet après-midi, Laura, dit Hector Junot avec un sourire chaleureux. Mon amie doit partir ce soir pour sa propriété en Touraine, elle ne pouvait nous recevoir que maintenant.

— Je suis enchantée de faire sa connaissance, Hector, mais aussi d'admirer son Renoir. Elle ne l'avait pas vendu, heureusement !

— Claire et vous avez de la chance, en effet. Venez, ma voiture nous attend dehors. Mon amie habite le quartier du faubourg Saint-Germain, nous serons bientôt arrivés.

Hector et Laura prirent place à l'arrière de la Mercedes qui démarra aussitôt. Le froid était encore vif, mais il ne neigeait plus et la chaussée était bien dégagée.

— J'ai toujours aimé la rive gauche, dit Laura pendant que la voiture traversait le pont Alexandre-III. Quand je suivais les cours de la Sorbonne, je passais mes moments de loisirs entre le musée Rodin et Saint-Germain-des-Prés, à la terrasse du Flore ou des Deux-Magots. Il m'arrivait aussi d'aller aux Invalides voir le tombeau de Napoléon, ajouta-t-elle en riant. Votre empereur me fascine. Avec Winston Churchill, c'est un de mes héros favoris.

— Vraiment ? Vous ne préférez pas plutôt Abraham Lincoln ou George Washington ?

— Je les admire, bien sûr, mais pas de la même façon. Pour moi, Churchill occupe la première place, peut-être à cause de mon grand-père gallois qui m'a influencée. Il considère que Churchill a sauvé la civilisation occidentale de la barbarie et que c'est un des plus grands hommes de ce siècle. J'avoue partager son opinion.

— Et Napoléon ? s'enquit Hector avec un sourire. Comment en êtes-vous venue à lui vouer de l'admiration ? Il y a encore de nos jours beaucoup de gens en Europe, en Angleterre en particulier, qui le considèrent comme un monstre sanguinaire.

— Qu'il ait eu des torts, je l'admets. Mais son génie était si éclatant qu'on peut fermer les yeux sur bien des choses. Et puis, ajouta-t-elle en riant, je suis une francophile inconditionnelle.

— Au nom de la France, merci ! répondit Hector en riant à son tour. Et maintenant, ma chère Laura, permettez-moi de vous dire deux mots sur celle que vous allez rencontrer. Je connais Jacqueline de Saint-Antoine depuis son mariage avec Charles, son défunt mari, qui était un de mes amis d'enfance. Il a constitué avec elle une collection de tout premier ordre. Vous allez bientôt admirer ses chefs-d'œuvre, certains sont dignes des plus grands musées.

— Je brûle de curiosité ! Pourquoi veut-elle vendre ce Renoir ?

— Le château de sa famille nécessite un coûteux entretien. C'est ainsi qu'elle a dû, l'an dernier, se défaire d'un Van Gogh.

— Quel dommage que je ne l'aie pas su !

— Je le regrette moi aussi, Laura, sinon je vous en aurais avertie sur-le-champ. Mais d'après ce que m'a dit Jacqueline, le tableau n'a même pas été mis sur le marché. Un amateur qui l'avait admiré chez elle lui a fait une offre si généreuse qu'elle n'a pas pu refuser, bien qu'elle n'ait d'abord pas eu l'intention de le vendre.

— Quel prix votre amie demandera-t-elle du Renoir, à votre avis ?

– Quand j'ai abordé le sujet avec elle hier soir, elle m'a dit envisager une somme de l'ordre de quatre millions.

– De dollars ?

– Oui, soit un peu plus de vingt millions de francs, ce qui se situe dans une fourchette d'estimation conforme à l'état actuel du marché... Ah ! Nous arrivons. Jacqueline habite toujours l'hôtel particulier que la famille de Charles possède depuis près de deux siècles. Il est rare de nos jours, ajouta-t-il, de trouver encore des demeures privées dans ce quartier envahi par les ministères.

En réponse au coup de sonnette du chauffeur, un portier ouvrit la porte cochère. La voiture traversa la vaste cour pavée et s'arrêta devant un perron bas, dont Hector et Laura gravirent les trois marches. Le maître d'hôtel les introduisit dans une longue galerie et les débarrassa de leurs manteaux.

– Bonjour, Pierre, le salua familièrement Hector.

– Bonjour, monsieur. Si monsieur et madame veulent bien me suivre, madame la comtesse les attend au petit salon.

A travers les portes vitrées de la galerie, Laura aperçut une enfilade de vastes et luxueux salons, éclairés par des portes-fenêtres ouvrant sur un petit jardin à la française organisé autour d'une pelouse entourée de bordures de buis et ornée d'une fontaine en son centre. Des tilleuls et des marronniers, dépouillés de leur feuillage par l'hiver, montaient la garde le long des murs tapissés de lierre, qui enchâssaient comme un écrin ce délicieux enclos au charme suranné.

Laura fut encore plus impressionnée par la maîtresse de maison. Petite, menue, habillée, coiffée et maquillée à la perfection, Jacqueline de Saint-Antoine était la femme la plus jolie, la plus délicate qu'elle ait vue depuis longtemps. A plus de soixante-dix ans, elle conservait intact un charme quasi juvénile. Son ravissant visage, couronné de cheveux d'un blond cendré et éclairé par de grands yeux verts, était à peine marqué de griffures légères.

– Ah! mon cher Hector! s'exclama-t-elle. Quel plaisir de vous voir en compagnie de votre charmante amie.

– Un plaisir partagé, ma chère Jacqueline, répondit-il en lui baisant la main. Permettez-moi de vous présenter Laura Valiant.

– Ravie de vous connaître, dit la comtesse avec un sourire chaleureux que Laura lui rendit. Asseyez-vous, mettez-vous à votre aise. Que puis-je vous proposer? Thé, café, autre chose peut-être?

– Rien, chère madame, merci infiniment, répondit Laura.

– Et vous, Hector?

– Rien non plus, Jacqueline, merci.

Laura profita de ce qu'il lançait la conversation sur la toiture du château en Touraine, où la comtesse allait surveiller l'avancement des réparations, pour regarder autour d'elle. Les murs étaient tendus d'une soie vert Nil sur laquelle les tableaux se détachaient à merveille. Et quels tableaux! pensat-elle en identifiant un Bonnard, un Degas et un Cézanne – sans oublier le Renoir, objet de sa convoitise, accroché au-dessus d'une commode Régence. Elle brûlait d'envie de se lever pour les admirer de plus près, mais sut dominer son impatience.

Un instant plus tard, Dieu merci, Hector comprit qu'il serait cruel de prolonger son supplice de Tantale.

– Nous ne voudrions pas vous retarder dans vos préparatifs de départ, ma chère Jacqueline, dit-il en se levant. Pouvons-nous jeter un coup d'œil à votre Renoir?

– Bien entendu, Hector. Je vous confie le soin d'en faire les honneurs à votre charmante jeune amie.

– Merci, Jacqueline. Venez, Laura, je sens que vous avez hâte d'assouvir votre curiosité.

Ils traversèrent le salon pour s'arrêter devant le Renoir.

– J'ai souvent vu ce tableau, dit Hector, mais je ne me lasse pas de l'admirer. Renoir est incomparable dans ce genre de scènes.

— Cette toile est superbe, approuva Laura avec révérence.

Elle se demandait cependant si son client canadien ne la jugerait pas d'un format trop modeste ou, plutôt, pas assez ostentatoire. D'un autre côté, la chair nacrée du modèle, la poésie du décor, l'équilibre de la composition, l'impression de joie de vivre qui se dégageait de l'ensemble faisaient du tableau un véritable bijou. Et si son fastueux client ne l'achetait pas, Laura en connaissait d'autres qu'il lui suffirait de contacter pour qu'ils saisissent l'occasion de l'acquérir.

Au bout d'un moment de contemplation silencieuse, Hector entraîna Laura à travers la pièce pour examiner le Degas, le Bonnard et le Cézanne, aussi parfaits chacun dans leur genre que le Renoir. Seraient-ils eux aussi à vendre un jour ou l'autre ? Rien qu'en se posant la question, Laura sentit son cœur battre plus vite.

— Votre Renoir est une merveille, madame, dit-elle à la comtesse lorsqu'ils la rejoignirent près de la cheminée. Les trois autres ne sont pas moins exceptionnels. Je suis... bouleversée de découvrir de tels chefs-d'œuvre rassemblés dans une même pièce, en dehors d'un musée veux-je dire.

— Merci, mademoiselle, votre admiration me touche. Je dois avouer que mes tableaux me procurent de grandes joies. Je n'ai jamais pu apprécier des œuvres qui me déplaisent ou m'attristent, quoi qu'en disent les experts. J'ai besoin d'être transportée par une œuvre d'art.

— Je ne saurais trop vous approuver, ma chère Jacqueline, renchérit Hector. Avec votre permission, j'aimerais aussi montrer à Laura vos Gauguin de la salle à manger. C'est un de vos peintres préférés, je crois, n'est-ce pas Laura ?

Laura se borna à acquiescer d'un signe.

— Je vous accompagne, déclara leur hôtesse.

La tonalité vieux rose du décor de la salle à manger mettait en valeur les trois toiles de Gauguin, une par mur. Le quatrième mur était occupé par les portes-fenêtres qui emplissaient la pièce d'une lumière, vive et douce à la fois, idéalement adaptée à ces œuvres aux puissantes harmonies de couleurs.

Fascinée, Laura s'immobilisa. Elle n'avait jamais vu de Gauguin de cette force ailleurs que dans des musées. Les trois tableaux constituaient des variations sur le thème des portraits de vahinés, cher à Gauguin dans sa première période tahitienne. Les vives couleurs des paréos drapés autour des corps basanés, les verts crus de la végétation, les bleus profonds et presque sombres de la mer, les chaudes tonalités ocrées de la terre et du sable des plages composaient une symphonie à la gloire de la vie et de la nature.

Malgré elle, Laura pensa aussitôt à un autre de ses richissimes clients qui se déclarait prêt à « donner son bras droit » pour un Gauguin. Donnerait-il aussi le gauche pour de telles œuvres ?

– Ils sont splendides ! Je suis disposée à vous acheter n'importe lequel ou même les trois si vous envisagiez de les vendre, madame, s'écria-t-elle sans pouvoir se retenir.

– Ils sont fabuleux, c'est vrai, répondit la comtesse. Gauguin les a peints tous trois la même année, en 1892. Mais je ne m'en séparerai jamais, je les aime trop. Et même si la nécessité m'y poussait, je ne pourrais pas les vendre, car ils ne m'appartiennent plus. Avant mon mariage, ils faisaient partie de la collection de mon mari qui les a légués à Arnaud, notre fils. Je n'en ai que la jouissance ma vie durant.

– Je comprends fort bien, madame, et je vous envie de vivre en compagnie de tels chefs-d'œuvre. Ils sont... éblouissants.

– Si nous revenions plutôt au Renoir ? intervint Hector. Comme vous le savez, ma chère Jacqueline, un client de Laura s'y intéresserait et, d'autre part, Claire Benson souhaite vous l'emprunter pour le photographier lundi prochain.

– Vous avez raison, Hector. Retournons en parler au petit salon.

Lorsque Hector déposa Laura à son hôtel un peu plus tard, il descendit de voiture avec elle et l'accompagna à la porte.

– J'appellerai mon client à Toronto dès ce soir, dit-elle après l'avoir remercié. Je pense pouvoir donner une réponse à votre amie lundi au plus tard.

– Parfait, Laura. Puis-je entrer un moment avec vous? ajouta-t-il. Je voudrais vous parler de tableaux et aussi de Claire.

– De Claire? s'étonna-t-elle. Vous paraissez soucieux.

– C'est vrai, mais ne restons pas là. Entrons boire quelque chose.

– Bien sûr, Hector, répondit Laura, inquiète malgré elle.

Ils traversèrent le hall en silence et descendirent au bar anglais. Une fois installés à une table isolée, Laura reprit la parole :

– Qu'est-ce qui vous tracasse au sujet de Claire, Hector?

– Commandons d'abord, si vous le voulez bien.

Hector attendit que le barman apporte leurs consommations puis, certain de ne plus être dérangé, il commença :

– En ce qui concerne Claire, j'y viendrai tout à l'heure. Mais je tiens d'abord à vous parler de peinture. Très sérieusement, précisa-t-il.

– Je vous écoute, répondit Laura, intriguée.

– Il est question des tableaux de Gauguin. Si vous apprenez que l'un d'eux est mis sur le marché aux Etats-Unis, je vous demande de m'en avertir immédiatement. A condition, bien sûr, que vous en soyez informée ou que vous vous y intéressiez pour le compte d'un de vos clients. Je vous le demande d'ailleurs pour votre propre protection.

– Comptez sur moi, Hector. De quoi s'agit-il, au juste?

– Il existe un certain nombre de toiles de Gauguin qui sont, disons.... discutables. Je connais l'intérêt que vous lui portez et votre passion pour son œuvre, c'est pourquoi je souhaite que vous ne commettiez pas d'erreurs à son sujet. Ne prenez aucun engagement sans m'avoir consulté au préalable.

– Voulez-vous dire qu'il y a des faux Gauguin en circulation?

– Je vais vous raconter une histoire qui vous intéressera, je crois. Tout ceci est strictement confidentiel, Laura, ajouta Hector en la fixant des yeux. Ce que je vais vous révéler doit rester entre nous. Pour le moment, du moins.

– Je n'en soufflerai mot à âme qui vive, Hector, je vous en donne ma parole, promit-elle, de plus en plus intriguée par cette mystérieuse entrée en matière.

– Je vous fais confiance, ma chère Laura. Eh bien, voici l'histoire, commença-t-il. Il y a très longtemps, un certain collectionneur...

Il se lança alors dans une longue narration que Laura, passionnée, écouta sans l'interrompre.

– Et maintenant, enchaîna-t-il quand il eut terminé, venons-en à Claire. J'ai la nette impression qu'elle n'est pas en bonne santé. J'irai même jusqu'à dire que je la crois malade.

– Elle m'a dit, en effet, que vous l'aviez sermonnée au sujet de sa récente perte de poids.

– C'est exact, j'estime qu'elle a beaucoup trop maigri. Elle prétend suivre un régime, ce que j'admets quoique cela me paraisse tout à fait inutile. Mais c'est moins sa maigreur qui m'inquiète, Laura, que son... comment dire? Son allure.

– Je ne vous suis pas très bien.

– Hier, au studio, elle était à un moment sur le plateau pendant qu'elle me parlait et, je ne sais s'il faut l'imputer à l'éclairage, à un jeu d'ombres ou à ma seule imagination, elle m'est apparue... émaciée. Presque squelettique. Elle avait les yeux cernés, la peau du visage tendue sur les os comme si la chair en avait disparu. Un instant, j'ai cru voir... son masque mortuaire. Et j'ai eu peur, Laura. Très peur.

— Son masque mortuaire? Mais c'est affreux, Hector! s'exclama Laura sans pouvoir réprimer un frisson.

Hector fit signe au barman de renouveler leurs verres, puis attendit qu'il soit retourné derrière le bar avant de reprendre la parole :

— J'éprouve à son sujet de terribles appréhensions que je suis hors d'état d'expliquer. Je l'aime, voyez-vous, et...

Il s'interrompit, gêné de l'aveu qui lui avait échappé.

— Je sais depuis longtemps que vous êtes amoureux d'elle, Hector, se hâta de le rassurer Laura. Ne soyez pas intimidé d'en parler devant moi, je vous comprends très bien. Je suis heureuse de savoir que vous aimez Claire et que vous veillez sur elle.

— Merci de votre compréhension, ma chère Laura. Je vois que j'ai eu raison de laisser parler mon cœur.

Il y eut un silence, pendant lequel ils trempèrent chacun les lèvres dans leurs verres.

— De quelles appréhensions parlez-vous, Hector? demanda enfin Laura. Que craignez-vous pour Claire?

— Je la crois en mauvaise santé, comme je vous l'ai dit, sans pouvoir expliquer de manière rationnelle pourquoi j'en ai l'intuition. En me remémorant le temps que nous avons passé ensemble au studio, j'ai dû convenir qu'elle se comportait avec autant d'énergie et de vivacité qu'à son habitude. Et pourtant...

Il s'interrompit, comme accablé par ses propres craintes.

— Voyons, Hector, insista Laura, vous la croyez malade. Mais de quoi? Sur quoi vous fondez-vous?

Il leva les mains en un geste d'impuissance.

– Justement, Laura, je n'en sais rien au juste, soupira-t-il. J'ai beau m'efforcer de chasser mon inquiétude, elle revient me hanter. Claire vous aurait-elle parlé, confié quelque chose?

– Non, rien de précis. Elle est toujours traumatisée par l'échec de son mariage, pleine de rancune envers les hommes et, par moments, c'est ce qui la ronge, je crois. Sans compter le surmenage, parce qu'elle travaille souvent au-delà de ses forces. Rien de tout cela n'est très exceptionnel. Beaucoup de femmes subissent les mêmes épreuves et éprouvent les mêmes sentiments. Vous ne devriez pas tant vous inquiéter, Hector, poursuivit Laura en posant une main sur la sienne. Très sincèrement, je ne la crois pas malade. Qu'elle soit souvent frustrée, parfois désemparée, oui. Mais sa santé, physique ou morale, n'est pas en cause. Je connais assez Claire pour vous rassurer sur ce point.

Hector l'avait écoutée avec attention et semblait, en effet, se détendre peu à peu.

– J'espère que vous avez raison, Laura. Quand on porte à une femme l'amour qu'elle m'inspire, voyez-vous, on ne peut s'empêcher de s'inquiéter quand elle ne paraît pas être... elle-même.

Laura marqua une brève hésitation avant de se jeter à l'eau:

– Pourquoi ne pas lui exprimer vos sentiments, Hector? Dites-lui que vous l'aimez.

– Non, Laura, non! C'est impossible, voyons! Claire me voue une sincère amitié, je le sais, mais sûrement pas de l'amour. Alors, je vous le dis en confidence, j'ai peur. Peur de risquer de la perdre en lui avouant inconsidérément que je suis amoureux d'elle. Je préfère rester pour elle un simple ami.

– Vous devriez pourtant lui parler. Sa réaction vous étonnera peut-être, croyez-moi.

– Comment vous, Laura, pouvez-vous me dire une chose pareille ? s'exclama-t-il, effaré. Vous venez de m'apprendre qu'elle en veut encore à son mari pour l'échec de leur mariage et qu'elle rejette les hommes ! Il n'y a pas de place pour moi dans sa vie, je ne suis pas naïf au point de m'aveugler, voyons !

Touchée au vif par la conviction de sa réplique, Laura réfréna une grimace de douleur. Pourquoi, se demanda-t-elle, pourquoi Claire est-elle aussi cruelle envers elle-même ? Pourquoi se punit-elle sans raison ? *Il n'y a pas de place pour moi dans sa vie*, venait de dire Hector. Le plus triste, c'est qu'il était lucide et qu'il n'y avait pas davantage de place pour un autre homme. Claire se condamnait sciemment à la solitude. Pourquoi ? se répéta Laura. Pourquoi ?

– Vous pensez peut-être que je me tracasse sans motif ? demanda Hector, étonné du silence de Laura.

Elle ne put retenir un long soupir :

– Non. Je me disais combien il était triste que Claire ait adopté une telle attitude devant la vie.

– Vous êtes donc sûre qu'elle n'est pas malade ?

– Tout à fait. Pas physiquement, du moins.

– Mentalement, alors ?

– Non plus. Claire est parfaitement sensée, je puis vous le garantir. Voyez-vous, Hector, c'est une femme... troublée. Désemparée, déboussolée, je ne sais comment la dépeindre. Et je ne sais pas non plus comment lui venir en aide. Je m'y efforce pourtant depuis des années.

– Aimerait-elle encore son ex-mari ? hasarda Hector.

– Elle le hait, au contraire. Et c'est cette haine qui la ronge.

Il garda le silence, buvant distraitement quelques gorgées de scotch. Un long moment plus tard, quand il releva les yeux, Laura vit qu'ils étaient humides.

– Quel gâchis, Laura, dit-il d'une voix étranglée. Qu'il est triste, qu'il est tragique de se priver délibérément de la possibilité d'aimer.

– Oui, Hector. Tragique est le mot.

Elle ne put en dire plus, car elle sentait à son tour sa gorge se nouer et les larmes lui monter aux yeux.

Ce soir-là, après un léger dîner servi dans sa chambre, Laura voulut travailler sur ses dossiers mais, pour la première fois de sa vie, elle fut incapable de se concentrer. Au bout d'un moment, de guerre lasse, elle reposa son stylo et donna libre cours à ses réflexions.

Depuis l'après-midi, l'état de Claire la hantait.

Non pas sa santé physique, comme Hector s'en souciait, mais son état mental. Laura ne comprenait pas pourquoi l'aversion de Claire pour Philippe s'était muée en une véritable haine depuis leur rupture, ou peut-être même avant.

Claire avait beaucoup changé au cours des six derniers mois. Quand Laura et Doug étaient venus à Paris pendant l'été, elle leur avait paru détendue et bien dans sa peau. Maintenant qu'Hector avait éveillé son attention, Laura se rendait compte que Claire était sur les nerfs, distraite, irritable. A quoi faut-il attribuer cette transformation? se demanda-t-elle pour la énième fois.

Elle interrompit un instant ses allées et venues dans la chambre pour s'arrêter près de la fenêtre. Au printemps et en été, la cour intérieure de l'hôtel était aménagée en restaurant. Ce soir-là, sous la lumière crue qui tombait des lampadaires et des fenêtres, le dallage froid et nu, sans fleurs ni parasols multicolores, était désert et lugubre – comme l'existence de Claire. Si seulement elle pouvait rencontrer quelqu'un! soupira Laura. Un homme de sa génération, un homme dont elle puisse tomber amoureuse sans arrière-pensée et avec qui refaire sa vie. Pourquoi pas? Parce que Claire refuse même de l'envisager, se dit Laura avec un serrement de cœur. Elle s'inflige ce qu'elle n'oserait pas infliger à son pire ennemi.

Malgré son affection pour Claire, Laura ne pouvait s'empêcher de critiquer son obstination aveugle. « Je voudrais tant l'aider et je ne sais pas comment m'y prendre », dit-elle à mi-voix en se rappelant quelles difficultés elle avait déjà dû surmonter dans leur enfance pour rendre à Claire le moindre service. Claire avait toujours tenté d'affirmer son indépendance et de se prétendre intrépide, alors qu'au plus profond d'elle-même elle était timide, sinon pusillanime. Sa grand-mère, qui se trompait rarement dans ses jugements, lui avait dit maintes fois : « Claire est comme un pauvre petit chaton qui a peur de tout. On dirait qu'elle n'ose même pas vivre. » De quoi Claire avait-elle aussi peur, dans leur enfance ? Une ou deux fois, Laura lui avait posé la question sans obtenir de Claire d'autre réponse qu'elle n'avait peur de rien. En y repensant, Laura se rappela aussi que sa grand-mère n'aimait pas les parents de Claire. Elle reprochait à sa mère d'être inefficace et absente, à son père d'être un incorrigible coureur de jupons. Cela avait-il suffi à traumatiser Claire, à la rendre craintive ? Sûrement pas...

Avec un soupir de lassitude, Laura se détourna de la fenêtre et alla se coucher. Incapable de trouver le sommeil, elle regarda la télévision pendant une heure et allait enfin éteindre quand le téléphone la tira de la somnolence qu'elle avait eu tant de mal à provoquer.

— Oui ? répondit-elle, agacée.

— Bonsoir, ma chérie, fit la voix de Doug.

— Je regrette vraiment que tu ne sois pas là, grommela-t-elle.

— Je peux venir, si tu y tiens.

— Pas assez vite pour mon goût, mon chéri.

— Que dirais-tu de trois secondes ?

— Trois secondes ?... Aurais-tu trop bu ?

— Pas du tout, répondit-il en riant. J'arrive dans trois secondes, je t'appelle de la réception.

5

— Q<small>UE</small> diable fais-tu ici ? s'exclama Laura quand son mari franchit la porte. Je te croyais à Los Angeles.

— Je t'ai menti, ma chérie. Je n'avais aucune intention d'y aller, je voulais te faire une surprise.

— Eh bien, dit-elle en se pendant à son cou, tu peux te vanter d'avoir réussi !

Il la serra dans ses bras à l'étouffer, lui donna un long baiser.

— L'idée m'est venue qu'un week-end à Paris nous ferait plaisir à tous les deux, dit-il pendant qu'ils reprenaient haleine. Qu'en penses-tu ?

— Que c'est une merveilleuse idée, mon amour. Je n'ai rien à en dire de plus ! répondit-elle en riant.

— J'ignore ce que tu as prévu pour les prochaines quarante-huit heures, dit-il pendant qu'ils traversaient la chambre en se tenant par la taille, mais j'espère que tu annuleras tes rendez-vous. Je veux t'avoir pour moi tout seul. En égoïste.

— J'y tiens autant que toi. Quant aux rendez-vous à annuler, ce sera facile. Je devais voir deux galeristes demain samedi, je les reporterai à lundi. En revanche, j'ai promis à Claire de dîner chez elle demain soir, je ne peux pas lui faire faux bond. Tu viendras avec moi.

— Naturellement ! Je serai ravi de revoir Claire et la petite.

— Il va falloir changer ton vocabulaire en parlant de Natacha, mon chéri. C'est une grande fille, maintenant.

– Et elle grandit aussi en beauté, je suppose?

– Dis plutôt qu'elle devient ravissante.

Doug allait répondre quand on frappa à la porte.

– Ah! Ce sont sans doute mes bagages.

Il alla ouvrir, donna un pourboire au chasseur.

– As-tu faim? demanda Laura quand celui-ci se fut retiré. Le Relais est sûrement encore ouvert, je peux me rhabiller et descendre avec toi.

– Inutile, ma chérie, j'ai dîné dans l'avion. Mais nous pourrions quand même arroser nos retrouvailles, dit-il en commençant à se déshabiller. Veux-tu commander quelque chose pendant que je prends une douche? Une bouteille de champagne conviendrait à l'occasion.

Laura s'était recouchée quand Doug sortit de la salle de bains, une serviette nouée autour de la taille.

– La bouteille est sur la commode, lui dit-elle. J'ai demandé au serveur de la déboucher.

Il remplit deux flûtes, revint vers le lit, s'étendit près d'elle.

– A nous, ma chérie, dit-il en choquant sa flûte contre celle de Laura. A notre week-end en amoureux.

– A nous, mon amour. Et surtout à toi. Tu es complètement fou d'avoir traversé l'Atlantique pour si peu de temps, mais ta folie me comble de joie.

Doug lui effleura les lèvres, glissa sur la joue, descendit vers le cou, s'attarda au creux de son épaule. Laura se hâta de poser sa flûte sur la table de chevet et se tourna vers lui. Ils furent aussitôt dans les bras l'un de l'autre, leurs bouches soudées en un ardent baiser, leurs mains se prodiguant les caresses les plus tendres qu'ils prirent plaisir à prolonger pour mieux attiser leur désir, au point de ne bientôt plus pouvoir attendre pour l'assouvir. Fondu en elle, il se sentit plonger dans la douceur tiède d'une mer sans fond, d'un bleu intense. Des vagues, des courants puissants le berçaient, le massaient. Des images floues dansaient sur l'écran de ses paupières closes...

Il glissait sans effort vers une extase totale quand il vit ces images prendre la forme d'un visage enfoui au tréfonds de sa mémoire. Au même moment, une voix lui parvint. Une voix familière qu'il connaissait bien, qui semblait venir de très loin mais sonnait en même temps claire et forte à ses oreilles :

— Oh, oui, mon amour! Oui... Je t'aime.

En une fraction de seconde, sa vision se volatilisa et sa virilité s'évanouit. Inerte, haletant, il se laissa retomber sur Laura, soudain épuisé, vidé de ses forces.

Et débordant de honte.

— Pourquoi as-tu arrêté? chuchota Laura au bout d'un bref silence. Que s'est-il passé?

— Je ne sais pas... J'irai mieux dans une minute.

Une minute s'écoula, puis une autre et une autre encore sans que rien justifie son optimisme.

— Tout va bien, mon chéri? s'enquit-elle un instant plus tard avec une inquiétude mêlée d'un étonnement blessé.

— Mais oui, mais oui...

D'une main experte, elle lui prodigua de nouvelles caresses, mais il comprit très vite que ses efforts resteraient vains. Avec elle, ces derniers temps, il était trop souvent victime de cet humiliant échec. Pourquoi son énergie le trahissait-elle aussi brutalement au moment le plus crucial? Mortifié, il sauta à bas du lit et courut à la salle de bains.

Derrière la porte close, penché vers le miroir, Doug s'étudia longuement. Que diable lui arrivait-il? De quel mal mystérieux était-il frappé? Pourquoi devenait-il incapable de poursuivre l'acte d'amour jusqu'à sa conclusion? Dans un passé encore récent, il avait pourtant tout lieu d'être fier de sa virilité et de ses prouesses dans ce domaine.

Une vague de panique le submergea. Souffrait-il d'une infirmité incurable ? En irait-il de même jusqu'à la fin de ses jours ? Serait-il dorénavant hors d'état de donner du plaisir à une femme, de satisfaire la sienne ? Sa terreur se mua tout à coup en colère et en frustration. Dire qu'il avait traversé un océan dans le seul but de faire l'amour avec elle ! Il n'avait réussi qu'à la décevoir. Et à se couvrir lui-même de honte...

Tout cela se passe dans la tête, pensa-t-il enfin. C'est dans la tête que tout commence. Et que tout aboutit.

6

Laura avait toujours considéré qu'elle était douée du sens de l'observation. Elle savait se taire pour mieux écouter les autres et ne rien perdre de leur comportement. Ce don, elle avait eu maintes fois l'occasion de l'exercer en famille, que ce soit sur son frère Dylan, le « rebelle sans cause » ; son père, le « musicien célèbre » ; sa mère, l'artiste « dans les nuages ». Ou encore sa grand-mère Megan, l'ex-« brûleuse de planches », et son grand-père Owen, « imprésario des stars » et héraut inlassable des traditions galloises, sans oublier Claire Benson qui cumulait les rôles d'héroïne, de modèle et de meilleure amie. Chacun dans son genre possédait une personnalité affirmée et complexe qui constituait, par conséquent, un fascinant sujet d'étude.

Ses grands-parents étaient d'ailleurs ceux qu'elle observait avec le plus de plaisir. Owen et Megan Valiant avaient exercé sur elle une influence profonde et durable, sa grand-mère surtout. Parce qu'elle les aimait du fond du cœur, elle posait sur eux un regard à la fois objectif et plein d'indulgence. C'est d'eux qu'elle tenait ses valeurs essentielles, c'est sur leur exemple qu'elle basait sa propre définition de ce que devait être le grand Amour – avec un A majuscule.

« Notre histoire est un des plus beaux romans d'amour qui ait jamais existé ! proclamait son grand-père. Quand j'ai entendu Megan chanter à l'église de Port Talbot, j'ai eu le coup de foudre et je n'ai jamais cessé depuis d'être amoureux d'elle. » A ces paroles, qu'il répétait volontiers, Megan rosissait avec grâce et décochait à Owen un sourire chargé d'adoration. « C'est tout à fait vrai, Laura, renchérissait-elle. Et le coup de foudre était mutuel. L'instant où j'ai posé les yeux sur ton grand-père a été pour moi comme le baiser d'un ange. Le jour de notre rencontre sera toujours le plus heureux de ma vie. »

Dans son enfance, Laura savait que ses parents s'aimaient aussi mais, à la différence de ses grands-parents qui ne se querellaient jamais, Richard et Margaret Valiant semblaient prendre plaisir à s'affronter dans des combats épiques. « Ces deux-là ne savent rien faire à moitié, commentait sa grand-mère. Quand ils ne se jettent pas dans les bras l'un de l'autre, ils s'empoignent à la gorge. Jamais de ma vie je n'ai vu de pareils énergumènes ! »

Leur manière de se réconcilier, après un de ces ouragans périodiques, consistait à partir seuls en voyage pendant dix ou quinze jours. « Encore une de leurs lunes de miel », disait Claire en souriant. Sur quoi, elle assumait son rôle de mère intérimaire pour Laura et son frère avec l'assistance de la gouvernante et de Megan, qui débarquait aussitôt en force pour prendre le commandement de la maisonnée.

Claire avait eu, elle aussi, une grande influence sur Laura, qui observait sa sœur d'élection avec une indulgence attendrie et découvrait rarement des raisons de la critiquer. C'est d'ailleurs ce qu'elle faisait ce soir-là, assise sur un tabouret de la cuisine où Claire et Natacha s'affairaient à préparer le dîner. Laura n'avait pas besoin de faire appel à son sens de l'observation pour constater la profondeur, l'intensité réellement tangible de l'amour et de la complicité qui unissaient la mère et la fille. L'harmonie qui régnait entre elles lui causait une joie sincère. Ni Claire ni elle n'avaient jamais été proches de leurs mères respectives, situation que Laura avait eu trop souvent l'occasion de déplorer. Mais elle, au moins, elle avait sa grand-mère pour s'en consoler. Claire bénéficiait aussi de l'amour de Megan qui n'avait jamais manqué de le prodiguer équitablement à toutes deux.

Laura constatait que ce que Claire lui avait dit de Natacha était non seulement exact mais en dessous de la réalité. Elle n'avait pas revu sa filleule depuis cinq mois et, en ce laps de temps, Natacha avait subi une métamorphose spectaculaire. Les derniers vestiges de l'enfance s'étaient effacés pour faire d'elle une jeune femme d'une beauté prometteuse. Sa chevelure auburn, comme celle de sa mère, retombait sur ses épaules en longues ondulations qui lui donnaient l'allure d'une princesse sortie d'un tableau de la Renaissance. Elle avait des yeux d'une rare nuance d'ambre doré et une peau laiteuse, dont un léger semis de taches de son à la naissance du nez accentuait la pureté. Avec ses longues jambes fines, Natacha les dépassait toutes deux d'une demi-tête malgré ses quatorze ans, ainsi que Claire le lui avait annoncé. La jolie adolescente sera bientôt une femme d'une éblouissante beauté, conclut Laura avant de tourner son attention vers Claire.

Elle ne partageait pas les inquiétudes d'Hector sur son amie. Ce soir-là, Claire débordait de son énergie et de sa vivacité coutumières ; son teint était coloré, son regard brillant de gaieté et ses courtes boucles acajou auréolaient son beau visage d'un halo de vieil or. Non, pensa Laura avec un sentiment de soulagement, je ne vois en elle rien d'angoissant ni de maladif. Claire offrait au contraire l'image même d'une santé éclatante. Dans un ensemble bordeaux sobre et chic, qui convenait à son teint, elle mettait avec entrain la dernière main à un navarin d'agneau, une de ses plus savoureuses spécialités.

Claire était une cuisinière hors pair, talent que Laura lui enviait depuis toujours car, en dépit de ses efforts répétés, elle accumulait les échecs culinaires. Si l'influence de Claire s'était exercée sur elle de la manière la plus heureuse dans d'autres domaines, son amie avait dû déclarer forfait sur ce point. A son grand regret, Laura était notoirement incapable de rivaliser avec Claire devant un fourneau. Mais Claire lui avait appris tant de choses indispensables aux filles... comme de savoir flirter avec les garçons. Laura se retint d'éclater de rire. Bientôt, Natacha s'adonnerait elle aussi à cette importante activité – si elle n'était pas déjà passée maître en la matière !

– Eh, vous deux, laissez-moi quand même vous aider ! dit-elle en se levant. Je me sens comme la cinquième roue du carrosse.

– Ne te fatigue pas, tout va bien, répondit Claire en riant. Rends-nous plutôt service en nous tenant compagnie jusqu'à l'arrivée d'Hector et en t'occupant de lui pendant que nous finirons.

– D'accord. D'ici là, n'hésitez pas à me mettre à contribution s'il faut éplucher des pommes de terre, hacher quelque chose ou faire quoi que ce soit.

– Tout le *quoi que ce soit* est déjà expédié, déclara Natacha en riant à son tour. Il ne reste que le dessert à préparer, je m'en charge. Mais si tu tiens vraiment à nous aider, Laura, tu pourrais aller demander à Doug s'il faut encore des glaçons.

– Bonne idée, répondit-elle. J'y vais de ce pas.

Elle trouva Doug au salon, assis devant la cheminée.

– Aurons-nous besoin de glaçons, mon chéri ?

– Pas tout de suite, le seau est encore presque plein.

Laura jeta un regard autour d'elle en admirant, une fois de plus, le décor à la fois chaleureux et raffiné que Claire avait su créer – avec, il est vrai, un discret coup de pouce d'Hector dont on reconnaissait la signature distinctive dans le drapé des rideaux, les larges abat-jour de soie et les compositions de branches et de feuillages dans des urnes de marbre poly-

84

chrome. Les touches personnelles de Claire se retrouvaient dans les bouquets de fleurs fraîches et les bougies parfumées, disposées en des points stratégiques pour embaumer l'air. Déjà séduisante le jour, la pièce acquérait un charme particulier la nuit, sous la chaude lumière des chandelles et les flammes du grand feu qui flambait joyeusement dans la cheminée.

Les fenêtres du salon donnaient sur la place de Furstemberg, une des plus pittoresques du vieux Paris aux yeux de Laura qui ne se lassait pas de l'admirer. Une de ses camarades de la Sorbonne avait hérité de cet appartement au décès de sa grand-mère et le hasard avait voulu qu'elle cherche à le vendre à l'époque où Claire se séparait de son mari. De passage à Paris à ce moment-là, Laura l'avait immédiatement signalé à Claire. Conquise à sa première visite, elle avait aussitôt signé l'acte d'achat, en avait pris possession deux mois plus tard et entrepris sans tarder les travaux d'aménagement, sous la supervision d'Hector. « Mon premier vrai foyer depuis que je suis adulte », disait Claire qui avait mis son cœur et son talent dans la décoration. Le résultat était une vraie une réussite, comme Laura était la première à en féliciter son amie. Ce travail avait surtout permis à Claire de surmonter, pour un temps du moins, l'épreuve de son divorce en cours.

On sonna à la porte au moment où Natacha entrait au salon.

— C'est sûrement Hector! s'exclama-t-elle en jetant un coup d'œil au cartel de la cheminée. Il est aussi ponctuel qu'une horloge.

Elle courut vers le vestibule, Laura la suivit d'un pas plus mesuré, Doug se leva. Natacha ouvrit la porte, un joyeux sourire aux lèvres... et se figea sur place, bouche bée : Hector n'était pas seul.

Et celui qui se tenait à côté de lui sur le seuil n'était autre que Philippe Lavillard.

Derrière Natacha, Laura était, elle aussi, changée en statue. Le regard de Philippe alla de l'une à l'autre. Il ouvrit la bouche, la referma sans mot dire, fit un pas en avant.

Au même moment, la porte de la cuisine s'ouvrit à la volée et Claire se précipita dans le vestibule :

— Ah, Hector ! Je suis si contente que vous...

La suite de la phrase lui resta dans la gorge. Sur son visage, la stupeur fit cependant vite place à la fureur.

— Que diable viens-tu faire ici ? aboya-t-elle.

— Nous nous sommes rencontrés à l'entrée de l'immeuble, intervint Hector, consterné par la tournure que prenaient les événements. Et puis... nous sommes montés ensemble, conclut-il avec un geste fataliste, conscient de son impuissance à éviter une scène qui promettait d'être pénible pour tout le monde.

Claire dévisagea un instant son vieil ami avant de détourner les yeux pour poser sur Philippe un regard étincelant de rage. Consciente de ce que Claire était sur le point d'éclater, Laura chercha comment désamorcer la situation avant qu'elle ne dégénère et lança à son mari un muet appel à l'aide. D'un léger haussement d'épaules, Doug lui fit comprendre que lorsque deux ennemis, aussi irréconciliables que l'étaient devenus Claire et Philippe, se retrouvent face à face, aucune force au monde n'est en mesure de les séparer.

— Que veux-tu ? demanda-t-elle d'un ton glacial.

— Tu sais très bien ce que je veux, répondit calmement Philippe.

— Ce que tu veux et ce que tu obtiendras sont deux choses différentes, répliqua-t-elle. Si tu crois pouvoir venir chez moi sans prévenir pour me présenter tes exigences, tu te trompes lourdement. Et cela, tu le sais *très bien*, conclut-elle avec un ricanement.

— J'ai le droit de voir Natacha.

— Toi, voir Natacha ? De quel droit, je te prie ? Tu t'en fiches éperdument, de Natacha ! Si tu tenais à elle, tu ne disparaîtrais pas au fin fond de l'Afrique prodiguer tes soins à des inconnus au lieu de t'occuper d'elle ! Tu resterais à Paris, tu serais disponible quand elle aurait besoin de toi ! Tu ne prendrais pas prétexte de tes prétendus virus pour te couper du reste du monde et échapper à tes obligations envers nous !

— Ne sois pas de mauvaise foi, Claire. En cas d'urgence, je serais ici en quelques heures si tu me le demandais. Et j'ai le droit imprescriptible de voir ma fille.

— Un droit dont tu t'es toi-même déchu en nous abandonnant !

— Ne déforme pas la vérité, Claire, je ne vous ai pas abandonnées. Et tu sembles oublier que le jugement de divorce m'accorde des droits de visite.

— Si je le veux bien ! N'oublie pas que c'est *moi* qui ai la garde de Natacha et que tes droits de visite sont laissés à ma seule discrétion ! Tu avais accepté cette clause sans protester, que je sache.

Philippe s'efforça de se maîtriser. Il savait d'expérience qu'il n'aboutirait à rien en se querellant avec Claire. Sa rage s'exprimait toujours par des torrents d'invectives d'une violence qui l'effrayait, car il ne savait jamais sur quoi elle déboucherait ni à quelles extrémités, emportée par une colère aveugle, Claire risquait de se laisser aller.

— Ecoute, dit-il en réfrénant un soupir de lassitude, je suis de passage à Paris pour quelques jours, je te demande simplement de me laisser voir Natacha une heure ou deux, voilà tout.

— Voilà *tout* ? Encore faudrait-il que Natacha ait envie de te voir, elle ! Tu veux voir ton père, Natacha ?

Natacha garda le silence un instant.

— Non, maman, dit-elle enfin à mi-voix.

— Ah ! tu vois ! s'écria Claire d'un ton triomphant. Tu as même réussi à dresser ta fille contre toi, bien qu'elle ne sache même plus que tu es son père. Elle n'a d'ailleurs jamais su

87

qu'elle avait un père, poursuivit-elle avec un ricanement amer. Tu n'étais jamais là, tu passais en coup de vent. Pour elle, tu n'es qu'un étranger.

— C'est faux!...

Philippe s'interrompit, le temps de se ressaisir.

— Cessons de remâcher le passé, reprit-il plus calmement. Comme je viens de le dire, je ne suis à Paris que pour quelques jours, j'aurais aimé voir Natacha une heure ou deux. Il n'y a pas de quoi en faire une montagne.

— Et c'est à cette heure-ci que tu viens le demander? Si tu avais l'intention de te faire inviter à dîner, j'aime autant te dire tout de suite que tu te fais des illusions!

— Je n'ai aucune intention de me faire inviter à dîner, Claire. Je souhaite simplement voir ma fille.

— Non! Pas maintenant, en tout cas. Tu aurais pu me téléphoner, si tu avais des notions de bonne éducation!

— Si je t'avais téléphoné, tu aurais refusé ou tu m'aurais raccroché au nez.

— Eh bien, considère que je raccroche. Maintenant, sors d'ici. Ta présence m'indispose.

— Sois raisonnable, Claire, je t'en prie. Accorde-moi...

— Pas question! l'interrompit-elle.

Devant le flot de haine qu'elle mettait dans son regard et ses paroles, il ne put retenir une grimace de douleur.

— Demain, Claire. Une heure, pas plus. Pour le déjeuner...

— J'ai dit non!

— Le petit déjeuner, alors? Ou dans la matinée. Ici, sous ton contrôle si tu y tiens. Ou même au café d'à côté...

— Fiche le camp! hurla Claire. Je ne veux pas de toi chez moi!

Elle trépignait presque. Laura en était abasourdie et, plus encore, profondément troublée : elle n'avait jamais vu son amie se comporter d'une manière aussi hystérique.

– Je crois qu'il vaudrait mieux poursuivre cette discussion à l'intérieur de l'appartement plutôt que sur le palier, intervint alors Hector avec calme.

Tout en parlant, il poussa discrètement Philippe, entra derrière lui, referma la porte et enleva son pardessus, qu'il accrocha lui-même au portemanteau. Philippe profita de cette accalmie momentanée pour reprendre sa plaidoirie sur un ton conciliant :

– Accorde-moi une heure demain avec Natacha, Claire. Je n'en demande pas davantage.

Il fit un pas vers elle, Claire recula comme si elle avait peur qu'il l'agresse ou si son contact lui répugnait. Comment en sont-ils arrivés à se haïr à ce point ? se demanda Laura, atterrée. Des années durant, pourtant, ils se sont aimés, ils ont fait les mêmes rêves, les mêmes projets d'avenir...

Comme chaque fois qu'elle était témoin de l'hostilité qui régnait entre ses parents, Natacha en fut bouleversée.

– Je suis d'accord, maman, dit-elle dans l'espoir de détendre l'atmosphère. Nous irons prendre un café demain matin.

– Non ! s'écria Claire. Je ne veux pas que tu acceptes uniquement pour lui faire plaisir !

Natacha prit sa mère dans ses bras d'un geste protecteur. Sous son déchaînement de fureur, elle sentait l'intensité d'une souffrance qui lui brisait le cœur. Claire se laissa aller contre la poitrine de Natacha, réconfortée et rassérénée par cette marque d'amour filial.

– Allons, maman, calme-toi. Je suis d'accord et cela me fera plaisir à moi aussi. Demain matin dix heures, poursuivit-elle en se tournant vers son père. Je serai prête à sortir.

Un sourire dissipa l'expression assombrie de Philippe.

– Dix heures, parfait. Merci, Natacha. Merci... J'espère que tu es d'accord et que tu ne soulèveras pas de problème de dernière minute ? ajouta-t-il à l'adresse de Claire.

– Mais non, mais non, tout ira bien, se hâta d'intervenir Natacha.

Soulagé, impressionné aussi de constater tant d'assurance et d'autorité naturelle chez cette ravissante adolescente presque inconnue qui était sa fille, Philippe se détendit.

– A demain, donc. Au revoir, Laura, dit-il en se tournant vers elle. Ravi de vous avoir rencontrée l'autre jour.

Il salua Hector d'un signe de tête et se retira sans plus tarder, sachant qu'il valait mieux ne pas laisser à Claire le temps de réagir et de déclencher une nouvelle scène.

A peine eut-il refermé la porte derrière lui que Claire se tourna vers Laura, les sourcils froncés :

– Tu l'as revu l'autre jour ?

– Oui, je suis tombée sur lui par hasard au musée d'Orsay, juste avant que tu m'y rejoignes.

– Et tu ne m'as rien dit à ce moment-là ? Tu ne m'as même pas appris qu'il était à Paris ? Pourquoi ?

– Je voulais t'en parler, ma chérie, et puis j'ai jugé plus sage de me taire. Puisque tu ignorais que Philippe était de passage à Paris, j'ai préféré ne pas te troubler en te l'annonçant. Prononcer son nom devant toi revient à agiter un chiffon rouge sous le nez d'un taureau. Je pensais qu'il te téléphonerait, que tu m'en parlerais et que, à ce moment-là, je t'aurais signalé notre rencontre. Tant qu'il ne te faisait pas signe, à quoi bon t'indisposer pour rien ?

– En somme, tu m'as menti par omission. De ta part, je n'arrive pas à y croire, dit Claire avec amertume.

– Oh ! Claire, ne le prends pas comme cela, je t'en prie ! Je ne t'ai pas menti par omission. Enfin... pas vraiment, poursuivit Laura, mortifiée de se rappeler s'être accusée du même péché l'avant-veille. Tu comprends sûrement mes raisons de me taire.

Claire ne répondit pas.

– Ecoute, reprit Laura, à quoi cela aurait-il servi que tu sois au courant de ma rencontre avec Philippe ? Tu aurais été furieuse de savoir qu'il était à Paris sans t'avoir appelée pour te demander des nouvelles de Natacha.

– Je suis furieuse en ce moment. Contre toi!

– Allons, maman, intervint Natacha, ne t'en prends pas à Laura, elle n'a rien fait de mal.

– La voix de la sagesse parle par ta bouche, ma chère petite, déclara alors Hector. Je ne sais pas ce que vous en pensez, vous autres, mais pour ma part, je meurs de soif. J'ai grand besoin d'un bon remontant. Pas vous, Laura?

– Si, Hector, répondit Laura en se dirigeant vers le salon. Venez, je vais m'en occuper. Scotch-Perrier, comme d'habitude?

– Avec plaisir.

– Et toi, Claire? demanda Laura en mettant des glaçons dans les verres. Je prendrai une vodka-tonic, pour changer.

– Rien pour le moment, merci, répondit Claire d'un ton redevenu normal. Je dois d'abord aller surveiller le dîner à la cuisine.

– Je vais avec toi, maman, dit Natacha en lui emboîtant le pas.

– Et toi, Doug? demanda Laura à son mari.

– Mon verre n'est pas encore vide. Je verrai plus tard.

Laura tendit son scotch à Hector et alla s'asseoir en face de lui près de la cheminée.

– *Cheers!* dit-elle en levant son verre.

Hector et Doug répondirent à son toast en souriant. Remarquant la mine préoccupée d'Hector, Laura lui laissa le temps de se ressaisir.

– Je connais Claire depuis des années, dit-elle au bout d'un long silence. Du moins, je croyais la connaître, car je ne l'avais jamais vue se conduire comme elle l'a fait.

– Une scène affreusement pénible, approuva Hector. Moi non plus, je ne l'imaginais pas capable de se comporter de cette manière. Comment peut-elle nourrir une telle haine envers Philippe?

91

— Je n'ai jamais pu aller au fond de cette question, Hector. Son mariage n'est ni le premier ni le dernier qui échoue, des milliers de couples divorcent. Mais une hostilité pareille entre deux êtres intelligents est exceptionnelle, je l'espère du moins.

— Je n'ai été que rarement témoin des rencontres entre Claire et Philippe depuis leur séparation, mais je sais par les confidences de Natacha qu'ils s'affrontent à chaque fois avec des déchaînements de fureur, du moins de la part de Claire. Il semblerait que plus le temps passe, plus elle le déteste. C'est incompréhensible de la part d'une femme aussi remarquable que Claire.

Laura ne répondit pas. Elle ne trouvait pas de mots pour exprimer sa propre stupeur et, plus encore, la profondeur de son désarroi. Car les commentaires d'Hector étaient trop véridiques pour ne pas la toucher plus profondément qu'elle n'aurait voulu se l'avouer.

— J'espère que cette scène ne vous aura pas trop gâché la soirée, dit-elle enfin en se forçant à sourire. Claire était de si bonne humeur, tout à l'heure, à la cuisine. Il est vrai que...

Elle s'interrompit, but une gorgée de sa vodka-tonic.

— Qu'alliez-vous dire? insista Hector.

— Je n'ai jamais beaucoup aimé Philippe Lavillard, je l'avoue. Je ne devrais pas me laisser entraîner par mes préjugés.

— Allons, Laura, ce n'est pas un si mauvais bougre! protesta Doug. Personnellement, je le trouve plutôt sympathique.

— Peut-être le voyez-vous à travers le regard de Claire plutôt que le vôtre, ma chère Laura, dit Hector.

— C'est possible, admit-elle.

Hector contempla pensivement le feu. Un instant plus tard, un ricanement amer lui échappa.

— De quoi riez-vous, Hector? demanda Laura.

– Oh! d'un simple lieu commun qui me vient à l'esprit, mais qui ne prête guère à rire, en réalité. Nous nous croyons maîtres de notre propre existence, voyez-vous, alors que ne pouvons pas contrôler les faits et gestes des autres. Et comme ces faits et gestes nous affectent plus que nous le pensons, nous ne sommes maîtres que de bien peu de chose, tout compte fait. Pas même de nos pensées ni de notre vie. C'est quelque peu... déprimant, vous ne trouvez pas?

Laura garda le silence un instant.

– Vous avez raison, Hector, dit-elle enfin. Nous ne dominons pas grand-chose en ce monde. Encore moins nous-mêmes.

– C'est tout à fait vrai, approuva Doug avec une chaleur inaccoutumée. Tout à fait vrai.

7

En sortant de l'immeuble, Natacha vit que son père l'attendait au coin de la rue de l'Abbaye. Elle courut le rejoindre, se jeta dans ses bras tendus, et ils s'étreignirent avec émotion.

— Bonjour, Natacha chérie, dit-il enfin.

— Bonjour, papa. Ne restons pas ici, poursuivit-elle en lui prenant le bras. Allons nous promener.

— Mais... ta mère? demanda-t-il, inquiet. Elle compte sur ton retour d'ici une heure.

— Pas de problème, répondit-elle. Je lui ai dit que je voulais rester plus longtemps avec toi aujourd'hui, elle est d'accord.

Philippe hésita. S'il ne connaissait pas sa fille aussi bien qu'il l'aurait souhaité, il savait qu'elle ne lui mentirait pas. Claire l'avait bien élevée en lui inculquant de bons principes.

— Eh bien, puisque ta mère n'y voit pas d'objection, marchons un peu et cherchons un endroit où prendre notre petit déjeuner. Je n'ai encore rien mangé. Et toi?

— Moi non plus, répondit-elle en souriant. Je meurs de faim.

Bras dessus, bras dessous, ils se mirent en marche du même pas. Natacha aimait son père, qu'elle ne considérait nullement comme le monstre que sa mère dépeignait. La rage incessante de Claire envers lui et son refus d'aborder devant elle leurs rapports passés la déconcertaient. Mais

Natacha, à vrai dire, était souvent déconcertée par le comportement des adultes qui lui paraissait incompréhensible, surtout en ce qui concernait leurs relations entre eux ou avec les autres.

— J'ai l'intention de quitter l'Afrique, déclara Philippe à brûle-pourpoint.

— Pourquoi, papa? s'exclama Natacha, stupéfaite. Je croyais que les recherches que tu poursuivais là-bas te passionnaient.

— Elles m'intéressaient beaucoup, en effet, et je crois avoir fait du bon travail jusqu'à présent. Maintenant, je suis... fatigué. Saturé, plutôt. La routine me sclérose, je n'accomplis plus rien de valable. De toute façon, j'aspire avant tout à me rapprocher de toi, à te voir plus souvent. Cela te plairait?

Il attendit la réponse de sa fille avec une sourde angoisse. Etait-ce trop présomptueux de croire qu'elle lui portait le même amour que celui qu'elle lui inspirait? S'était-il lourdement trompé sur son compte? Le silence de Natacha se prolongeait.

— Eh bien? insista-t-il. Qu'en penses-tu? Serais-tu contente si je me réinstallais à Paris?

— Oui, papa, répondit-elle avec conviction. Très heureuse. Mais crois-tu que maman me permettrait de te voir plus souvent?

— Sûrement, Natacha. C'est à moi seul que ta mère en veut, pas à toi. Si c'est toi qui le lui demandes, elle approuvera.

Natacha saisit cette occasion de poser la question qui la démangeait depuis longtemps :

— Pourquoi t'en veut-elle autant, papa?

— Elle est convaincue, je crois, que je l'ai trahie. Abandonnée.

— Et c'est vrai?

Philippe marqua une pause, laissa échapper un soupir.

– Tu sais, nous nous sommes tous les deux plus ou moins trahis, disons plutôt déçus, de bien des manières. Et toi seule en as subi les conséquences. Les premières victimes d'un divorce sont toujours les enfants, ajouta-t-il avec un sourire triste.

– Peut-être... Alors, c'est vrai ce qu'elle dit sur toi et... et d'autres femmes ? demanda-t-elle en hésitant.

– Non, absolument pas. Mais ta mère m'a toujours soupçonné de la tromper, surtout quand je m'absentais pour des périodes relativement longues.

– Je ne comprends pas qu'elle n'ait pas eu confiance en toi. Pourquoi, papa ?

– Je n'en sais rien, Natacha. Le fait est qu'elle y croyait et que cela la rendait réellement furieuse. Elle l'est toujours, d'ailleurs, c'est ce qui me désole.

Ils firent quelques pas en silence.

– J'ai l'impression, vois-tu..., commença Philippe.

Il s'interrompit, réfléchit aux mots qu'il allait employer.

– J'ai l'impression, reprit-il, que ta mère éprouve envers tous les hommes, pour des raisons que j'ignore, une méfiance quasi maladive dont les racines plongent très profondément. Comment, pourquoi ? La réponse à cette question m'échappe, je crois avoir été victime de son... obsession. Je ne veux pas dire que je ne me reconnais aucune part de responsabilité dans l'échec de notre mariage, pourtant ta mère m'a souvent accusé injustement d'actes dont j'étais innocent ou m'a prêté des intentions que je n'avais pas.

– Je sais que tu n'es pas un ogre comme maman voudrait le faire croire, papa. En fait...

Elle s'interrompit et un sourire espiègle lui illumina le visage.

– En fait, reprit-elle, je crois que maman est encore amoureuse de toi.

Philippe ne put réprimer un cri d'étonnement.

– Non, Natacha, tu te fais des illusions! Tu te laisses entraîner par ton imagination romanesque.

– Pas du tout, papa. Ce n'est pas de l'imagination de ma part, je t'assure. Je le sens! C'est même la raison pour laquelle maman est aussi furieuse contre toi, poursuivit-elle sans lui laisser le temps de l'interrompre. Elle t'en veut de ne pas vivre ici, avec nous. Je suis sûre qu'elle t'aime encore.

– En un sens... je l'aime encore, moi aussi.

– Eh bien, voilà un bon début! Vous ne pourriez pas faire l'effort de vous raccommoder, tous les deux?

Philippe s'arrêta et tourna Natacha vers lui afin de la regarder dans les yeux.

– Pour toi, ma chérie, j'aimerais que ce soit possible, mais sincèrement, je n'y crois pas. Je suis convaincu que ta mère ne veut plus de moi dans sa vie. Si je t'ai dit que je l'aimais encore d'une certaine façon, ce genre d'amour n'est pas de ceux qui permettent une vie de couple. Disons que je conserve à ta mère une profonde affection à cause de ce que nous avons vécu ensemble et à cause de toi. Ce n'est pas du tout la même chose, comprends-tu?

– Oui, je comprends, répondit Natacha à regret.

Elle glissa son bras sous celui de Philippe et ils reprirent leur marche du même pas. Tous deux grands, minces, élégants, leur ressemblance était évidente aux yeux du passant le plus distrait.

Natacha se rendit compte qu'elle avait eu tort de rêver : si ses parents ne voulaient ni l'un ni l'autre faire abstraction du passé et reprendre la vie commune, ils pourraient du moins faire un pas l'un vers l'autre et se comporter à l'avenir de manière plus civilisée. Et si son père revenait s'installer à Paris, comme il le lui avait annoncé, sa mère le verrait peut-être sous un jour plus favorable.

– Reprendras-tu ton poste à l'Institut Pasteur, papa?

– J'aimerais bien, mais j'en doute. Je l'ai quitté depuis trop longtemps. Malgré tout, on ne m'a pas fermé la porte. Je dois avoir demain un entretien avec le directeur.

– Tu es trop brillant et trop célèbre dans ta spécialité pour qu'ils ne se jettent pas sur toi, papa! Je suis sûre qu'ils te reprendront.

– Merci de ton vote de confiance, ma chérie! dit Philippe en riant. J'ai de la chance de t'avoir dans mon camp.

– J'y ai toujours été!

– Je sais, ma chérie... Si nous entrions ici? poursuivit-il en avisant un café du boulevard Saint-Germain. Je me rappelle qu'ils avaient les meilleurs croissants de Paris. Allons voir si c'est encore vrai.

Après s'être attablés et avoir passé leur commande, Philippe reprit la parole :

– Je vais à New York la semaine prochaine avec ta grand-mère.

– Je ne l'ai pas vue depuis bien longtemps. Comment va-t-elle?

– Très bien. Elle déplore de ne pas te revoir. Vous pourrez peut-être faire vraiment connaissance un de ces jours, elle et toi.

– Surtout quand tu habiteras de nouveau Paris, répondit Natacha avec chaleur. Je veux dire, elle aurait plus souvent l'occasion de venir ici te rendre visite. Et à moi aussi, n'est-ce pas?

Philippe acquiesça d'un signe de tête. Il ne regrettait pas d'avoir fait l'effort d'aller chez son ex-femme la veille au soir. En dépit de la crise de rage de Claire, le résultat dépassait ses espérances. Il était certain, désormais, de pouvoir compter sur l'amour de sa fille. Un jour, peut-être, Natacha apprendrait à aimer aussi sa grand-mère. Et cette seule perspective suffit à le rendre heureux.

Cet après-midi-là, Philippe Lavillard se rendit au Plaza-Athénée et appela la chambre de Laura du hall de l'hôtel.

– Désolé de vous importuner, Laura, mais je vous serais très reconnaissant si vous pouviez m'accorder quelques instants. J'aimerais vous parler de Natacha. Et de Claire, ajouta-t-il.

– Un instant, Philippe.

Il l'entendit vaguement dire quelques mots à Doug avant de revenir en ligne.

– D'accord, Philippe. Pouvez-vous m'attendre au bar ? Non, plutôt dans la galerie, on y sert le thé en ce moment, je crois. Je vous y rejoins dans cinq minutes.

– Merci, Laura. A tout de suite.

Philippe alla s'installer à une table libre et fit signe au serveur qu'il attendait quelqu'un et commanderait plus tard.

Ayant toujours eu beaucoup de sympathie pour Laura Valiant, qu'il considérait comme la seule véritable amie de Claire, il désirait depuis longtemps lui demander si elle connaissait dans le passé de Claire un élément susceptible d'éclairer les causes profondes de sa méfiance pathologique envers les hommes en général et lui-même en particulier. Il n'avait cependant jamais eu le courage d'aborder la question avec elle mais, après la scène hystérique dont Laura avait été témoin la veille, il ne pouvait plus reculer.

Laura arriva ponctuellement. Toujours aussi belle et élégante, se retint-il de lui dire en lui serrant la main.

– Alors, lui demanda-t-elle, comment s'est passée votre matinée avec Natacha ?

– Beaucoup mieux que je n'osais l'espérer. Nous avons pris le petit déjeuner ensemble, nous nous sommes promenés au Luxembourg. Elle est adorable et très sensée pour son âge. J'ai passé avec elle un merveilleux moment, j'espère qu'il en a été de même pour elle.

— J'en suis très heureuse, Philippe. Vous avez raison, Natacha est exceptionnelle. Claire l'a admirablement élevée.

— C'est vrai, Laura, je suis le premier à le reconnaître.

— Je vois que vous n'avez encore rien commandé. Voulez-vous du thé ? Un apéritif, peut-être ? Il est bientôt l'heure.

— Prenez ce qui vous fait plaisir, je vous tiendrai compagnie. Je suis avant tout venu vous parler de Claire.

— Bien... Je vous écoute, Philippe, dit-elle avec réticence.

— Ecoutez, Laura, commença-t-il sur le ton de la confidence, je suis déterminé à me rapprocher de Natacha, qui est tout à fait d'accord. Or, vous connaissez Claire, j'ai peur qu'elle ne cherche par tous les moyens à empêcher ce rapprochement.

Laura réfléchit un instant avant de répondre :

— A mon avis, Claire vous rend seul responsable de la situation. Elle qualifie de désertion vos interminables séjours en Afrique.

— Je sais, c'est justement pourquoi j'ai l'intention de revenir en France. Il me faudra sans doute quelque temps pour me dégager de mes obligations là-bas et retrouver un nouveau poste, mais je suis décidé à vivre dorénavant dans le même pays et, si possible, la même ville que ma fille. J'admets volontiers m'en être trop longtemps éloigné, ce n'était pas de gaieté de cœur, croyez-moi.

— Je vous crois, Philippe. La scène d'hier soir était vraiment épouvantable, poursuivit-elle. J'étais stupéfaite de la fureur de Claire, je ne vous le cache pas, car je ne l'avais jamais vue dans cet état.

— Moi non plus. Dans toutes nos disputes passées, elle n'avait jamais à ce point donné libre cours à... à sa haine, disons le mot. Je ne la reconnaissais pas, hier soir. C'est pourquoi je me demande si quelque chose ou quelqu'un d'autre l'avait bouleversée ou la bouleverse encore jusqu'à la transformer en furie. Le sauriez-vous ?

– Non. Pas à ma connaissance, du moins.

Laura s'abstint de mentionner l'inquiétude d'Hector sur la santé de Claire. Sa vie ne concernait qu'elle, Philippe n'y avait plus sa place.

– Quand je serai revenu à Paris, j'espère parvenir à renouer des rapports moins conflictuels avec Claire. Est-ce possible, à votre avis ?

Laura réfléchit un instant avant de répondre :

– Peut-être. Je vous le souhaite, en tout cas.

– Vous n'en paraissez guère convaincue.

– Non, c'est vrai. D'un autre côté, elle vous reprochait surtout vos absences. Une fois que vous serez de retour ici, elle se rendra peut-être compte que vous vous intéressez sérieusement à Natacha et que vous acceptez d'assumer votre part de responsabilités parentales envers elle. Car c'est bien ce que vous comptez faire, n'est-ce pas ?

– Naturellement ! Je voudrais aussi amener Natacha à mieux connaître ma mère. Depuis plusieurs années, elle a à peine vu sa grand-mère, ce n'est pas normal. Vous êtes mieux placée que quiconque pour le comprendre, Laura.

Laura se borna à acquiescer d'un signe de tête alors qu'en elle-même, elle l'approuvait sans réserve. Elle prenait conscience que Philippe désirait sincèrement modifier sa propre existence afin d'y inclure sa fille et de recréer entre eux une intimité trop tôt et trop longtemps sacrifiée. Elle aimait Claire, certes, mais si chère que lui fût son amie, celle-ci n'était pas infaillible. La veille au soir, Hector lui avait dit, *reproché* serait plus exact, d'avoir toujours vu Philippe à travers le regard de Claire plutôt que le sien. Doug lui-même lui avait fait observer que Philippe n'était pas un « si mauvais bougre ». Et s'ils avaient tous deux raison ? S'était-elle forgé une fausse image de Philippe Lavillard ? Si oui, elle lui devait de réviser son jugement.

– C'est vrai, Philippe, répondit-elle enfin, il est indispensable que Natacha apprenne à connaître sa grand-mère. Rien ne remplace les liens familiaux. Pourtant, je croyais que votre mère vivait à New York depuis des années.

– En effet, mais elle vient souvent à Paris – elle y est née, après tout. Et puis, une fois que je m'y serai réinstallé, elle aura l'occasion de revenir plus souvent. Je sais combien vous êtes proche de Claire, Laura, poursuivit-il en la fixant d'un regard pénétrant. C'est pourquoi j'hésite à vous le demander : accepteriez-vous de plaider ma cause auprès d'elle ? De lui faire comprendre que ma décision de me rapprocher de Natacha n'est pas un simple caprice ? Je veux sincèrement être près d'elle, avec elle au cours des années qui viennent, les plus importantes de sa vie car ce seront ses années de formation.

– Je sais, Philippe. Malgré tout, Claire s'étonnera sans doute de me voir m'en mêler aussi soudainement.

– Rapportez-lui notre conversation, dites-lui que je vous ai demandé d'intervenir.

– Oui, bien sûr, mais...

– Vous hésitez, Laura, et je vous comprends. Loin de moi l'idée de vous mettre en porte à faux vis-à-vis de Claire... Ecoutez, je ne vous demande que d'y réfléchir jusqu'à mon retour définitif. Une fois que je serai là, vous parlerez à Claire et vous tenterez de l'amener à comprendre ma position, à admettre mes raisons. D'accord ? Cela vous paraît-il raisonnable ?

Laura réfléchit un long moment.

– Oui, Philippe. C'est tout à fait raisonnable et je vous promets de le faire. Je comprends l'importance que vous y attachez, je me rends compte aussi que c'est encore plus important pour Natacha. Elle a *besoin* d'avoir un père et de le connaître. Je parlerai donc à Claire, mais pas avant que vous soyez installé à Paris et prêt à participer comme vous le souhaitez à la vie de Natacha. Et maintenant, ajouta-t-elle en souriant, à mon tour de vous poser la question : d'accord ?

Pour la première fois depuis le début de leur conversation, un franc sourire apparut sur les lèvres de Philippe et un éclair de bonne humeur illumina son regard jusqu'alors sombre.

– Oui, Laura. D'accord et, surtout, merci. Je craignais d'abuser de votre générosité, je constate que je pouvais compter dessus.

8

POUR Laura, le reste de la semaine s'écoula à une vitesse vertigineuse. Avant d'en avoir pris conscience, elle se retrouva le vendredi matin devant mille détails urgents à régler. Aussi avait-elle une grande demi-heure de retard quand elle arriva à treize heures trente au Bar des Théâtres, en face du Plaza, où elle devait déjeuner avec Claire.

Son amie interrompit ses excuses d'un sourire :

— Aucune importance, ma chérie, je sais ce que c'est d'être pressée par le temps. Enlève ton manteau, assieds-toi et détends-toi.

Laura s'exécuta et accepta le champagne que Claire suggérait en guise d'apéritif.

— Tout m'est tombé dessus au dernier moment, mais j'aurais mauvaise grâce à m'en plaindre, dit-elle en riant. Des affaires que je n'espérais plus conclure se sont finalement arrangées depuis hier soir.

— Tu n'as donc pas perdu ton temps ?

— Au contraire ! Mon client canadien s'est engagé ferme sur l'achat du Matisse et du Cézanne. Et pas plus tard que ce matin, un marchand qui n'avait rien à m'offrir la semaine dernière est venu me proposer un Bonnard de toute beauté. Mon Canadien en voudra sûrement. Quant au Renoir de la comtesse, un de mes clients de New York le prend sans discuter au prix qu'elle en demande.

– Tant mieux! Hector sera enchanté, son amie a d'énormes besoins d'argent pour son château. Je me demande d'ailleurs pourquoi elle s'obstine à y engloutir une telle fortune. A sa place, je me serais débarrassée de ce fardeau depuis belle lurette.

– Hector m'a dit qu'il est dans la famille depuis des siècles et que la comtesse l'entretient pour le léguer en bon état à son fils, qui en est l'héritier légitime. C'est méritoire de sa part, non?

– Si l'on veut. Ma mère disait souvent qu'une maison est pire qu'un cambrioleur, poursuivit Claire en riant. Elle te vole tout ton argent et te laisse sur la paille. Ne l'oublie pas, surtout!

– Comme si je pouvais! Quand ma grand-mère m'a demandé de m'occuper de sa maison du Connecticut, j'étais aux anges... jusqu'à ce que je me rende compte que c'était un gouffre sans fond! Nous n'en verrions jamais la fin si Doug ne se chargeait pas lui-même de beaucoup de travaux. Heureusement qu'il est habile de ses mains et adore bricoler, sinon nous serions déjà ruinés.

– Embrasse ce cher Doug de ma part, veux-tu? J'étais ravie de le revoir le week-end dernier.

– Je n'y manquerai pas. Mais dis-moi, ajouta-t-elle, pourquoi tout le monde s'obstine à l'appeler *ce cher Doug*?

– Tout le monde? s'étonna Claire. Je croyais être la seule.

– Eh bien, non. Philippe m'a dit exactement la même chose l'autre jour, quand je l'ai rencontré au musée d'Orsay...

Laura s'interrompit, gênée d'avoir mentionné étourdiment ce nom devant Claire.

– Quoi? Philippe t'a dit d'embrasser Doug de sa part?

– Pas du tout, voyons! Il m'a seulement demandé : « Comment va ce cher Doug? » C'est pourquoi je me pose la question de savoir pourquoi tous mes amis et connaissances le qualifient de *cher*.

– Ne t'en prends qu'à toi-même! répondit Claire en pouffant de rire. Quand tu as fait sa connaissance, tu n'arrêtais pas de chanter ses louanges et de nous rebattre les oreilles de ses mérites. Il était toujours le plus beau, le plus intelligent, le plus ceci, le plus cela. Tu étais pire qu'une groupie en pâmoison devant une star! Remarque, tu as raison, la plupart des séducteurs de Hollywood ne lui arrivent pas à la cheville et il a certainement la tête mieux faite.

Laura ne put s'empêcher de rire à son tour.

– Il m'avait rendue complètement gâteuse à ce moment-là, je l'avoue sans honte. Je n'avais jamais rien vu de plus beau monté sur deux jambes! C'est toujours vrai, d'ailleurs.

– Je te réitère donc la consigne de l'embrasser de ma part.

– Et moi, je te répète que je n'y manquerai pas. Je prends même, sans crainte d'être contredite, l'initiative de te déclarer qu'il t'en fait autant. Tu sais bien qu'il a toujours eu un faible pour toi.

Claire salua le compliment d'un sourire en consultant le menu.

– Je me contenterai d'une omelette et d'une salade. Et toi?

– La même chose, je n'ai pas très faim.

Claire fit signe au serveur qui vint noter leur commande.

– Je suis si heureuse que tu sois restée cette fois plus longtemps que d'habitude, dit-elle quand elles furent de nouveau seules. Tu vas nous manquer, Laura. A Natacha surtout. En dehors de moi, elle n'a personne d'autre au monde que toi.

– Mais non! protesta Laura. Elle a...

Une subite quinte de toux lui coupa la parole.

– Elle a aussi Hector, acheva-t-elle une fois l'accès calmé.

– Elle a aussi son père, c'est ce que tu voulais dire, n'est-ce pas?

Laura se sentit rougir et acquiesça d'un hochement de tête.

– Quand comprendras-tu qu'elle n'a pas de père ? enchaîna Claire en s'échauffant. Il n'a jamais été un bon père ni un bon mari. Son travail et ses maîtresses passaient toujours en premier. Il était trop indépendant pour daigner se plier à la moindre contrainte. Il ne faisait que ce qui lui plaisait, par pur égoïsme. Il ne s'est jamais soucié de Natacha ni de moi.

Laura se voyait entraînée malgré elle dans le genre de scène qu'elle avait voulu éviter à tout prix. Ne sachant comment réagir et craignant de froisser Claire en disant ce qu'il ne fallait pas, elle jugea plus sage de garder le silence.

– Je suis vraiment désolée pour ma conduite de samedi dernier, reprit Claire plus calmement. Pardonne-moi de t'avoir infligé le spectacle de cette crise de rage, elle était affreuse et, surtout, inutile. Philippe n'aurait quand même pas dû arriver à l'improviste, il sait que j'ai horreur d'être prise au dépourvu. On dirait qu'il le fait exprès pour me provoquer !

– Ecoute, Claire, je sais combien tu as souffert, je sais que tu es encore blessée. Mais je donnerais n'importe quoi pour que tu mettes enfin le passé derrière toi et n'accordes plus tant d'importance aux faits et gestes de Philippe. Il ne joue plus aucun rôle dans ta vie, sauf pour venir voir Natacha de temps en temps. C'est... débilitant de nourrir des ressentiments comme tu le fais, ma chérie.

– Je voudrais bien tourner la page, Laura, répondit Claire avec un soupir de lassitude. Il m'est pourtant difficile, pour ne pas dire impossible, d'oublier tout ce qu'il m'a fait subir. Je vais mieux, c'est vrai, mais il me faut encore du temps pour recouvrer mon objectivité.

L'arrivée du serveur avec leurs plats dispensa Laura de répondre. Que dire à Claire sans prendre le risque de la froisser ou de lui faire de la peine ? Laura savait trop bien qu'une rancune tenace est un poison sournois qui aggrave la douleur ; mais convaincre Claire d'ouvrir enfin les yeux et de se dominer, pour son bien comme pour celui de sa fille, constituait une tâche au-dessus de ses forces, dans l'immédiat du moins. A la longue, Claire finirait peut-être par distinguer d'elle-même le piège redoutable dans lequel elle s'enfermait. Ce moment venu, Laura serait alors en mesure de l'aider efficacement.

Elles mangèrent quelques instants en silence.

— C'est curieux, tu sais, je n'arrive pas à me décider au sujet de Philippe, dit enfin Claire. D'un côté, je souhaite qu'il voie souvent Natacha, qu'il joue enfin son rôle de père. D'un autre, je voudrais qu'il ne la revoie jamais plus, de sorte que nous saurions les uns et les autres une bonne fois pour toutes sur quel pied danser. Je devrais peut-être le lui dire. Qu'en penses-tu ?

— Est-il encore à Paris ?

— Je ne sais pas, il n'a rien dit de précis à Natacha. T'en a-t-il appris davantage quand tu l'as rencontré ?

— Non, simplement qu'il était de passage et devait ensuite se rendre aux Etats-Unis, à Atlanta, pour un colloque scientifique.

— Naturellement. Pour lui, la science passe toujours avant tout, commenta Claire avec un ricanement amer.

Laura se retint de lui répliquer que Philippe Lavillard avait à son actif plusieurs découvertes d'importance capitale, qui lui valaient le respect et l'admiration de ses pairs.

— Ecoute, Claire, dit-elle après avoir marqué un temps, il m'est venu une idée ces derniers jours. Si tu venais passer Noël chez nous dans le Connecticut ? Avec Natacha, bien sûr, et même Hector si tu crois que cela lui ferait plaisir de t'accompagner. Nous nous amuserons bien, je te le garantis, poursuivit-elle en riant. Et puis, cela nous rajeunira ! Maman doit venir avec bonne-maman. Robin Knox, l'ami de Doug, amènera Karen, sa fiancée. D'autres amis viendront sûrement déjeuner ou dîner. Alors, qu'en dis-tu ?

Le sourire apparu sur le visage de Claire s'évanouit aussitôt.

— Je ne peux pas m'absenter pendant les fêtes, Laura. J'ai trop de travail et, de toute façon, j'ai promis à Hector de remplir la fonction de maîtresse de maison pour son réveillon du nouvel an.

— Tu auras largement le temps d'être revenue, voyons! Nous ne sommes que le 13 décembre...

— Oui, le vendredi 13! intervint Claire en faisant la grimace.

— La belle affaire! s'exclama Laura. Tu n'es quand même pas superstitieuse à ce point? Réfléchis : si tu venais le week-end prochain, c'est-à-dire le samedi 21, tu pourrais rester une huitaine de jours et rentrer à Paris avant le réveillon. Fais un effort, Claire, je t'en prie! Natacha serait si contente. Et nous aussi, bien entendu.

— J'y réfléchirai, je te le promets. Je voulais moi aussi te demander quelque chose, poursuivit Claire en hésitant. Est-ce que Natacha et moi pourrions venir chez toi à la campagne l'été prochain? Je ne sais jamais quoi faire d'elle pendant les grandes vacances, elles sont interminables en France. D'habitude, Hector nous emmène dans sa maison de Bretagne, mais nous n'y passons qu'une quinzaine de jours et, le reste du temps, Natacha s'ennuie. Serais-tu d'accord?

— Evidemment! Mais si tu espères substituer ainsi les vacances d'été à celles de Noël, pas question! Je compte sur toi la semaine prochaine. Jure-moi de faire l'impossible et d'en parler à Hector.

— Bon, d'accord, je lui transmettrai ton invitation et j'essaierai de me libérer. Si tu savais tout le travail qui m'attend!...

— Je te comprends, je suis moi-même débordée. Tiens, je devais aller à Palm Beach conseiller un client sur les tableaux qu'il veut acheter en fonction du style de sa maison. Eh bien, je me rends compte que je n'y arriverai jamais avant Noël. Il faut que je remette le voyage en janvier, ce qui ne m'arrange pas du tout.

— A propos de Palm Beach, ta grand-mère y a toujours sa jolie petite villa?

— Bien sûr. Maman y va tous les ans en janvier et février, elle prétend y peindre mieux qu'ailleurs. Mais bonne-maman n'y est pas retournée depuis des années, ne me demande pas pourquoi. Le climat et la chaleur lui feraient pourtant du bien, je le lui dis souvent.

— Sûrement, mais tu la connais encore mieux que moi. Il suffit de lui suggérer quelque chose pour qu'elle fasse le contraire.

Laura pouffa de rire :

— Elle est impossible, c'est vrai. Il n'empêche que je l'adore.

Cette évocation de Megan Valiant les amena à raviver des souvenirs de leur enfance et de leur jeunesse, réchauffées par l'amour que leur prodiguait sans compter la grand-mère de Laura. Incapables de se quitter, elles burent un café puis un autre à seule fin de prolonger cet instant d'intimité. Ce fut Claire, la première, qui y mit fin après avoir poussé un cri horrifié en consultant sa montre.

Les deux amies traversèrent l'avenue Montaigne et restèrent encore un moment devant l'entrée du Plaza à bavarder, à s'embrasser. Il leur fallut enfin se séparer.

— Je compte sur Natacha et toi pour Noël, dit Laura en serrant Claire dans ses bras. Promets-moi au moins d'essayer.

— Je te le promets, Laura.

Claire lui fit un dernier sourire et s'éloigna sans se retourner.

Laura la suivit des yeux avec mélancolie puis, quand elle eut disparu au coin de la rue François-I{er}, elle se hâta de regagner sa chambre. Si elle ne voulait pas manquer l'avion, elle n'avait que le temps de boucler ses bagages.

9

Douglas Casson, le *cher Doug*, se félicita de son travail de la matinée. Il avait ratissé les feuilles mortes sur la terrasse pour en faire une pile imposante qu'il ne lui restait qu'à charger dans la brouette. Il soulevait la première pelletée quand un coup de vent détruisit son ouvrage et dispersa les feuilles dans toutes les directions.

Doug lâcha un juron. S'être donné tout ce mal pour rien! Une seconde après, son agacement évanoui, il éclata de rire. D'abord, il n'était pas de taille à lutter contre le vent. Quant aux feuilles, il serait toujours temps de s'en occuper plus tard. Rien de tout cela n'avait d'importance, en fin de compte.

Il faisait froid, mais le ciel était d'un bleu limpide. Doug s'assit sur le parapet bordant la terrasse afin de savourer un moment le soleil d'hiver et la fraîcheur vivifiante de l'atmosphère, mais il fut vite transi par le vent qui s'insinuait sous son anorak. Déçu, Doug se releva, ramassa sa pelle, la jeta dans la brouette et alla remiser le tout dans la cabane à outils au fond du jardin.

Quelques instants plus tard, de retour à la maison, il se réchauffa devant la cheminée du salon où flambait un grand feu. Dans la région, on ne pouvait pas se fier au temps. Vus de l'intérieur, le soleil éclatant et le ciel immaculé semblaient promettre la douceur alors qu'au-dehors il gelait littéralement à pierre fendre. Laura l'avait d'ailleurs mis en garde :

111

ne sors pas trop longtemps, lui avait-elle dit, tu attraperais la mort. Bien sûr, il aurait dû l'écouter, Laura ne se trompait pour ainsi dire jamais sur les caprices du temps dans le Connecticut. Elle en avait une longue expérience, à vrai dire, puisqu'elle avait passé le plus clair de son enfance et de sa jeunesse dans cette vieille maison, où ses grands-parents l'accueillaient trois week-ends sur quatre et pendant toutes les vacances scolaires.

Car ses parents se débarrassaient de leurs enfants en les confiant à Megan et Owen pour mieux mener égoïstement leur propre vie. Doug n'avait jamais connu de couple plus replié sur lui-même que celui de ses beaux-parents. Ils donnaient l'impression d'ignorer, sinon de dédaigner, l'existence de Laura et de Dylan. Doug s'était une fois permis d'exprimer cette opinion à Laura, qui l'avait aussitôt rabroué : « Pas du tout! Papa était toujours là quand nous avions besoin de lui. Il s'occupait peut-être un peu plus de nous que maman, mais elle nous aimait tout autant que lui. »

Doug en avait toujours douté. De son point de vue, Margaret Valiant était une femme foncièrement égocentrique, ce qu'il n'avait quand même pas eu l'audace de dire à Laura qui prenait toujours la défense de sa mère. Après tout, avait-il conclu avec philosophie, la nature humaine est ainsi faite, on ne peut pas la changer. Les enfants ne se gênent pas pour critiquer leurs parents et leur famille, mais qu'un étranger en fasse autant, ils crient au scandale.

Doug savait pourtant que l'opinion qu'il avait de sa belle-mère était justifiée. Elle n'avait jamais vécu que pour sa peinture et son mari. Bien sûr, il n'avait pas été là pour le voir quand Laura était enfant, mais Margaret le lui avait elle-même avoué dans un de ses rares accès de franchise, à l'époque où il leur arrivait encore de se faire des confidences. Qu'elle ait amèrement regretté ensuite de s'être ainsi trahie, Doug le constatait dans les regards sombres qu'elle lui décochait désormais.

Doug se demandait parfois comment on pouvait aimer d'une manière aussi exclusive. Pour sa part, il n'avait jamais éprouvé de sentiment de cette nature. Il aimait Laura, bien sûr, mais pas au point d'éliminer tout le reste de ce qui comptait dans sa vie.

La petite boule d'angoisse avec laquelle il vivait depuis longtemps parut soudain enfler jusqu'à l'étouffer. Pour la énième fois, Doug prit conscience d'être mal dans sa peau, sensation ancienne qui ne le quittait plus, et dont il commençait à s'inquiéter sérieusement. Il s'écarta de la cheminée, se laissa tomber dans une bergère et ferma les yeux, la tête appuyée contre le haut dossier.

Son ménage battait de l'aile et se désintégrait de jour en jour. Doug le sentait depuis longtemps, il le savait maintenant avec certitude. Il s'étonnait surtout que Laura ne paraisse pas consciente du problème qui s'aggravait entre eux. Il aurait déjà dû lui en parler s'il avait su comment aborder la question avec elle.

Ce problème ne provenait pas de leur incapacité à procréer ensemble. Il ne s'en souciait d'ailleurs plus guère – de fait, il était plutôt soulagé de ne pas avoir d'enfants. C'était leurs personnalités mêmes qui étaient en cause, leurs rapports, leur avenir commun. Ils étaient de plus en plus souvent séparés, ces derniers temps, à cause des exigences de leurs carrières respectives. Trop longues et trop fréquentes, ces séparations ne débouchaient-elles pas sur une sorte d'indifférence mutuelle ? Ne devenaient-ils pas des étrangers l'un pour l'autre, sentimentalement et physiquement ? Il en était persuadé alors même que Laura ne paraissait pas s'en apercevoir. Non qu'elle soit trop sotte ou trop naïve pour s'en rendre compte, elle était au contraire l'une des personnes les plus intelligentes et les plus perspicaces qu'il eût jamais connues. Elle restait simplement aveugle au fait que c'était *lui* qui avait changé. Ou peut-être répugnait-

113

elle à admettre qu'il n'était plus le même homme que celui qu'elle avait épousé...

— Peux-tu venir m'aider, Doug?

L'appel de Laura lui parvint de l'escalier, à l'autre bout du hall. Doug rouvrit les yeux, se leva de son siège.

— Bien sûr! Que veux-tu que je fasse?

— Raccrocher un store qui s'est détaché de sa tringle, je n'y arrive pas toute seule.

— Je viens, ma chérie.

Du palier du premier étage, Laura le regarda s'approcher. Dans son gros pull beige et son pantalon de velours bleu marine, il avait plus l'allure d'un jeune homme d'à peine vingt-cinq ans que d'un homme de trente-trois ans. Avec ses joues encore rosies par le froid, son opulente chevelure noire, ses yeux verts et sa carrure athlétique, il était d'une beauté virile à tourner la tête aux femmes, comme Claire le lui avait dit huit jours plus tôt à Paris.

— Désolée de te déranger, mon chéri, lui dit-elle pendant qu'il la rejoignait en escaladant les marches deux par deux, mais je voudrais avoir tout fini avant l'arrivée de Robin et de Karen cet après-midi.

— Pas de problème, je ne faisais que me réchauffer après mon fiasco avec les feuilles mortes, répondit-il en souriant. Ce fichu vent n'a manifesté aucun respect pour mes admirables efforts.

Laura pouffa de rire.

— Tant pis pour les feuilles, on les ramassera plus tard.

— C'est ce que je me suis dit, figure-toi. De toute façon, il était temps que je rentre m'occuper du déjeuner pendant que tu mettais la dernière main à tes décorations de Noël. Ta mère et ta grand-mère arriveront demain et tu auras une maison pleine sur les bras avant d'avoir eu le temps de dire ouf.

— Rassure-toi, tout sera prêt d'ici ce soir. Et ne te complique pas la vie pour le déjeuner, mon chéri. Un sandwich me suffira.

– A moi aussi. Mais que dirais-tu, en plus, d'un bol de soupe bien chaude... grâce à la magie des sachets de la maison Knorr?

– Hmm! Tu me mets l'eau à la bouche! répondit Laura en riant. Viens vite réparer ce store, ajouta-t-elle en le précédant dans le couloir. C'est celui d'une fenêtre de la chambre jaune.

Il ne fallut à Doug que quelques minutes pour démêler le cordon et remettre la tringle dans ses supports.

– Voilà, ton store est comme neuf. As-tu autre chose à réparer?

– Non, rien. Cette chambre est prête. J'aimerais que tu m'aides à décider laquelle attribuer à Robin et Karen.

– Qui occupera celle-ci?

Laura savait que la chambre jaune, au décor plein de gaieté, était une des favorites de Doug.

– Je pensais y mettre maman, mais on peut la donner à tes amis, si tu préfères.

– Non, tu as raison, donne-la à ta mère. Ta grand-mère reprendra son ancienne chambre, sans doute?

– Ce sera la sienne sa vie durant, tu le sais bien! Elle y a couché soixante ans, elle serait désorientée dans une autre pièce.

– Je suis entièrement de ton avis.

– Je pourrais installer Robin et Karen dans la chambre bleue, dit Laura en sortant dans le couloir. Mais ils se plairaient peut-être autant dans la petite suite du grenier. Qu'en penses-tu?

– Excellente idée! Elle est intime et pleine de charme. Robin sera conquis par les vieux meubles français, tu connais sa francophilie. Montons y jeter un coup d'œil, veux-tu?

L'un derrière l'autre, ils gravirent l'étroit escalier qui donnait accès aux combles. Laura y avait aménagé trois pièces en enfilade, une chambre à coucher, un petit salon-boudoir et une salle de bains, avec un décor de toile de Jouy aux motifs rouge sur blanc dont elle s'était aussi servie pour tapisser les meubles. L'ensemble était chaleureux et formait un vrai nid d'amoureux.

– Oui, approuva Doug après avoir inspecté la suite, Robin sera enchanté et Karen aussi. Ici, ils se sentiront comme chez eux.

– Ils resteront vraiment jusqu'au lendemain de Noël?

– Bien sûr. Robin récupère quelques jours de congé que lui devait sa banque et Karen ferme boutique jusqu'au début janvier. Ils avaient tous les deux grand besoin de souffler un peu.

– Tant mieux. Je monterai des livres et des magazines, avec un compotier de fruits frais et un vase de fleurs.

– Faisons-le plutôt après le déjeuner, déclara Doug. Je te donnerai un coup de main quand nous aurons repris des forces.

En fin de compte, le déjeuner fut plus élaboré et dura plus longtemps que prévu. Au lieu de se contenter de verser un sachet de soupe dans une casserole d'eau chaude et d'ouvrir une boîte de thon pour garnir des sandwiches, Doug cuisina des œufs Benedict, avec muffins et bacon canadien selon les règles de l'art, suivis d'un gratin de pamplemousse sur lit de glace à la vanille.

– Alors, ce n'était pas trop immangeable, n'est-ce pas? s'enquit Doug à la fin de ces agapes, en faisant tinter son verre de pouilly contre celui de Laura.

– Immangeable? Dis plutôt exquis! répondit-elle en riant. Je t'engagerai comme cuisinier quand tu voudras.

– J'ai pourtant la vague impression de n'avoir rien fait d'autre toute ma vie, répliqua-t-il en riant à l'unisson.

L'opposition entre la nullité de Laura devant un fourneau et la maîtrise de Doug, qui n'aimait rien tant que passer des heures à la cuisine, alimentait depuis longtemps les plaisanteries familiales.

— Il va quand même falloir finir de préparer les chambres du grenier, dit Laura sans conviction après avoir bu une gorgée de vin.

— Je t'ai promis de t'aider, je n'ai qu'une parole, répondit Doug. Mais pas avant d'avoir liquidé cette bouteille, il en reste à peine un fond. Ce serait un crime de laisser perdre un aussi bon pouilly, conclut-il en répartissant équitablement le vin dans leurs deux verres.

Il se leva pour aller jeter la bouteille vide dans la poubelle.

— Tout compte fait, reprit-il après être revenu s'asseoir, nous serons dix à table pour Noël. Mes parents se décident enfin à venir et les Mason ont accepté hier notre invitation, j'ai oublié de te le dire.

Laura vida son verre, repoussa sa chaise et se leva :

— Tant mieux, plus on est de fous plus on rit. Et les Mason sont très amis avec Robin et Karen. Tu nous régaleras de ton illustre oie farcie aux marrons et je ferai de mon mieux pour t'aider sans rien gâter, mais nous reparlerons du menu plus tard.

— Nous avons le temps, en effet. Inutile de faire les courses avant le début de la semaine prochaine.

Tout en parlant, Laura préparait sur un plateau des verres, un compotier garni de pommes, de bananes et de raisin, des assiettes et des couverts à dessert, des serviettes.

— Cela suffira, à ton avis ? demanda-t-elle.

— Amplement. Je vais à la bibliothèque chercher quelques-uns des livres et des magazines que tu avais achetés en ville avant de venir. Veux-tu que je t'aide à porter le plateau ? Il a l'air lourd.

— Pas la peine, mon chéri. Je monterai les bouteilles d'eau minérale plus tard.

— Bon. Je te rejoins là-haut dans une minute.

117

Le plateau était lourd, en effet. Arrivée à destination, Laura se laissa tomber sur le canapé du petit salon pour reprendre haleine. Un instant plus tard, Doug arriva à son tour avec les livres et les magazines annoncés. En voyant l'allure comique de Laura, effondrée sur le canapé, il ne put s'empêcher d'éclater de rire.

— Ce n'est pas drôle! protesta-t-elle en haletant. L'escalier est raide, tu le sais aussi bien que moi.

Il lui répondit d'un sourire, captivé par sa posture abandonnée. Le soleil de l'après-midi, qui la nimbait d'un halo de lumière dorée, soulignait ses traits finement ciselés. Elle lui apparut plus belle que jamais, d'une beauté à la sensualité inaccoutumée qui provoqua soudain en lui un élan de désir.

Il posa les livres sur la chaise la plus proche, s'assit à côté de Laura sur le canapé, l'attira dans ses bras, lui effleura la bouche de ses lèvres. A mesure qu'elle lui rendait son baiser avec la même ardeur, le sien se fit plus exigeant, ses caresses plus pressantes. Leurs corps serrés l'un contre l'autre, leurs souffles mêlés, ils éprouvèrent bientôt tous deux le besoin impérieux d'assouvir leur désir.

— Nous serions mieux dans un lit, lui murmura-t-il à l'oreille.

Il lui prit les mains, l'aida à se relever; puis, étroitement enlacés, ils passèrent dans la chambre. Il ne leur fallut qu'une poignée de secondes pour se dévêtir et s'étendre sur le couvre-lit.

— Tu n'as pas froid? chuchota Doug.

— Non, répondit Laura en souriant. Je brûle!

Lorsque après de nouvelles caresses ils ne purent l'un et l'autre dominer plus longtemps leur impatience, il pénétra en elle si vite et avec une telle sûreté qu'elle ne put retenir un cri où la surprise se mêlait au plaisir. Emportés bientôt par le même élan de passion, ils se sentirent planer, s'envoler toujours plus haut vers l'extase...

Doug crut tout à coup entendre un faible bruit. Il ouvrit les yeux, regarda vers la porte. Pâle, ses yeux bleus écarquillés en une stupeur réprobatrice, son ami Robin Knox se tenait sur le seuil. Une seconde plus tard, il avait disparu.

Doug cligna des yeux. La présence inattendue de Robin était-elle le seul fruit de son imagination ? Il était pourtant sûr que non.

— Pourquoi t'es-tu subitement arrêté ? lui souffla Laura à l'oreille. Es-tu malade ? Que t'est-il arrivé ?

— Rien, répondit-il. Rien du tout...

Puis, au bout d'un long silence gêné, il ajouta :

— Je n'aurais sans doute pas dû boire autant de vin au déjeuner.

Et il espéra de toutes ses forces que Laura croie à son mensonge.

Deuxième partie

Hiver et printemps 1997

10

Laura quitta ses bureaux de la 68ᵉ Rue et descendit Madison Avenue pour se rendre à son rendez-vous. Elle marchait vite, l'esprit totalement absorbé par les difficultés qu'elle prévoyait d'affronter et s'efforcerait de surmonter. Son pouvoir de concentration, joint à sa faculté de sérier les problèmes afin les résoudre un par un, allait sans nul doute se révéler précieux en la circonstance.

L'homme qu'elle s'apprêtait à rencontrer n'était autre que Mark Tabbart, l'un des opérateurs les plus habiles, les plus retors, les plus puissants et les plus médiatisés de la haute finance américaine. Un homme qui dépensait sans compter et affichait son insolente réussite par un train de vie fastueux, digne d'un potentat pétrolier. Client de Laura depuis deux ans, ils avaient jusqu'alors entretenu de bonnes relations basées sur le respect mutuel de leurs qualités respectives. En dépit de son tempérament dictatorial et du sentiment exacerbé de sa supériorité, il s'était toujours incliné devant ses jugements et avait suivi ses conseils, mais Laura savait que le vent menaçait de tourner.

Laura et son associée, Alison, comptaient parmi les meilleurs experts dans leur domaine, celui du marché international de la peinture impressionniste et post-impressionniste. Elles avaient conseillé de puissants industriels désireux d'investir dans des œuvres d'art, des vedettes du show-business soucieuses de farder d'un vernis culturel leur fortune fraîchement acquise. Dans un marché en pleine ébullition et parsemé d'embûches, ils s'étaient les uns et les autres reposés sur l'expérience de leurs conseillères et félicités d'avoir suivi leurs avis.

Quand un de ses clients avait recommandé Laura à Mark Tabbart, celui-ci lui avait demandé d'emblée pourquoi quiconque aurait besoin d'utiliser ses services ou ceux d'un autre expert. « J'ai une bonne vue, avait-il déclaré, un cerveau qui fonctionne. Je suis capable de juger si un tableau me plaît ou non et je peux déchiffrer la signature du peintre sur la toile. Qu'ai-je besoin des avis d'un spécialiste ? » A quoi Laura avait répondu par une autre question : « Signeriez-vous un contrat portant sur des millions de dollars sans avoir auparavant consulté un homme de loi ? Permettez-moi d'en douter. » « Vous avez raison », avait-il répondu. Alors, encouragée par sa réaction, Laura avait poursuivi : « Vous admettrez donc qu'il serait imprudent de vous priver des conseils d'une personne rompue aux complexités et aux pièges du marché de l'art avant d'acheter une œuvre, parfois aussi coûteuse qu'un immeuble entier à Manhattan. » « Exact », avait répondu Tabbart qui, de cet instant, était devenu son client.

Au cours des deux années suivantes, Laura l'avait aidé à se constituer une collection de grande qualité. Elle avait réalisé pour son compte l'acquisition de certaines œuvres majeures d'impressionnistes et post-impressionnistes français, notamment de Cézanne et de Matisse, ainsi que de peintres américains tels que John Singer Sargent et Frank Benson. Le seul de ses désirs qu'elle n'avait pas encore réussi à combler était l'achat d'un Gauguin.

Or, Mark Tabbart avait récemment découvert par ses propres moyens qu'une toile de Gauguin était à vendre et s'apprêtait à en conclure l'achat. Laura le savait depuis quatre jours, Tabbart lui-même lui avait téléphoné pour lui apprendre en jubilant la nouvelle de son extraordinaire coup de chance. Rendez-vous avait été pris, au cours duquel Laura allait devoir jeter une douche froide sur l'enthousiasme de son client, voire le combattre au risque de rompre leurs relations.

Laura serra les dents en pénétrant dans l'ascenseur qui allait la hisser au quarantième étage. L'entrevue promettait d'être tendue...

Laura attendait déjà depuis plus de vingt minutes sans songer à s'en offusquer : il ne s'agissait pas d'une brimade gratuite, elle le savait. Tabbart était un homme débordé en permanence, ce n'était pas la première fois qu'il lui faisait faire antichambre pendant qu'il finissait de conclure une de ses mirifiques transactions financières.

Elle sortait de son sac son téléphone portable pour prévenir Doug de son retard quand Alec Fulham, le bras droit de Tabbart, apparut à la porte du bureau de son patron. Laura rengaina l'appareil et se leva aussitôt. Elle téléphonerait à Doug plus tard.

– Désolé de vous avoir laissée attendre si longtemps, s'excusa Alec. Mark était embarqué dans une négociation compliquée, il vient tout juste de raccrocher.

Mark Tabbart était debout devant la fenêtre, en bras de chemise comme d'habitude. Petit, mince, le visage encore juvénile malgré un début de calvitie, il n'en imposait pas par son physique. C'était de ses extraordinaires capacités intellectuelles qu'il tirait son ascendant ; ses pairs unanimes – certains avec admiration, d'autres avec rancune – le considéraient comme un des génies financiers du siècle.

A l'entrée de Laura, il vint au-devant d'elle en lui souhaitant la bienvenue avec un sourire chaleureux. Une chaleur qui ne montait toutefois pas jusqu'à ses yeux gris, toujours froids et calculateurs.

Les salutations et banalités usuelles une fois échangées, Mark alla prendre sur son bureau des photographies qu'il tendit à Laura.

— Jetez donc un coup d'œil sur ces photos de...

— *Rêve de Tahiti*, enchaîna-t-elle sans un regard aux photos afin de prendre d'emblée l'avantage. Ce tableau, peint par Gauguin en 1896, représente une Tahitienne sous un ciel nocturne d'un bleu intense parsemé d'étoiles. La femme est allongée sous un arbre. On voit un bol plein de fruits à côté d'elle, la forme d'un cheval dans l'ombre et, sur la droite, un homme qui la regarde dormir. Gauguin déploie ses harmonies de couleurs favorites à cette époque, alliant le rouge profond de l'éventail dans la main de son modèle, les ocres de la terre, les nuances de vert de la végétation. La nudité de la femme n'est voilée que par une bande d'étoffe jaune drapée sur ses cuisses. On note également une forte ressemblance entre cette femme et celle qui figure dans le tableau intitulé *Vairumati*, qui appartient aux collections du musée d'Orsay à Paris. Le décor et la composition s'apparentent toutefois à ceux d'une autre toile de Gauguin, *Te Arii Vahine*, au musée Pouchkine de Moscou. Je vous signale en outre que Gauguin a peint ce tableau au cours de son deuxième séjour à Tahiti.

Tabbart avait écouté sans mot dire, en se bornant à fixer des yeux Laura qui soutint son regard sans ciller. A l'évidence, elle avait réussi à l'impressionner.

— Ma description du tableau est exacte, n'est-ce pas ? demanda-t-elle comme il s'obstinait à garder le silence.

— Il me semble que vous le connaissez intimement, répondit-il sèchement sans la quitter des yeux.

— En effet.

— Dans ce cas, vous en connaissez aussi l'actuel propriétaire.

— Bien sûr : Norman Grant.

– Norman m'a dit avoir mis le tableau en vente il y a environ trois mois. Le saviez-vous?

– Bien sûr. Beaucoup de mes confrères étaient au courant.

– Pourquoi, alors, ne me l'avez-vous pas signalé? demanda-t-il avec étonnement. Vous auriez pu me le recommander.

– Parce que j'estimais que ce tableau ne vous convenait pas.

– Comment cela, ne me « convenait pas »? Vous saviez pourtant que je voulais un Gauguin. Que j'en salivais depuis des années!

– Ce tableau est une œuvre à problèmes que je ne recommanderais à aucun de mes client.

Mark Tabbart fronça les sourcils, déconcerté :

– Que signifie « une œuvre à problèmes »? Vous ne voulez quand même pas dire que c'est un faux?

– Non. A mon avis, ce tableau est même l'un des meilleurs de Gauguin. J'aurais aimé vous en conseiller l'achat mais, en conscience, je ne le peux pas. Ce tableau n'est pas pour vous, n'y pensez plus.

Au bout d'un long silence, Tabbart détourna enfin son regard de Laura et baissa les yeux vers les photographies qu'il tenait toujours.

– Je veux ce tableau, Laura! s'exclama-t-il avec une colère froide. Et j'ai la ferme intention de soumettre une offre à Norman Grant.

– Et moi, je persiste à vous recommander de vous en abstenir, Mark. Ne touchez pas à ce tableau, il ne vous attirera que des ennuis.

Il jeta rageusement les photos sur son bureau et se laissa tomber dans son fauteuil. Voyant que Laura restait debout au milieu de la pièce, il lui fit signe de s'approcher.

– Asseyez-vous là, Laura, en face de moi. Vous allez me donner le fin mot de cette histoire invraisemblable. Pour-

127

quoi ne devrais-je pas toucher à ce tableau, pour reprendre vos propres termes ? Si ce n'est pas un faux, serait-il volé ? ajouta-t-il avec un sourire ironique.

— Oui, répondit-elle.

Le sourire s'effaça des lèvres de Tabbart.

— Vous ne parlez pas sérieusement !

— Si, le plus sérieusement du monde.

— Mais bon sang, Norman Grant est au-dessus de tout soupçon ! Il ne me proposerait pas d'acheter un tableau volé.

— C'est pourtant ce qu'il a fait. Il y a précisément quatre jours.

— C'est insensé ! Je...

— Laissez-moi vous expliquer l'affaire en détail, l'interrompit Laura. Me laisserez-vous parler jusqu'au bout ?

— Je ne demande que cela ! Parlez, dit-il avec impatience.

— Le *Rêve de Tahiti* sera dans un avenir proche l'objet d'une action en justice, commença Laura. C'est pourquoi je m'efforce de vous dissuader de l'acheter.

— A qui a-t-il été volé ? intervint Tabbart. Et comment en êtes-vous informée ?

— Ma profession exige que je sois au courant de ce genre de choses, Mark. Je reçois journellement du monde entier des informations de cet ordre. C'est ainsi que ce tableau a été porté à mon attention il y a peu de temps. J'ai appris qu'il avait changé de mains un certain nombre de fois, dans une discrétion assez étonnante, d'ailleurs, pour un chef-d'œuvre de cette qualité.

— Je le sais bien ! Norman Grant m'a communiqué l'historique du tableau, dit-il en montrant une feuille de papier.

— C'est la moindre des choses, répliqua Laura. Norman Grant a acheté ce tableau il y a environ cinq ans à une dame, Anthea Margolis, de Boston, qui l'avait elle-même acquis quinze ans auparavant de la veuve d'un certain Joshua Lester, de New York, qui le possédait depuis dix-huit ans.

M. Lester le tenait d'un nommé Arthur Marriott, de Londres, qui en était propriétaire depuis...

— 1950, je sais! l'interrompit Tabbart, agacé, en brandissant sa feuille de papier. Voyez vous-même, j'ai ici les dates, les noms...

— Eh bien, lisez jusqu'au bout, Mark, et dites-moi à qui Arthur Marriott avait acheté ce tableau en 1950.

— Cette information n'y figure pas. L'historique mentionne le nom de Marriott et la date de son achat sans remonter plus haut. Quelle importance, de toute façon? Nous sommes en janvier 1997, l'histoire du tableau est retracée pendant quarante-sept ans, que voudriez-vous de plus?

— Sachant qu'il a été peint en 1896, c'est-à-dire il y a cent un ans, ces quarante-sept ans laissent une marge de cinquante-quatre ans qui n'a rien de négligeable. Où était-il, à votre avis, pendant ces cinquante-quatre ans dont nous ignorons tout? Entre sa création par Gauguin et le moment où ce M. Marriott s'en est porté acquéreur?

— Aucune idée, répondit froidement Tabbart. Et je m'en moque.

— Vous ne devriez pas, si vous envisagez de l'acheter.

— L'origine de propriété communiquée par Grant me satisfait amplement, déclara-t-il avec un regard excédé que Laura lui rendit.

— Dans ce cas, je vois qu'il vous faut des informations plus complètes. Arthur Marriott, marchand de tableaux à Londres, a acheté cette toile à la galerie Herman Seltzer de Vienne. La galerie l'avait elle-même acquise en 1949 d'un certain Josef Schiller, ancien général SS et haut dignitaire nazi. Schiller avait « confisqué » cette œuvre, ainsi que quelques autres faisant partie de la collection d'un riche banquier berlinois, Sigmund Westheim. La banque Westheim était aussi réputée que la collection lancée par Friedrich, le grand-père de Sigmund, à la fin du dix-neuvième siècle, aussitôt après l'exposition historique des impressionnistes à Paris en 1874. Collectionneur avisé, Friedrich Westheim avait accumulé par la suite une quantité impressionnante d'œuvres exceptionnelles On y trouve, entre autres, les noms de Manet, Renoir, Matisse, Vuillard, Van Gogh, Sisley, Seurat, Degas, ainsi que des sculptures de Degas et de Rodin. Séduit par la facture de Gauguin, il avait acquis le *Rêve de Tahiti* en 1897 ou au tout début de 1898, lorsque Gauguin avait expédié de Tahiti un certain nombre de toiles pour être exposées à Paris. Friedrich entretenait aussi des relations amicales avec Claude Monet, à qui il rendait de fréquentes visites à Giverny, dont il possédait plusieurs œuvres. Même si vous n'en avez pas entendu parler, la collection Westheim est restée célèbre dans les milieux spécialisés. De fait, il n'en a jamais existé aucune de cette importance et de cette qualité, que ce soit dans un musée ou entre les mains de propriétaires privés. Et cette collection a entièrement disparu, je dis bien *entièrement*, entre 1938 et 1939. Les nazis l'avaient « confisquée », ce qui est un autre mot pour dire volée.

Un assez long silence suivit l'exposé de Laura.

— Je vois, dit enfin Tabbart. Et c'est la raison pour laquelle vous dites que le Gauguin de Norman Grant pose un sérieux problème ?

— Exactement. Vous ignorez peut-être que la commission *ad hoc* du Congrès juif mondial est décidée à employer tous les moyens pour retrouver, où qu'elles se trouvent et quelles que soient les circonstances, les œuvres d'art volées aux juifs par les nazis afin de les restituer à leurs légitimes propriétaires, s'ils sont encore en vie, ou à leurs héritiers s'ils peuvent apporter la preuve de leurs titres de propriété.

— Et les héritiers Westheim détiennent la preuve que le *Rêve de Tahiti* faisait partie de la collection de leur aïeul spolié par les nazis. C'est bien cela, n'est-ce pas ?

— En effet. Les documents en leur possession ne laissent place à aucun doute à cet égard.

– Alors, si ce que vous dites est vrai, dans quelle position se retrouve désormais Norman Grant ?

– Une position que je qualifierais de très inconfortable. Le tableau peut lui être repris pour être rendu à ses légitimes propriétaires.

– Il me semble pourtant tout à fait innocent.

– Sans doute. Il n'est pas moins vrai qu'un tableau volé doit, en toute justice, revenir à son propriétaire légitime.

– Allons, Laura ! s'écria-t-il, excédé. Ce tableau a disparu en 1938 ou 1939, depuis près de soixante ans ! Il y a sûrement prescription !

– Non, on ne peut pas raisonner de la sorte ! répliquat-elle avec véhémence. Ecoutez-moi, Mark. Si je m'introduis chez vous et vous dérobe un objet de valeur que je revends ensuite à quelqu'un, cet objet reste quand même votre propriété, n'est-ce pas ? Ce n'est pas vous, le légitime propriétaire, qui l'avez vendu, mais moi, votre voleur. Vous suivez mon raisonnement ?

– Oui, mais il ne s'applique pas dans le cas présent ! Les circonstances sont radicalement différentes.

– Je ne partage pas votre avis. Ce tableau a été saisi illégalement par les nazis, il appartient donc légitimement aux héritiers de la famille Westheim. Au même titre, d'ailleurs, que l'ensemble de la collection qui, je vous le rappelle, a disparu sans laisser de traces.

Tabbart parut soudain moins sûr de lui.

– Peut-être. Je ne sais pas... Si les Westheim intentent un procès, le monde de l'art sera secoué par un véritable tremblement de terre. Ce serait ouvrir la boîte de Pandore et Dieu sait ce qui en sortira.

– Probablement. D'un autre côté, j'estime qu'on n'a pas le droit de dissimuler la provenance d'un bien volé, comme cela s'est produit jadis et se pratique malheureusement encore. Dans le cas présent, le problème découle du comportement d'Arthur Marriott qui, par légèreté ou absence de scrupules, a omis d'exiger de la galerie Seltzer des justificatifs détaillés sur l'origine du tableau quand il l'a acheté en 1950.

— Et ce M. Seltzer les lui aurait fournis, à votre avis? demanda Tabbart d'un ton sceptique.

— Je n'en sais rien. Josef Schiller disposait sans doute de faux documents attribuant une origine légale aux œuvres en sa possession. Il est donc vraisemblable que la galerie ait été de bonne foi. Mais s'il y a une chose dont je suis certaine, c'est que l'héritier de Sigmund et d'Ursula Westheim est aujourd'hui l'unique propriétaire légitime de ce tableau de Gauguin et qu'il doit lui être restitué, quel qu'en soit le possesseur actuel et quand même bien sa bonne foi serait avérée.

Pensif, Mark Tabbart se frotta le menton.

— Sans être devin, dit-il enfin, on peut donc prévoir des procès en cascade. Si l'héritier Westheim déclenche la procédure, Norman Grant n'aura d'autre recours que de se retourner contre la dame qui lui a vendu le tableau qui, à son tour, devra se retourner contre la personne à qui elle l'avait acheté et ainsi de suite. Je comprends maintenant pourquoi vous ne vouliez pas que je touche à ce maudit tableau.

— Je suis heureuse de vous l'entendre dire, Mark.

— Norman Grant est-il informé de l'existence de cet héritier Westheim et de ses intentions?

— Je n'en ai aucune idée, mais les rumeurs commencent à se répandre dans les milieux spécialisés. Je ne pense pas que l'héritier Westheim ait déjà lancé une procédure, je sais seulement qu'il a procédé à des enquêtes détaillées pour remonter la piste du tableau. Il doit donc savoir que M. Grant en est le possesseur actuel.

— Comment se fait-il que vous soyez si bien renseignée?

— Je vous ai déjà dit que, de par mon métier, je reçois régulièrement les avis de recherche des œuvres d'art volées ou celles spoliées pendant la Seconde Guerre mondiale. En outre, un de mes amis, un expert renommé qui connaît mon admiration pour l'œuvre de Gauguin, m'a récemment raconté en détail l'histoire de ce tableau.

— Je ne crois pas que Norman Grant se doute de ce que vous m'avez révélé. Faut-il qu'il en soit informé?

— Pas par moi, en tout cas. Encore moins par vous, Mark. Ne vous mêlez pas de cette affaire, ni de près ni de loin.

Les sourcils froncés, Mark Tabbart réfléchit un long moment.

— Vous savez quoi, Laura? dit-il enfin. Cette affaire ne tient pas debout. Ce tableau est perdu depuis des dizaines d'années, l'héritier Westheim devrait s'y résigner sans chercher à en être indemnisé, encore moins à le récupérer. N'oubliez pas non plus que Norman Grant l'a payé une forte somme en toute bonne foi. Est-il logique qu'il soit poursuivi en justice sans rien avoir fait de répréhensible et dépossédé d'un tableau qui lui a coûté des millions? Allons donc!

— Le légitime propriétaire a été spolié par les nazis, Mark. Il est moralement indéfendable de prétendre que Grant en est propriétaire. Il a acheté un objet volé, dont son véritable propriétaire a parfaitement le droit de réclamer la restitution.

— Mais Grant ignorait en l'achetant que le tableau était volé! protesta Tabbart. Et il ne le sait toujours pas.

— Nous le supposons, du moins, rétorqua Laura sèchement.

— De toute façon, dit-il avec un rire amer, je n'imagine pas un homme tel que lui lâcher prise aussi facilement. Je le connais mal, mais il ne me donne pas l'impression d'être un enfant de chœur. L'héritier devra s'armer de patience s'il veut remettre la main sur son Gauguin. Et je ne vous cache pas que je sympathise volontiers avec la position de Norman dans cette affaire. Personne n'aime voir sans réagir des millions de dollars s'évanouir en fumée.

Ce fut au tour de Laura de marquer une pause.

– Il y a encore un instant, Mark, je croyais que vous admettiez mon point de vue. Je constate qu'il n'en est rien. Estimez-vous, poursuivit-elle d'un ton solennel, qu'il est moralement acceptable de se constituer une collection avec des œuvres volées aux victimes des camps de la mort et de refuser d'en dédommager leurs familles ?

– Vu sous cet angle, je suis forcé d'admettre que vous avez raison. Il n'en demeure pas moins que cette situation, inacceptable ou pas, prend son origine en 1950 dans une galerie de Vienne. C'est cette galerie qui a vendu ce tableau à une personne parfaitement innocente qui en ignorait la provenance !

– Nous n'en savons rien, Mark. A l'époque, les gens touchant au marché de l'art connaissaient l'existence et la composition de la collection Westheim avant la guerre. Il ne s'était écoulé qu'une douzaine d'années entre 1938 et 1950, et n'oubliez pas que l'acheteur, que vous qualifiez d'innocent, était lui-même marchand de tableaux. Pouvait-il en toute bonne foi plaider l'ignorance ?

– Une fois encore, j'admets votre argument. Mais il est question du présent, pas du passé ! Au fait, par simple curiosité, qui est donc cet héritier Westheim ?

– Sir Maximilian West.

– L'industriel britannique ?

– Lui-même.

– Il a changé de nom ?

– Non, il s'est contenté de le raccourcir pour l'angliciser. D'après ce que j'ai entendu dire, il est arrivé très jeune en Angleterre et y a passé le plus clair de sa vie. Il a acquis la nationalité britannique à la fin de la Seconde Guerre mondiale.

– Comment se fait-il qu'il n'ait rien fait jusqu'à maintenant au sujet de ce tableau ?

– Selon les renseignements dont je dispose, il ne connaît que depuis peu de temps le nom du détenteur du tableau. Il n'aurait aussi remis la main que récemment sur les documents apportant la preuve de son titre de propriété.

– Je vois.

Le silence retomba, se prolongea.

– Voulez-vous que j'appelle Norman Grant pour l'informer que vous n'avez pas l'intention de donner suite à votre projet d'acheter le *Rêve de Tahiti* ? demanda enfin Laura.

Mark Tabbart contemplait sombrement les photos du tableau.

– Non, répondit-il sans lever les yeux. Je lui parlerai moi-même.

– Je ne demande pas mieux que de vous éviter cette corvée, insista Laura. C'est mon rôle de conseillère.

– Je vous répète que je préfère régler la question moi-même, dit-il sèchement.

Sur quoi, il se leva et consulta ostensiblement sa montre :

– Si vous voulez bien m'excuser, Laura, j'ai un autre rendez-vous.

Il ne pouvait signifier plus clairement qu'il lui donnait congé.

11

Eₙ retournant à son bureau, Laura était furieuse. Il l'avait jetée dehors! Le conduite de Mark Tabbart frisait la grossièreté. Peut-être avait-il réellement un autre rendez-vous, mais il n'avait jamais encore osé la congédier d'une manière aussi cavalière.

Pourquoi une telle hâte à se débarrasser d'elle? Pour se précipiter sur le téléphone et négocier avec Norman Grant? C'était plus que vraisemblable. Elle avait d'ailleurs la quasi-certitude qu'il dédaignerait ses conseils. Il se croyait infaillible! Qu'il le soit dans ses affaires, à la rigueur, mais sûrement pas dans une comme celle-ci. Il ne connaissait pas le *ba-ba* du marché de l'art! Alors, que faire? Comment le ramener à la raison, le rallier à mes arguments? se demandait Laura en marchant à grands pas.

Elle s'arrêta tout à coup, honteuse de son accès de colère. Elle était ridicule de se fâcher parce qu'un Mark Tabbart ne se rangeait pas docilement à ses avis. De toute façon, il n'en ferait qu'à sa tête et, après tout, c'était son argent qui était en cause.

Calme-toi, domine-toi, se sermonna-t-elle en reprenant son chemin sur Madison Avenue. La colère empêche de raisonner et je dois plus que jamais penser de manière rationnelle. L'éthique de ma profession m'oblige à tenter au moins de protéger mes clients contre leur propre aveuglement.

A condition qu'un homme tel que Mark Tabbart m'en laisse le loisir, ajouta-t-elle avec un rire amer.

Laura refermait derrière elle la porte de ses bureaux quand Alison Maynard, son associée, apparut dans le vestibule et lui lança un regard interrogateur.

Menue, blonde, délicate, Alison donnait une trompeuse impression de fragilité. En réalité, volontaire jusqu'à l'opiniâtreté, elle n'avait jamais peur d'exprimer ses opinions et savait, s'il le fallait, se montrer intraitable dans une négociation. Laura et elle se complétaient à merveille et formaient une équipe quasi imbattable.

— Je n'ai pas besoin de te demander comment cela s'est passé avec Mark, dit-elle à Laura. Il a été pénible, n'est-ce pas ?

— Pénible n'est pas le mot, répondit Laura en accrochant son manteau dans la penderie. Plutôt contrariant. Il s'est même montré carrément désagréable, à un moment. Il n'a pas arrêté de me poser des questions comme s'il cherchait à me prendre en défaut. Bien entendu, il me répétait que Norman Grant était l'innocente victime d'un préjudice immérité.

— C'est vrai, Laura, tu le sais bien, lui rappela Alison.

— Je sais que ce n'est pas lui qui a volé ce Gauguin de la collection Westheim et, d'ailleurs, je ne l'accusais de rien. Mais Mark est notre client, nous devons essayer de protéger ses intérêts. S'il nous laisse faire notre travail, ajouta-t-elle amèrement.

— Qu'il soit tyrannique et imbu de sa supériorité, soit. Mais il n'est quand même pas aveugle et sourd au point de ne pas comprendre qu'il risque de s'attirer les pires ennuis s'il achète ce tableau !

— Je le lui ai dit en toutes lettres.

— Comment pourrons-nous le tirer de là s'il passait outre à nos conseils, Laura ?

– Je n'en sais rien, Alison.

La mine soucieuse, Laura suivit son associée dans son bureau, vaste pièce lumineuse et haute de plafond dont les fenêtres ouvraient sur une cour intérieure. Les murs décorés d'affiches d'expositions des années vingt et trente et les meubles en acajou conféraient à la pièce une sobriété presque masculine.

Alison s'assit dans son fauteuil et attendit sans mot dire que Laura prenne place en face d'elle.

– Quand il m'a pratiquement poussée dehors, commença-t-elle, j'ai eu le pressentiment qu'il voulait appeler Norman Grant.

– Dans quel but, à ton avis ? Confirmer son offre ou prévenir Grant qu'il allait avoir des problèmes ?

– Franchement, j'hésite. Je ne crois quand même pas Mark assez inconscient pour acheter le tableau, maintenant qu'il est au courant de la situation. Il est homme d'affaires avant tout, il connaît et respecte la valeur de l'argent, donc je l'imagine mal prêt à dilapider une grosse somme. Je pense plutôt qu'il se sent obligé d'informer Grant de ce que je lui ai révélé sur la provenance du Gauguin et les intentions de Maximilian West.

– C'est vraisemblable. Selon ce que t'avait dit Hector Junot, Sir Maximilian était sur le point de notifier lui-même à Norman Grant ses titres de propriété sur le tableau et de l'avertir qu'il entendait en obtenir la restitution. C'est bien cela, n'est-ce pas ?

– Oui. Peut-être l'a-t-il même déjà fait. Quand j'ai eu Hector hier au téléphone, il m'a autorisée à ne rien cacher à Mark, ce que je n'aurais pas fait sans sa permission puisque je lui avais promis le secret sur ce qu'il m'avait révélé quand j'étais à Paris.

Alison s'accouda au bureau, le menton sur les mains.

– C'est quand même une fichue situation, soupira-t-elle. Norman Grant a acheté ce tableau de manière tout à fait légale et en toute bonne foi. Et voilà maintenant ce pauvre homme menacé d'être impliqué dans un scandale de première grandeur...

– J'en suis désolée pour lui, mais nous devons nous soucier avant tout des intérêts de notre client, répondit Laura.

Elles gardèrent toutes deux un silence pensif.

– Maintenant que je suis calmée, reprit Laura, je suis à peu près sûre que Mark ne commettra pas de bourde. Mais j'étais folle de rage en sortant de son bureau! Il est tellement imbu de lui-même qu'il se conduit parfois de façon odieuse.

– C'est sa nature, que veux-tu! On ne le changera pas.

– Ce qui ne le rend pas plus facile à vivre. Je dois me forcer pour me rappeler qu'il est un de nos plus gros clients.

Elles pouffèrent à l'unisson.

– Ce qu'il faut, c'est lui changer les idées, déclara Alison. Et je crois avoir trouvé le moyen d'y arriver.

– Ah, oui? Quoi donc?

– Un petit bronze. Une ravissante jeune danseuse.

– Quand même pas un Degas? s'exclama Laura, incrédule.

– Si ma chère, un Degas.

– Seigneur! Où est-il?

– A l'heure qu'il est, quelque part entre Beverly Hills et New York, répondit Alison en consultant sa montre. Notre ballerine voyage aux bons soins d'Hélène Ravenel, qui a bien voulu s'en charger pour notre compte et la conserver sous bonne garde à sa galerie.

– C'est fabuleux! Et quelle cachottière tu fais! Pourquoi ne m'en avoir rien dit?

– D'abord, parce que je voulais être sûre que nous l'aurions. Ce Degas a plusieurs fois changé de mains ces dernières années et la question se posait de savoir s'il passerait ou non en vente publique. Ensuite, je voulais t'en faire la surprise. Quand j'en ai entendu parler, je pensais que nous le proposerions à John Wells. Maintenant, je crois plutôt que ce serait l'objet idéal pour détourner Mark de ce Gauguin qui l'obsède. Es-tu d'accord?

— A deux cents pour cent! Tu es un vrai petit génie, Alison. Je vois déjà Mark en train de saliver sur le Degas.

— Cela vaudra mieux que sur le Gauguin. Au moins, le bronze ne craint pas l'humidité... Dis donc, il faut que je m'en aille, dit Alison en se levant. J'ai promis à ma sœur de boire un verre avec elle au Carlyle et je suis déjà en retard.

— Et moi, je dois passer chez ma grand-mère, dit Laura en se levant à son tour. Je vais d'abord voir ce qui m'attend sur mon bureau et je partirai dans une demi-heure. Je fermerai derrière moi. A demain, Alison, conclut-elle en lui jetant un baiser du bout des doigts.

— A demain, Laura. Embrasse ta chère grand-mère de ma part. Et dis-lui qu'elle nous donne à tous un merveilleux exemple.

— Sois tranquille, je n'y manquerai pas.

Après le départ d'Alison, Laura vérifia ses dossiers en pensant à sa grand-mère avec un sourire attendri. Elle avait toujours été fière de descendre d'une femme aussi extra-ordinaire.

Belle, bouillante et talentueuse, Megan Morgan avait quitté à dix-huit ans sa vallée natale du pays de Galles pour aller en Amérique épouser en 1922 son amoureux de toujours, Owen Tudor Valiant, ainsi prénommé en l'honneur d'Owen Tudor, légendaire héros gallois géniteur de trois rois d'Angleterre, Henri VII, Henri VIII et Elisabeth Ire. Selon ses parents, rien de moins glorieux n'aurait pu convenir à leur fils, lui aussi promis à un destin royal.

Des aciéries galloises de Port Talbot aux aciéries de Pittsburgh en Pennsylvanie, Owen avait cherché fortune et espéré en une vie meilleure. Mais c'est à New York qu'il allait finalement trouver l'une et l'autre car c'est là que les rues, faute d'être pavées d'or, fourmillent d'occasions en tout genre, que seuls les plus courageux et les plus clairvoyants savent saisir quand ils les croisent sur leur chemin.

Abandonnant sans esprit de retour le rude univers de l'acier, Owen avait transféré ses pénates à Manhattan, plein d'optimisme dans l'avenir et débordant de foi en lui-même et dans les talents de son épouse bien-aimée, la merveilleuse Megan.

Douée comme elle l'était pour la musique – n'avait-elle pas chanté trois fois chaque dimanche à l'église de Port Talbot depuis sa plus tendre enfance ? – et entreprenante de nature, la jeune Megan avait usé de ses dons à Pittsburgh pour nouer dans les milieux musicaux des relations utiles. Elle participait à des concours de chant et des productions de théâtre amateur, donnait des récitals où elle interprétait son répertoire favori et, pour sa peine, obtenait des critiques enthousiastes dans la presse locale. Séduits par l'éclat de sa beauté brune, conquis par sa présence et la pureté de sa voix, tous ceux qui connaissaient Megan l'aimaient et la couvraient d'éloges.

C'est ainsi qu'à l'âge de vingt-trois ans, poussé par son inépuisable énergie et une ambition dévorante, Owen Valiant prit en 1923 une décision cruciale, la troisième de sa jeune vie. La première avait été d'émigrer en Amérique, la deuxième de demander la main de Megan avant de quitter le pays de Galles. Celle-ci était encore plus lourde de conséquences : Megan et lui allaient tenter leur chance à New York, l'étincelante métropole des gratte-ciel et de l'humanité grouillante, la voie royale menant à l'accomplissement des rêves de gloire les plus fous. Bref, pour Owen, le centre du monde.

Owen n'avait jamais douté de leur réussite. Il considérait comme article de foi que Megan allait conquérir Broadway et que son nom s'étalerait en lettres de feu sur la façade des

141

théâtres. Les événements comblèrent bientôt ses espérances – et au-delà.

En à peine deux ans, Megan s'était déjà fait un nom dans des seconds rôles et comme doublure de vedettes confirmées. Sa grande chance, le type même de la chance unique qui ne survient qu'une fois dans une carrière, s'offrit à elle en mai 1925, mois de son vingt et unième anniversaire : l'actrice qu'elle doublait à ce moment-là tomba assez gravement malade pour ne pas pouvoir reprendre son rôle. Megan l'endossa sans une hésitation, sans un regard en arrière. Et, du jour au lendemain, Megan Morgan devint une star. « C'est bien simple, elle a de l'or dans la bouche ! » disait fièrement le jeune Owen quand il parlait de sa femme, dont la voix merveilleuse électrisait et captivait tous ceux qui l'entendaient.

Lui-même doué pour la musique, Owen avait décidé de devenir l'imprésario de son épouse. Megan et lui formèrent ainsi une équipe remarquable. Unissant leurs talents respectifs, ils bâtirent ensemble l'existence dont ils rêvaient et élevèrent quatre enfants, chacun venu au monde entre les longues séries de représentations qui retenaient Megan sur les scènes de Broadway.

L'un de ces quatre enfants, Richard, était le père de Laura. C'est de sa bouche, comme de celles de leurs grands-parents, que Laura et son jeune frère Dylan entendirent relater les hauts faits des Valiant de Port Talbot et leurs débuts en Amérique, sans oublier les contes et légendes de la mythologie celte, ornée des enjolivures hyperboliques de rigueur en pareil cas. Car il importait avant tout de glorifier les Gallois en général et les Valiant en particulier. « Il n'y a personne au monde comme nous ! » clamait Owen, qui inculquait à ses petits-enfants les vertus de leur héritage celte parce qu'il les rendait différents. Par « différents », bien sûr, il sous-entendait « meilleurs ».

Si Richard Valiant, le père de Laura, avait été un compositeur et chef d'orchestre à la réputation flatteuse, il n'avait cependant jamais atteint le degré de popularité de son illustre mère, l'indémodable star de la comédie musicale des années trente, quarante, cinquante et même soixante, que plusieurs générations de public ne se lassaient pas d'applaudir. Mais alors que son mari, le plus enthousiaste de ses fans, ne trouvait jamais assez de mots pour chanter ses louanges, Megan minimisait volontiers ses propres mérites. Elle n'était, disait-elle, qu'une « petite Galloise qui avait eu la chance de naître avec un joli filet de voix ».

Toujours aussi élégante et active à quatre-vingt-douze ans passés, Megan Valiant avait gardé bon pied bon œil, l'esprit clair et sa taille de jeune fille. Né avec le siècle, Owen était mort en 1989, à quatre-vingt-neuf ans alors que Megan, pour la plus grande joie des siens, semblait vouloir défier le temps.

Leurs grands-parents avaient exercé une influence déterminante et tenu une place considérable dans la vie de Laura et de son frère. Mais c'était leur père qui était toujours là quand ils avaient besoin de lui, jusqu'au jour de son décès en 1994, à l'âge de soixante-quatre ans, frappé d'une crise cardiaque que rien ne laissait prévoir. Il était mort trop tôt, laissant derrière lui d'amers regrets.

12

L A nuit était froide et venteuse, comme en attestaient le givre sur les vitres et les remous agitant les eaux de l'East River. Dans le ciel noir sans nuages, la lune et les étoiles brillaient d'un éclat dur. Le type même de nuit hivernale, pure et claire, que Megan aimait.

Ses yeux, d'un bleu jadis profond et maintenant délavé, suivirent un instant l'hélicoptère qui se dirigeait droit sur son pittoresque vieil immeuble. Quand l'appareil obliqua vers l'héliport, le ciel serait redevenu vide sans la présence du néon publicitaire Pepsi-Cola, d'un rouge étincelant, qui montait la garde sur l'autre rive, à la limite de Queens. Megan l'avait vu si longtemps et si souvent qu'il lui manquerait s'il disparaissait. « C'est ma sculpture pop art, j'y tiens beaucoup », disait-elle en riant de son aspect d'un kitsch agressif.

Megan se détourna de la fenêtre de la bibliothèque et se rapprocha de la cheminée. Grande, svelte et pleine d'une dignité royale dans son maintien, elle mettait son point d'honneur à toujours s'habiller à la dernière mode. La radieuse beauté de sa jeunesse n'avait pas disparu de son visage harmonieux, couronné d'une opulente chevelure brune à peine striée de gris.

Elle aimait la vie, le plus précieux des dons. Tant de ses proches et de ses amis étaient morts. Et elle, à quatre-vingt-douze ans, elle défiait le temps! La chance, elle le savait, lui avait souri davantage qu'à la plupart des gens. Elle avait gagné de quoi mener l'existence qui lui convenait et faire ce qui lui plaisait ; elle avait aussi la chance d'avoir conservé une excellente santé et de ne souffrir que des incommodités bénignes qui sont le propre de l'âge, l'arthrose qui rouille les articulations, l'oreille parfois un peu paresseuse – quoiqu'elle entendît fort bien quand elle s'en donnait la peine. Le destin lui épargnait les graves dégénérescences qui affectent tant de vieillards. Oui, elle avait beaucoup de chance.

Elle survivait à Owen, son mari bien-aimé qui l'avait quittée depuis près de huit ans, ainsi qu'à ses deux fils aînés, Emlyn et Richard. Il ne lui restait que ses deux filles, Rhianon et Cara, et les deux enfants de Richard, ses petits-enfants. Richard, son second fils, avait toujours été son préféré. Elle s'étonnait parfois encore qu'Emlyn et Rhianon n'aient jamais eu d'enfants. Cara en avait eu deux, Mervyn et Lydia, mais Mervyn était mort tragiquement à douze ans, noyé dans un lac du Connecticut, le lac de New Preston. Ce drame avait hanté la famille pendant de longues années. Lydia, sa sœur, ne s'en était jamais tout à fait remise. Mariée très jeune, elle avait émigré en Australie, comme si elle avait voulu mettre la moitié du monde entre elle et sa famille – ou, plutôt, ses souvenirs.

Megan fit une pause devant la console où étaient disposées les photos de la tribu Valiant, de l'enfance à l'adolescence et à l'âge adulte : Owen et elle, Rhianon et Cara, Richard et Emlyn, ses petits-enfants. En les regardant, ce soir-là comme tant d'autres, elle pensa qu'aucun n'avait vraiment changé. On reconnaissait sans peine les traits de l'enfant dans ceux de l'adulte.

Megan se pencha vers un portrait d'elle à vingt et un ans, l'année de son fulgurant succès. Dieu merci, elle était toujours la même, malgré les rides. Non, je ne suis pas aussi ridée que cela, se reprit-elle. Tout compte fait, elle n'avait pas trop mal vieilli. Et sa descendance ne pouvait pas renier ses origines : tous bruns aux yeux bleus ou verts, ils avaient les mêmes traits, la même allure. Tous des Valiant. Tous des Gallois un peu mystiques, un peu fous, un peu touchés par la magie qui nourrit les légendes celtes.

Sa magie à elle était dans sa voix, un vrai don de Dieu. Elle avait eu beau rester modeste et ne jamais se vanter de sa réussite, c'est avec sa voix qu'elle avait assuré leur avenir à tous et leur avait apporté la fortune. En un sens, chacun des Valiant devait tout ce qu'il était et ce qu'il avait au don de Megan et à celui d'Owen qui, par son talent d'imprésario et son sens des affaires, avait su fabriquer de l'or plus sûrement que les alchimistes.

Oh! combien il lui manquait, son Owen! Elle pleurerait sa perte jusqu'au jour où elle pourrait enfin se libérer de son écorce mortelle et aller le rejoindre. « Mais quand même pas tout de suite », ajouta-t-elle à mi-voix, elle avait encore trop à faire en ce bas monde. Owen comprenait son manque d'empressement, elle en était sûre.

Quand le regard de Megan se posa sur le portrait de Dylan, son petit-fils, un soupir lui échappa. Dylan avait été beaucoup trop gâté par ses parents, par Owen aussi, parfois même par Laura. Mais pas par moi, se dit-elle. J'ai toujours su me montrer ferme, je ne lui ai jamais passé ses caprices et je ne les lui passerai jamais.

Une photo de Laura à vingt-deux ans était posée sur la console près de celle de Dylan. Un sourire vint aux lèvres de Megan, un éclair de joie et de fierté brilla dans ses yeux. La meilleure de tous, se dit-elle. Forte, loyale, ferme comme un roc. Un pur-sang sur qui je parierais jusqu'à mon dernier sou. Une photo d'elle-même en 1925 se tenait non loin de celle de Laura. Megan les compara : elle est mon portrait craché, murmura-t-elle. C'est moi au même âge...

Elle s'écarta enfin de la console pour aller offrir ses mains à la chaleur des flammes avant de s'asseoir dans sa bergère

146

favorite. La tête appuyée à la soie bleue du dossier, elle ferma les yeux et laissa son esprit évoquer ses souvenirs.

Ses souvenirs, ses chers souvenirs... Elle en avait tant qui lui emplissaient le cœur. Un cœur encore jeune – parfois, elle lui donnait à peine dix-huit ans d'âge. C'est son esprit qui avait vieilli, plein de sagesse et d'expérience – trop plein, pensait-elle par moments. Trop plein de la connaissance des errements de la nature humaine, de ses faiblesses. De ses forces, aussi...

Et peu à peu, Megan céda à la torpeur.

– Bonsoir, bonne-maman !

Megan sursauta, ouvrit les yeux. Un large sourire lui vint aux lèvres en reconnaissant Laura qui se penchait vers elle pour l'embrasser. Laura, sa préférée, si pleine d'énergie, de joie de vivre. Chacune de ses visites lui faisait l'effet d'un bain de jouvence.

– Bonsoir, ma chérie. Tu as les joues glacées ! Tu n'es pas venue à pied, j'espère ?

Laura pouffa :

– Faire tout ce chemin à pied par un temps pareil ? Non, bonne-maman, je ne suis pas masochiste. J'ai pris un taxi.

– Tu me rassures, ma chérie. Le carafon de sherry est à sa place habituelle, sers-nous à boire et viens t'asseoir près de moi. Tu sais combien nos petits bavardages me font plaisir.

Un instant plus tard, Laura prit place en face de sa grand-mère. Elle lui tendit un verre, le choqua contre le sien.

– A la nouvelle année, bonne-maman. Qu'elle soit suivie de beaucoup d'autres.

– Je l'espère bien, ma chérie ! Je n'ai pas l'intention de quitter cette terre, tu sais. Il me reste encore trop de méfaits à perpétrer.

Elles rirent à l'unisson, trempèrent leurs lèvres dans le sherry.

147

– Ta mère se sent mieux? reprit Megan. Elle ne m'a pas paru très en forme quand je l'ai vue à Noël. Plutôt... morose.

– C'est vrai, mais elle va mieux maintenant. Elle retrouve son moral en Floride.

– Mon petit cottage est toujours en bon état?

– Plus charmant que jamais, bonne-maman.

– Ton grand-père et moi l'avions acheté il y a plus de trente-cinq ans, bien avant ta naissance. C'était une jolie petite maison où je pouvais me détendre et faire tout ce qui me passait par la tête.

– Pourquoi n'irais-tu pas t'y reposer huit ou quinze jours, bonne-maman? Il fait moins froid là-bas qu'à New York. Le climat te ferait du bien et maman serait ravie que tu lui tiennes compagnie. Penses-y, je t'y emmènerai si tu veux.

– Merci bien, ma chère petite, je suis encore capable de voyager toute seule! En fait, je n'ai aucune envie d'y aller, vois-tu. Pas sans ton grand-père. Cette maison a toujours été notre retraite à nous deux, elle m'évoque trop de souvenirs. Y aller seule m'attristerait.

Laura ne cacha pas son étonnement :

– Mais... grand-père et toi viviez autant et même plus souvent dans cet appartement.

– Bien sûr, mais le cottage de Floride était notre refuge, notre nid de vacances où nous aimions nous évader, lui et moi. Je ne sais comment te l'expliquer, dit-elle avec un léger haussement d'épaules, mais je n'éprouve plus le désir d'y aller, voilà tout. Autant j'aimais cette maison du vivant de ton grand-père, autant je m'en désintéresse depuis. Et puis, elle sera à toi un jour. A toi et à ton frère, quand je ne serai plus là.

– Je n'aime pas que tu dises des choses pareilles, bonne-maman!

– Nous devons pourtant regarder la réalité en face, ma chérie. Je mourrai tôt ou tard.

– Oui, je sais, mais le plus tard possible. Et ce n'est pas une raison pour en parler tout le temps.

Megan se contenta de sourire.

– Ton père est mort depuis trois ans, dit-elle au bout d'un bref silence. Tu ne crois pas qu'il serait temps pour ta mère de refaire sa vie ? Elle n'a que soixante ans, c'est encore jeune.

– Elle s'occupe, elle travaille énormément.

– Elle ferait mieux de chercher un homme plutôt que du travail.

– Oh ! Tu es impossible, bonne-maman !

– Ce n'est quand même que la pure vérité. On n'est pas vieux à soixante ans. C'est même un très bel âge par rapport au mien, figure-toi. Au fait, que devient donc ce personnage des Bahamas chez qui elle était allée peindre les plafonds ?

– Tu plaisantes ! protesta Laura. Il est beaucoup trop vieux pour elle, il a quatre-vingt-deux ans.

– Le père, je sais. Moi, je te parle du fils. Je l'ai rencontré une fois, il m'a fait très bonne impression. Ta mère pourrait faire pire.

– Et quel âge a-t-il, ce fils ? demanda Laura en riant.

– Cinquante-cinq, cinquante-six ans à peu de chose près. Exactement ce qu'il faudrait à Margaret.

– Sûrement pas, elle le trouverait trop jeune.

Megan but une gorgée de sherry avant de déclarer :

– Un homme jeune conserve sa jeunesse à une femme.

– Tu parles d'expérience, bonne-maman ? s'enquit Laura avec un sourire amusé.

Megan ne put s'empêcher de rire à son tour.

– Bien sûr que non, mais je sais me servir de mon imagination. Quoi qu'il en soit, poursuivit-elle en reprenant son sérieux, je crois sincèrement que ta mère devrait trouver un autre homme – amant, mari, peu importe. Margaret est énergique, en bonne santé, bien de sa personne. Amusante,

149

aussi. Un homme digne de ce nom devrait s'estimer heureux d'avoir une telle femme dans sa vie.

— Tu as raison, bonne-maman, mais va donc le lui dire... Oh! après tout, pourquoi pas? ajouta-t-elle après une brève réflexion. Je vais lui parler, moi. L'encourager à sortir, à rencontrer de nouvelles têtes, à se faire de nouveaux amis.

— Bravo, ma chère petite.

Laura la remercia d'un sourire.

— Mais ce n'est pas à cause de ta mère que je t'ai demandé de venir ce soir, ma chérie, reprit Megan. Je voulais te parler de ma collection de tableaux. Devrions-nous la mettre en vente maintenant?

Laura fronça les sourcils, inquiète :

— Aurais-tu des problèmes d'argent, bonne-maman? Je croyais que grand-père avait effectué des placements qui...

— Non, non! l'interrompit Megan, je n'ai aucun problème de cette nature, rassure-toi. Je me demandais simplement si le moment ne serait pas bien choisi. D'après ce que je lis sur les ventes récentes, les enchères grimpent sans arrêt. La conjoncture actuelle paraît donc favorable. Si tu estimes que nous pouvons vendre dans de bonnes conditions au lieu d'attendre encore un peu, pourquoi pas?

— Je ne voudrais pas que tu prennes une décision trop hâtive, bonne-maman. Il faut d'abord évaluer tes tableaux un par un et demander l'avis de Jason. C'est lui, tu t'en souviens peut-être, qui avait estimé le petit Cézanne et le Sisley.

— Oui, je me le rappelle très bien. Un jeune homme charmant. Je te laisse décider et je me fie à ton jugement. Fais donc ce que tu crois nécessaire, ma chérie.

— Bien sûr, bonne-maman. Mais, à mon avis, rien ne presse.

Megan sourit avec attendrissement. Elle aimant tant sa petite-fille, elle était si fière d'elle!

— Sers-nous donc un autre sherry, Laura. Nos verres sont vides.

Laura s'exécuta et revint s'asseoir en face de Megan.

— J'allais oublier de te dire que j'ai eu Claire au téléphone, hier soir, dit-elle après avoir posé son verre. Elle est enchantée de venir en août prochain dans le Connecticut, surtout depuis qu'elle sait que tu resteras avec nous quelques jours.

— Je me réjouis de me joindre à vous, ma chérie, et de revoir Natacha. J'étais vraiment navrée que Claire se soit décommandée pour les fêtes de fin d'année. Je comptais sur elle, d'autant que je ne serai peut-être plus là à Noël prochain.

— Ne dis pas des choses pareilles, bonne-maman!

— Mais c'est vrai, Laura! Il ne faut pas s'aveugler, voyons.

— Dylan n'est pas venu, lui non plus. Quel poison, mon frère!

— Bah! Dylan n'est qu'un gamin capricieux qui n'a jamais su grandir. Si tu veux mon avis, c'est la faute de tes parents qui l'ont trop gâté, ta mère surtout. Je l'ai dit et je le répète : il aurait tout pour réussir, ce garçon, mais il n'a pas de caractère. Aucune volonté.

— S'il se mariait, il finirait peut-être par se fixer, par mûrir. Il lui faudrait des responsabilités auxquelles il serait bien obligé de faire face.

— Ne prends pas tes désirs pour des réalités, Laura. Toutes les responsabilités du monde ne changeront pas ton frère. Il est probable qu'il les fuirait à la première occasion. Quant à se marier!... Je plains de tout mon cœur la pauvre fille qui commettrait cette folie.

— Tu es injuste! Serais-tu fâchée contre lui?

— Oui, à bien des égards. Je l'aime quand même, vois-tu. Qu'il fasse des bêtises ou non, il reste un des miens. J'avoue malgré tout que je n'ai pas encore digéré sa dernière bourde. Acheter cette vieille ferme en ruine au pays de Galles! Je me demande s'il aura jamais du plomb dans la tête, ce garçon.

– C'est vrai, il aurait mieux fait de placer cet argent, comme tu le disais à Noël. C'est typique de sa part – retrouver ses racines, prétend-il... Tu sais bien qu'il avait toujours rêvé d'une maison au pays de Galles, le pays des mythes et des légendes.

– Je sais, tu me reproches encore de lui avoir farci la tête d'idées folles – ton grand-père aussi, d'ailleurs. Pourtant, poursuivit-elle après avoir marqué une pause, tu as entendu les mêmes histoires que lui dans ton enfance et tu es aussi sensée et réaliste que moi. Non, vois-tu ma chérie, c'est une question de caractère. De personnalité profonde. Et puisque nous parlions mariage, je m'étonne que Claire ne se soit toujours pas remariée, depuis le temps. N'a-t-elle donc pas encore rencontré l'homme qu'il lui faut?

– Elle ne s'en accorde pas même le temps ni l'occasion. On dirait qu'elle s'inflige une sorte de pénitence... Je ne veux pas avoir l'air de la critiquer, ajouta-t-elle.

– Sois tranquille, je sais combien tu es attachée à Claire. Elle en veut donc toujours autant à son ex-mari et à tous les hommes?

– Comment le sais-tu? s'étonna Laura. Tu ne l'as pas revue depuis plus de deux ans.

– Si elle évite les hommes, comme tu viens de le suggérer, c'est que son état d'esprit n'a pas changé. Quel dommage, elle a tant de qualités de cœur, cette petite! Philippe et elle étaient si amoureux l'un de l'autre, je croyais que cela durerait toujours.

– Nous le pensions tous.

– Sais-tu ce que devient Rose, la mère de Philippe?

– Tu te souviens de son nom?

– J'ai toujours eu une très bonne mémoire, tu devrais le savoir. Comment crois-tu que j'apprenais mes rôles? Une mémoire bien entraînée ne se perd pas, ma petite, et la mienne est meilleure que celle de bien des jeunes. Je ne suis pas encore gâteuse, tu sais!

152

– Mais oui, bonne-maman, je sais. Ne te fâche pas.

– Je ne me fâche pas, je mets les choses au point. Les gens de théâtre ont une mémoire d'éléphant. Souvent meilleure.

Laura sourit et but une gorgée de sherry.

– C'est drôle que tu me parles de Rose Lavillard ce soir, dit-elle, parce que je l'ai rencontrée par le plus grand des hasards quand j'étais à Paris le mois dernier.

– Vraiment? Etait-elle venue voir Claire?

– Sûrement pas! Claire ne l'a jamais aimée, d'ailleurs.

– Pourquoi donc?

– Parce qu'elle la trouve... comment dire? Bizarre. Claire a toujours jugé que sa belle-mère était à moitié folle.

– Claire le serait complètement si elle avait vécu l'enfance de cette pauvre femme et subi la moitié de ses épreuves. Rose est très courageuse. Je l'admire et je la plains.

– Comment es-tu au courant de son enfance et de ses épreuves? s'étonna Laura.

– Elle me les a elle-même racontées.

– Quand cela?

– Peu avant le mariage de Claire et de Philippe. Souviens-toi, j'avais donné un petit dîner en leur honneur. Après le repas, nous nous sommes retirées dans cette pièce, elle et moi, et nous avons eu une longue conversation pendant que vous preniez le café et les liqueurs au salon.

– Je me souviens de ce dîner, en effet. Et de quoi t'a-t-elle parlé ce soir-là, bonne-maman?

– De la France sous l'Occupation, de sa vie pendant les années de guerre. J'étais en mesure de la comprendre et de sympathiser puisque j'étais allée là-bas vers la fin de la guerre, en 1944 et 1945, avec le Théâtre aux Armées. Ton grand-père ne voulait pas que j'y aille, mais je me sentais moralement obligée de faire quelque chose pour ces pauvres garçons qui se battaient si loin de chez eux et risquaient leur vie pour nous et pour la défense de la liberté. Ton grand-père a fini par m'accompagner. Il avait si peur qu'il m'arrive quelque chose qu'il n'a pas voulu me laisser partir seule.

– Je me souviens de ce que tu m'as raconté quand j'étais petite. Ce devait être passionnant.

– En un sens, oui, mais surtout d'une tristesse! Tous ces morts... Nous adoucissions quand même un peu le sort des blessés en leur changeant les idées, en leur montrant que nous pensions à eux, que le pays ne les oubliait pas. Ils étaient si jeunes! Des enfants, pour ainsi dire. Quand j'y pense, j'en ai encore le cœur brisé.

– Je sais ou, du moins, je peux l'imaginer. Quel âge avais-tu, à cette époque-là?

– Trente-huit, trente-neuf ans. J'étais encore belle et pleine de feu, capable de lever haut la jambe et de chanter à tue-tête.

Laura se pencha vers elle, lui serra la main avec tendresse.

– Tu n'as pas tellement changé, bonne-maman. Tu as toujours été la meilleure.

– Pas de flatteries, ma chérie. Pour revenir à Rose, elle a eu une enfance très malheureuse. Elle a été témoin de trop de violence, trop de souffrances. Essaie de te représenter la vie en France à cette époque : rien à manger, les bombardements continuels, la Gestapo à tous les coins de rues. C'était dur, pour elle. Particulièrement dur.

– Mais pourquoi l'était-ce surtout pour elle?

– Parce que, en plus, elle avait perdu ses parents. Elle était seule au monde.

– Quel âge avait-elle?

– Je ne sais pas au juste. Dix ou douze ans je crois, très jeune en tout cas. Quand elle m'en a parlé, elle ne s'apitoyait pas du tout sur son sort. Elle ne me racontait ses épreuves que parce que je lui avais posé des questions sur sa vie passée. Je savais qu'elle était née en France, qu'elle s'était mariée après la guerre et qu'elle avait ensuite émigré aux Etats-Unis

154

avec son mari dans les années cinquante. Elle m'était sympathique, je voulais en savoir plus sur elle, voilà tout.

— C'est bien triste, en effet.

Megan lança à sa petite-fille un regard réprobateur :

— Tu le dis sur un drôle de ton, Laura, comme si tu ne croyais pas à l'histoire de Rose. Elle est pourtant authentique, je t'assure.

— Je te crois, bonne-maman. Je regrette, au contraire, que Claire n'ait pas connu les circonstances dans lesquelles s'était déroulée l'enfance de Rose. Si elle en avait su davantage, elle se serait peut-être montrée plus... indulgente envers elle.

— Comment ? Philippe n'a pas parlé à Claire des épreuves subies par sa mère ?

— En partie seulement. Claire y a fait allusion une fois devant moi, mais je suis certaine qu'elle n'a jamais tout su.

Megan allait raconter à Laura l'histoire complète de Rose Lavillard quand elle se ravisa. Elle était trop bouleversante, elle ne se sentait pas le courage d'y penser ce soir-là.

— Si tu revois Rose, se borna-t-elle à dire, transmets-lui mon meilleur souvenir. J'ai beaucoup d'amitié pour elle.

— Je n'y manquerai pas. Claire ne s'est jamais entendue avec Rose. N'est-ce pas étonnant, sachant ce que tu penses d'elle ?

— Ma chérie, si tu me montres une femme qui s'entend avec sa belle-mère, je mange mon chapeau. Y compris la ganse et les rubans.

Laura ne put s'empêcher de rire.

— Pourtant, dit-elle après avoir repris son sérieux, ma mère s'est toujours bien entendue avec toi.

— Je suis l'exception qui confirme la règle, ma chérie. Il en faut toujours une, tu ne le savais pas ?

— Si, bien sûr...

Megan pouffa à son tour.

— Mais je te taquine, Laura. Ton père et ta mère, vois-tu, étaient tellement amoureux l'un de l'autre, disons plutôt obsédés, qu'ils ne prêtaient aucune attention à leur entourage. Pas plus à tes autres grands-parents qu'à Owen et moi. Pas même à Dylan et toi. Quand tu ignores systématiquement l'existence des autres, c'est très agaçant pour eux, n'est-ce pas? Je savais que si je me permettais d'émettre la moindre critique sur ta mère, ton père ne m'adresserait jamais plus la parole, ce que je n'aurais pas supporté puisque je tenais à Richard comme à la prunelle de mes yeux. Je ne voulais que son bonheur, ta mère le rendait heureux, il fallait donc continuer. Voilà pourquoi j'ai toujours entretenu de bons rapports avec ma belle-fille.

— Je comprends, dit Laura avec un sourire amusé. Tu sais, poursuivit-elle, Claire éprouve envers Philippe une haine incroyable. Il est arrivé à l'improviste un soir où je dînais chez Claire et elle lui a fait une scène abominable. J'en ai eu froid dans le dos.

— C'est vraiment désolant, surtout pour cette pauvre petite Natacha. Ce sont les enfants qui sont les vraies victimes d'un divorce. Quant à Claire, elle a toujours été indépendante de nature et volontiers excessive.

— Excessive? Que veux-tu dire, bonne-maman?

— Avec elle, tout est toujours à gauche ou à droite, jamais au milieu. Blanc ou noir, jamais gris. Elle était déjà comme cela dans sa jeunesse, je ne pense pas qu'elle ait beaucoup changé depuis. Elle ignore le mot transiger, tu le sais mieux que quiconque, Laura.

— Oui, c'est vrai, mais je préfère fermer les yeux. Personne n'est parfait, moi moins que tout autre.

— Oh, ça! je n'en suis pas si sûre! dit Megan en riant.

Laura sourit sans répondre, but une gorgée de sherry. Un moment, elles gardèrent toutes deux un silence pensif. Depuis sa petite enfance, Laura et sa grand-mère s'étaient toujours comprises sans parler. Owen disait souvent que Laura était plus proche de Megan que ne l'avaient jamais été ses propres filles, et rien n'était plus vrai.

– Tout va bien entre Doug et toi ? demanda Megan.

Prise au dépourvu, Laura la regarda, bouche bée.

– Ton ménage ne bat pas de l'aile ? insista Megan.

Laura n'avait jamais menti à sa grand-mère. Ainsi mise au pied du mur, elle ne songea pas à lui dissimuler la vérité ni à l'enjoliver.

– Je n'en sais rien, bonne-maman... Je sens que quelque chose cloche entre nous, mais je n'arrive pas à définir exactement quoi. Je sais seulement que notre ménage ne tourne plus rond.

– Je m'en doutais.

– Vraiment ? As-tu remarqué quelque chose à Noël ?

– Doug m'a paru préoccupé la plupart du temps, distrait, absent. Perdu dans je ne sais quelles pensées.

– Cependant il était aux petits soins pour nous toutes. Toi, maman, moi.

– C'est vrai. Pourtant à certains moments, quand il ne se croyait pas observé et qu'il baissait sa garde, il avait l'air malheureux, frustré, comme s'il avait envie d'être n'importe où mais pas avec nous.

Laura ouvrit la bouche. Megan lui imposa silence d'un geste.

– Il faut que tu lui parles, Laura, enchaîna-t-elle. Que tu le fasses parler, surtout. Trop de gens n'osent ou ne savent pas exprimer leurs sentiments. Alors, ils font des prières muettes qui échappent aux autres et les problèmes s'aggravent au lieu de se résoudre.

– Je devrai choisir le bon moment...

– Je te fais confiance pour le déterminer. Ne tarde pas, ma chérie. Ne laisse pas Doug ressasser trop longtemps ses problèmes, le mal qui le ronge finirait par s'envenimer.

– Je ne le laisserai pas, bonne-maman. Je te le promets.

13

– Ainsi, dit Laura, ce petit Degas fait partie des vingt-cinq exemplaires non numérotés de l'édition fondue par Hébrard dans les années vingt. Si mes souvenirs sont bons, le musée Shelburne en possédait un, mis en vente l'année dernière chez Sotheby et adjugé pour onze millions de dollars.

– Exact, approuva Alison. Mais le nom de l'acquéreur reste toujours mystérieux. J'ai reçu la documentation ce matin. Elle est sur ton bureau, tu la regarderas tout à l'heure. Un collectionneur sérieux devrait se précipiter sur celui-ci, tu ne crois pas ?

Elles admiraient la petite danseuse de Degas, mise en valeur par un spot dans la galerie Hélène Ravenel de Madison Avenue.

– Absolument ! Cette pièce est superbe et en parfait état. Mark en voudra à tout prix, j'en suis certaine. Il faut la lui présenter, même si nous n'avons plus de raison de le détourner du Gauguin.

– Avons-nous été sottes de croire qu'il ne tiendrait pas compte de notre mise en garde ! dit Alison en riant. Il est trop intelligent pour se jeter tête baissée dans des problèmes de cet ordre.

– C'est entièrement ma faute, Alison. C'est moi seule qui ai mal jugé son caractère et qui ai paniqué sans raison.

– En tout cas, nous savons maintenant qu'il a abandonné l'idée d'acheter le tableau. A-t-il quand même alerté Norman Grant sur les intentions de Maximilian West, à ton avis ?

– C'est sans importance. Sir Max en a informé lui-même Grant le lendemain de ma rencontre avec Mark.

– Et maintenant, que va-t-il se passer, d'après toi?

Laura fit un geste d'ignorance.

– Aucune idée. J'ai l'impression que l'affaire est dans une impasse dont je ne vois pas comment sortir, puisque chacun des deux hommes se déclare seul propriétaire légitime du tableau.

– Un procès peut traîner des années... Mais revenons à notre Degas, enchaîna Alison. Si Mark n'en veut pas, pouvons-nous le proposer à John Wells?

– Bien sûr. Et n'oublie pas non plus notre nouvelle cliente de Palm Beach, Olivia Gardener. En tout état de cause, Hélène m'a dit qu'elle serait intéressée si aucun de nos clients n'en voulait.

– Bien sûr qu'elle m'intéresse, votre petite ballerine! intervint Hélène Ravenel qui s'approchait. Elle me plaît beaucoup.

Les trois femmes discutèrent amicalement autour de la statuette. Au bout d'un instant, Laura consulta sa montre.

– Il faut que je m'en aille! s'exclama-t-elle. Je suis déjà en retard à mon rendez-vous avec Hector Junot. Heureusement que nous devons nous retrouver au Carlyle, ce n'est qu'à deux rues d'ici.

– Dis-lui mille choses de ma part! lui lança Alison alors que Laura se dirigeait en hâte vers la porte.

Marchant d'un bon pas, Laura arriva bientôt à la 76ᵉ Rue, où se trouvait l'entrée principale de l'hôtel et, une minute plus tard, elle entra dans la salle de restaurant. Le maître d'hôtel la guida vers la table d'Hector Junot, qui se leva pour l'accueillir, l'embrassa sur les deux joues et la fit aussitôt asseoir.

– Je suis enchanté, ma chère Laura, que vous ayez pu vous libérer aussi rapidement pour déjeuner avec moi aujourd'hui.

– Votre coup de téléphone d'hier soir était une excellente surprise, Hector. Combien de temps comptez-vous rester ?

– Une huitaine de jours. Je suis venu à la demande d'une de mes clientes qui souhaite que je redécore sa villa de Southampton. J'irai samedi procéder à une visite de reconnaissance. Que voulez-vous boire comme apéritif, Laura ? Champagne ?

– Non, Hector, merci. En temps normal, j'aurais volontiers accepté, mais une montagne de papiers m'attend sur mon bureau et il faut que je reste lucide jusqu'à ce soir. Pour cette fois, je me contenterai d'un jus de pamplemousse.

Hector passa la commande avant de reprendre le fil de leur conversation.

– Ma cliente m'a dit avoir l'intention d'acheter quelques tableaux et souhaiter engager les services d'un conseiller. J'ai immédiatement pensé à vous, Laura.

– Merci mille fois, Hector.

– Aussi, poursuivit-il, il m'est venu une idée en vous attendant. Accompagnez-moi donc samedi matin à Long Island. Je vous présenterai à ma cliente, Mme Newsam, vous la questionnerez sur ses préférences et son budget et vous visiterez la maison avec moi.

Laura eut une hésitation marquée.

– Samedi ne vous convient pas ? lui demanda Hector. Aviez-vous prévu autre chose ce jour-là ?

– Pas vraiment, mais... Doug et moi sommes tellement pris toute la semaine que ne pouvons nous voir que les week-ends et...

– Aucun problème, voyons ! l'interrompit Hector. Doug nous accompagnera. Si nos conversations professionnelles l'ennuient, ce que je conçois fort bien, il pourra aller se promener dans les dunes. Et je suis sûr que notre hôtesse sera ravie de nous garder tous les trois à déjeuner. Je la connais bien, elle est très accueillante.

Après une brève hésitation, Laura sourit.

– Merci Hector, Doug acceptera sûrement de se joindre à nous. Merci, surtout, de me recommander à votre cliente.

– Cela ferait-il plaisir à Alison de venir, elle aussi ?

– Je puis vous répondre non à coup sûr. Elle tient à consacrer tous ses instants de liberté à son mari et à ses jumelles.

– C'est bien compréhensible. Mais vous ne désirez sans doute pas vous attarder, Laura. Commandons notre déjeuner.

– Simple et léger, surtout ! dit Laura en riant.

Peu avant la fin du repas, au cours duquel ils parlèrent de choses et d'autres, Hector marqua une pause.

– J'aimerais, dit-il, vous proposer une affaire qui pourrait à terme devenir très lucrative si elle vous intéressait.

– Vous savez que je ne refuse jamais une bonne affaire, surtout si c'est vous qui me la proposez, répondit Laura. Je vous écoute, Hector. Vous piquez ma curiosité.

– Eh bien, il s'agit de Sir Maximilian West. Laissez-moi vous expliquer, poursuivit-il en levant la main pour prévenir l'exclamation étonnée de Laura. Je voudrais d'abord que vous fassiez sa connaissance. Il sera à New York lundi prochain, je vous emmènerai à son bureau. Il souhaite rénover sa collection de fond en comble – c'est lui qui emploie le mot *rénover* – et je pense que vous êtes la personne idéale pour l'aider dans cette entreprise. Je le connais depuis des années et il est devenu autant, sinon plus, un ami qu'un client. Il est simple, direct et je crois que vous vous entendrez très bien.

– Je serai ravie de faire la connaissance d'un homme tel que lui, Hector ! s'écria-t-elle, sa première surprise passée. Je ne sais comment vous remercier. Alison sautera de joie.

– C'est moi qui me félicite de pouvoir vous être utile, ma chère Laura. Vos qualités rejailliront sur moi, ce dont j'aurai grand besoin, dit-il avec un sourire malicieux. Et maintenant, parlons plutôt de vous et dites-moi ce que vous devenez.

– Il n'y a pas grand-chose à en dire. Mes affaires marchent bien et je suis débordée, comme je vous le disais hier soir au téléphone. A part cela, rien de neuf.

– Je vous avais déjà appris, je crois, que Sir Maximilian ou, plutôt, ses avocats ont informé M. Grant de la longue histoire du tableau de Gauguin. Nous ne pouvons donc qu'attendre la suite des événements. A mon avis, cependant, il aura du mal à faire prévaloir son point de vue. Je doute fort que M. Grant accepte sans protester de lui restituer le tableau.

– Il le devrait, moralement du moins. Mais je suis d'accord avec vous, ce ne sera pas simple. Je me range sans hésiter du côté du premier propriétaire victime d'une spoliation de cette gravité. Quels que soient les arguments mis en avant, nul n'a le droit de dissimuler la provenance d'une œuvre volée. Le Gauguin devrait donc revenir de plein droit à son véritable possesseur ou à ses héritiers, mais Grant a de son côté des raisons de se battre. Je crois quand même que tout problème comporte une solution, même si je ne distingue pas laquelle dans l'état actuel des choses.

Hector l'avait écoutée avec attention.

– S'il vous en venait une à l'esprit, Laura, n'hésitez pas à m'en aviser immédiatement. Je suis certain que Sir Maximilian l'étudierait avec le plus vif intérêt.

Lorsque Laura pénétra dans le hall de réception d'Art Acquisitions, Alison sortait de son bureau.

– Ah! Tu tombes bien, Doug essaie de te joindre depuis un bon quart d'heure. Il t'a appelée au Carlyle, mais tu venais de partir. Il a ensuite téléphoné ici pour me dire qu'il est sur le chemin de l'aéroport et qu'il te rappellera de la voiture.

– L'aéroport ? répéta Laura, étonnée.

– Son cabinet l'envoie sur la côte Ouest à cause de...

– Quoi ? On l'expédie comme cela à l'autre bout du pays, sans même une heure de préavis ? s'exclama Laura en jetant son manteau sur une chaise. Il ne t'a rien dit de plus ?

– Non, sauf qu'il s'agit d'un problème urgent. Il est passé à l'appartement faire sa valise avant de filer dans le New Jersey. Ce doit être vraiment sérieux, Aaronson International met son jet privé à sa disposition pour aller à Los Angeles.

Partagée entre la stupeur et la colère, Laura entra dans son bureau et se laissa tomber dans son fauteuil.

– Je vois... T'a-t-il dit combien de temps il y restera ?

– Non.

Le téléphone sonna. Laura se hâta de décrocher.

– Art Acquisi..., commença-t-elle.

– C'est moi, Laura, fit la voix de Doug. J'essaie de te joindre depuis plus d'un quart d'heure.

– Je sais, Alison me l'a dit. Pourquoi t'envoie-t-on à Los Angeles aussi précipitamment ? Qu'est-il arrivé de si grave ?

– Will Laxton était là-bas pour négocier les contrats de la fusion Aaronson. Il a eu un infarctus, je dois le remplacer d'urgence.

– Oh ! Pauvre Will ! Il n'est pas ?...

– Non, coupa Doug, Dieu merci, il n'est pas mort. Il a immédiatement été hospitalisé, il est hors course pour un bon moment mais, aux dernières nouvelles, il s'en tirera sans dommage.

– Tant mieux. Combien de temps seras-tu absent ? Espères-tu rentrer pour le week-end ?

– Je ne crois pas, ma chérie. Nous sommes déjà jeudi, je ne pourrai travailler que demain. Nous reprendrons donc lundi à la première heure et nous en aurons au moins pour la

163

semaine. Il y a encore un tas de problèmes juridiques à résoudre.

– Mais pourquoi toi? Peter n'aurait pas pu y aller à ta place?

– Peter y est déjà, Laura. Tu sais que c'est une affaire importante pour notre cabinet. Nous avons déjà six ou sept avocats qui travaillent dessus. Et c'est *moi* qu'on envoie là-bas pour remplacer Will à la tête de l'équipe, ajouta-t-il avec fierté.

– J'en suis enchantée pour toi, Doug, mais... Sans vouloir me montrer contrariante, il n'empêche que...

– Que quoi?

– Nous ne sommes plus très souvent ensemble ces derniers temps, mon chéri.

– Nous travaillons beaucoup l'un et l'autre, voilà tout. Allons, Laura, sois au moins contente pour moi! C'est une promotion inespérée d'être chargé de cette affaire, elle porte sur des milliards.

Laura regretta aussitôt son manque d'enthousiasme.

– Je me réjouis pour toi et je te félicite de tout mon cœur. Je suis simplement triste d'être encore sans toi.

– Moi aussi, ma chérie. Je te téléphonerai ce soir. Je descends au Peninsula, comme d'habitude. Tu pourras toujours m'y joindre ou m'y laisser un message en cas de besoin.

– Bon voyage, et fais du bon travail. Montre-leur à tous de quoi tu es capable.

– Tu peux y compter! Au revoir, ma chérie.

Et il coupa la communication sans lui laisser ajouter un mot.

Les sourcils froncés, Laura fixa longuement des yeux le combiné avant de le raccrocher. Un instant plus tard, elle alla rejoindre Alison qui était retournée dans son bureau pendant leur conversation.

– Nous allons peut-être signer avec deux nouveaux clients grâce à Hector Junot, annonça-t-elle du pas de la porte.

– Vraiment? s'exclama Alison. Entre vite et raconte-moi tout!

Rien d'urgent ne l'appelant chez elle, Laura resta travailler tard ce soir-là. Après le départ d'Alison et des deux secrétaires, elle décida de s'attaquer à la pile de papiers qui s'accumulaient sur son bureau depuis plusieurs jours.

Il était huit heures passées lorsque la fatigue la força à poser son stylo. La tête appuyée au dossier de son fauteuil, elle regarda distraitement autour d'elle. Aussi spacieux que celui d'Alison, dont il était symétrique, son bureau donnait lui aussi sur la cour intérieure mais, contrairement à Alison qui avait préféré des murs blancs, Laura avait peint les siens en un jaune jonquille, plus gai et chaleureux.

Ce cadre, dans lequel elle se plaisait tant depuis qu'elle y avait emménagé, lui parut tout à coup insipide et ennuyeux. L'idée de regagner son appartement désert la plongeait dans un réel désarroi, mais il était trop tard pour sortir dîner avec une amie ou aller rendre visite à sa grand-mère. « Un sandwich et un verre de vin, voilà ce qui m'attend ce soir », grommela-t-elle en éteignant la lampe avant de sortir prendre son manteau dans la penderie du hall.

Elle le décrochait du cintre quand elle fut assaillie par un sentiment de détresse dont il lui fallut un moment pour comprendre la cause : c'est Doug, pensa-t-elle. Doug s'éloigne de moi de plus en plus et je ne sais pourquoi.

14

Des rafales de vent accentuaient l'impression de froid, mais le soleil brillait dans un ciel d'un bleu éclatant. Aussi, tentée par cette superbe journée d'hiver, Laura décida de sortir prendre l'air.

Tandis qu'elle traversait le jardin vers les dunes, son aspect désolé l'attrista. Les arbres veufs de leur feuillage se dressaient comme des squelettes noircis contre l'azur du ciel, le gazon brûlé par le gel et le sel des embruns était parsemé de vieilles plaques de neige durcie. Le spectacle des jardins plongés en léthargie par l'hiver l'avait toujours déprimée et celui de Mme Newsam à Southampton, Long Island, ne faisait pas exception à la règle. Elle pressa donc le pas jusqu'au portillon ménagé dans le mur d'enceinte. Les mains au fond des poches de son manteau, le col relevé, elle sortit sur la dune et descendit jusqu'à la plage.

Malgré la froidure de cette matinée de février, Laura retrouva intact le plaisir d'être au bord de la mer, d'aspirer à pleins poumons ses senteurs iodées d'algues et de sel. Après avoir passé la semaine enfermée dans son bureau, la brise marine agissait sur elle comme un puissant tonique. L'Atlantique, qui moutonnait à perte de vue, offrait un spectacle d'une sauvage grandeur, encore plus beau que pendant de paisibles journées d'été.

Il ne fallut à Laura qu'un instant pour sentir avec soulagement se dissiper peu à peu la tension nerveuse qui l'affectait depuis plusieurs jours. Gaie et énergique de nature, elle ne supportait pas d'être abattue et d'avoir des idées noires.

Elle n'avait eu aucune raison sérieuse d'accompagner Hector à Southampton, bien que Sandra Newsam soit devenue sa cliente à la suite de leur premier entretien, le samedi précédent. Pourtant, lorsque Hector l'avait invitée à l'accompagner une fois encore – ne serait-ce que pour se promener sur la plage, avait-il déclaré – Laura avait accepté sans hésiter. Elle n'avait rien de mieux à faire et la perspective de passer seule un week-end de plus ne lui souriait pas. De toute façon, elle en profiterait pour examiner avec plus d'attention la belle et vieille maison de sa nouvelle cliente.

Vivement impressionnée par les références et l'expérience de Laura, Mme Newsam avait engagé les services d'Art Acquisitions au cours de la visite qu'elle lui avait rendue à son bureau le mercredi précédent. Directe, pragmatique, dénuée de prétention, elle avait été d'emblée sympathique à Laura et Alison. « Je ne serai pas votre plus grosse cliente, leur avait-elle dit, je n'ai pas de millions à investir, mais je veux m'entourer de quelques belles œuvres d'art dans ma maison de Long Island et mon appartement de New York. La perspective d'aborder le marché de l'art me passionne, vos conseils me seront précieux. Et puis, qui sait ? Faute de pouvoir m'offrir des peintres illustres mais inabordables, je découvrirai peut-être grâce à vous de jeunes artistes prometteurs. »

Tout en marchant, Laura ne pouvait s'empêcher de penser à son travail. Alison et elle connaissaient un succès qu'elles n'avaient pas osé espérer, au point qu'elles devaient envisager d'engager un autre expert pour leur prêter main-forte. Elles avaient maintenant presque trop de clients pour elles seules ! Mener de front les relations personnalisées, tout en recherchant les œuvres convenant à chacun, risquait de leur poser de sérieux problèmes à brève échéance.

« Attendons quand même encore un peu, avait dit Laura à Alison la veille au soir. Tant que je pourrai absorber seule le surcroît de travail, tu ne seras pas obligée de rester tard au bureau ni de voyager souvent. » Alison lui en était reconnaissante. Elle tenait à réserver ses week-ends pour sa famille car Tony, son mari, se plaignait de ses absences avec tant de véhémence qu'Alison ne partait plus sans remords à la chasse aux œuvres d'art, ce qui risquait de porter atteinte à la sérénité de son jugement professionnel. En contrepartie, elle acceptait de se charger entièrement du travail administratif qu'elle pouvait, en cas de besoin, effectuer chez elle le dimanche.

Laura se demanda non sans inquiétude comment réagirait Doug en apprenant sa décision d'assurer tous les déplacements. En pensant à lui, elle sentit sa gorge se nouer et un poids lui tomber sur les épaules, dont elle tenta en vain de se libérer.

Doug était à Los Angeles depuis dix jours et prévoyait d'y rester au moins une semaine de plus. Dans le courant de la semaine, il avait demandé à Laura par téléphone de remplir une valise de costumes et de linge, car il était parti avec un minimum de bagages. Un des avocats du cabinet, lui-même en route pour aller renforcer l'équipe, était passé prendre la valise chez le portier de l'immeuble.

Doug téléphonait tous les jours, certes, mais il n'avait jamais grand-chose à dire. Il parlait à peine de son travail, ce qui était inaccoutumé de sa part. Sa conversation semblait désormais limitée à des banalités du style : « Bonjour, chérie. Ça va? Excuse-moi, il faut que je me dépêche. A bientôt. »

Depuis quelques mois, se dit-elle, il a changé de manière incroyable, au point que cela se remarque même au téléphone. Lui qui avait toujours des anecdotes amusantes à me raconter, qui me disait des gentillesses, qui me faisait des confidences, je ne lui inspire donc plus qu'une litanie de lieux communs ? Et à chaque fois, il raccroche toujours le plus vite possible. Comme si... Laura s'arrêta : « Mais oui, bien sûr ! » dit-elle à haute voix. Il ne lui téléphonait tous les jours que par devoir. Il s'imposait cette corvée afin d'esquiver les discussions sérieuses – pour le moment, du moins.

A plusieurs reprises, elle avait essayé de lui parler de leur vie de couple, de la mauvaise direction qu'elle lui voyait prendre, des problèmes qui se dessinaient entre eux de plus en plus clairement. Il se bornait à éluder, à affirmer sur un ton désinvolte que tout allait bien, qu'il n'y avait pas de problèmes... et il raccrochait sans lui laisser le temps de protester. Pourtant, tout n'allait pas bien, loin de là ! S'il ne s'en rendait pas compte, lui, elle le savait désormais avec certitude.

Quand il serait de retour, elle le forcerait à l'écouter, à lui parler, à lui révéler ses pensées, ses sentiments réels. Peut-être se résoudrait-il enfin à partager son fardeau avec elle, à ne plus garder pour lui ce mal mystérieux qui altérait sa personnalité et dressait un mur entre eux. Sa grand-mère elle-même avait remarqué à Noël que Doug n'était plus le même. A la réflexion, Laura se rendait compte que la métamorphose de son mari ne datait pas de quelques semaines, ni même de quelques mois, mais qu'elle remontait au début de l'année passée. Au printemps, pour être exact.

Ce n'était pas seulement parce que Megan avait un regard perçant et une intuition infaillible qu'elle avait discerné la transformation de Doug, mais plutôt parce qu'il avait toujours été jusqu'alors le plus insouciant des hommes. S'il avait un ennui, une préoccupation, il les chassait d'un clin d'œil ou d'un éclat de rire et poursuivait son chemin, imperturbable. « Il faut profiter de la vie et jouir du moment qui passe, aimait-il répéter, parce que nous ne savons pas jusqu'à quand nous ferons bénéficier le monde de notre présence. » Simple boutade au début, il avait fait de ce principe une règle de vie.

Avec un profond soupir, Laura rebroussa chemin vers la maison. Alors même qu'elle répugnait encore à l'admettre, Doug était pour elle une énigme. Si elle avait cru le connaître aussi intimement qu'elle-même, elle devait maintenant admettre son erreur : son mari était devenu un étranger. Au fond, sommes-nous réellement capables de connaître une autre personne en profondeur ? A peine se fut-elle posé la question qu'elle dut y répondre par la négative. D'ailleurs, pensa-t-elle avec tristesse, si les gens sont souvent des mystères pour les autres, ils le sont parfois autant pour euxmêmes...

De retour à la maison, elle trouva Hector dans la bibliothèque en train de téléphoner. Elle allait se retirer par discrétion quand il lui fit signe de rester. Laura donc alla s'asseoir dans le canapé près du feu, prit un magazine sur la table basse et le feuilleta distraitement en attendant la fin de la communication. Hector la rejoignit un instant plus tard et s'assit près d'elle.

– J'ai appelé tout à l'heure la réception du Carlyle pour savoir si j'avais reçu des messages. Il y en avait un de Sir Maximilian, à qui je viens de parler. Il est enfin arrivé à New York après avoir subi des retards et compte sur nous demain au déjeuner. Cela vous convient-il, Laura, ou avez-vous déjà d'autres obligations ?

– Aucune, Hector. Si j'en avais eu, je me serais libérée. Je suis enchantée de faire enfin sa connaissance.

– Bien. Il doit me rappeler demain matin pour confirmer notre rendez-vous. Dès que je l'aurai eu au bout du fil, je vous dirai à quel endroit et à quelle heure nous nous retrouverons.

– Parfait. Dites-moi, Hector, depuis combien de temps le connaissez-vous, au juste ?

– Depuis plus de trente ans. Je lui avais été présenté par une de mes amies et clientes, Margot Derevenko. Sa fille, Anastasia, était la femme de Max à l'époque. Ils ont divorcé un peu plus tard pour se remarier, en 1990, à la plus grande joie de tous leurs amis.

– On aime toujours qu'une histoire ait une fin heureuse.

Laura s'était détournée vers le feu avec une telle expression de tristesse dans le regard qu'Hector s'en inquiéta.

Au cours de leurs précédentes rencontres, Laura lui avait paru plusieurs fois absente, mélancolique. Comme il avait dû prolonger son séjour, Laura l'avait pour ainsi dire pris sous son aile. Elle l'avait invité à dîner chez sa grand-mère, ils étaient sortis ensemble, au cinéma, au restaurant. Il avait été impossible à Hector, dans ces conditions, de ne pas remarquer combien elle souffrait de la solitude que lui imposait l'absence de son mari retenu à Los Angeles.

Est-ce la seule raison? se demanda-t-il. Y aurait-il quelque chose de plus grave? Qu'est-ce qui peut abattre ainsi une jeune femme pleine de charme, sûre d'elle, compétente, l'un des experts les plus qualifiés qu'il lui ait été donné de rencontrer, sans parler de sa sûreté de goût qui suscitait l'admiration? Tandis qu'il l'observait discrètement, il espéra du fond du cœur que son ménage soit aussi florissant que ses affaires et que son accès de tristesse ne soit qu'un phénomène passager. Mais il est malheureusement trop rare, se dit-il, que les femmes qui connaissent la réussite dans leur vie professionnelle bénéficient de la même bonne fortune dans leur vie privée.

Sentant le regard d'Hector posé sur elle, Laura se tourna vers lui et discerna aussitôt son expression soucieuse.

– J'ai hâte de voir Claire le mois prochain, dit-elle avec son sourire le plus rassurant. Sa visite imprévue est une merveilleuse surprise. J'essaie de la convaincre de rester se reposer une semaine après avoir terminé ses séances de photos.

– Des vacances, même courtes, lui feraient du bien, approuva Hector. Elle travaille beaucoup trop et ne se ménage pas assez. Elle se donne corps et âme à tout ce qu'elle fait, comme si elle était incapable de se modérer.

– Elle était déjà comme cela toute jeune, Hector. *Sauvagement concentrée*, disions-nous pour plaisanter. A son âge, elle ne changera sans doute jamais.

– Vous n'avez rien à lui envier à ce sujet, Laura, dit-il avec un sourire amusé.

– Je plaide coupable, dit-elle en riant. J'ai découvert depuis longtemps que si on ne se concentre pas totalement sur ce qu'on fait, on n'accomplit rien de bon.

– J'applaudis et j'admire! Car pour moi, l'âge aidant peut-être, j'ai besoin de détente de temps en temps... Dites-moi, Laura, l'heure tourne. Vous n'avez pas faim?

– A vrai dire, oui. Cette petite promenade sur la plage m'a ouvert l'appétit.

– Eh bien, puisque Mme Newsam n'est pas là cette fois-ci pour nous retenir, allons déjeuner en ville. Je suis affamé moi aussi.

15

ARRIVÉ avec Laura au restaurant du Carlyle avec un peu
d'avance sur Sir Maximilian West, Hector en profita
pour tracer à grands traits le portrait de son célèbre invité.

– La reine l'a anobli il y a quelques années pour sa contribution au redressement de l'économie britannique. Un honneur amplement mérité dont il ne tire toutefois aucune
vaine gloriole. Comme beaucoup de gens supérieurs, il est
modeste, accessible et toujours à l'écoute du monde. Pour
qui a la chance de l'approcher et de le connaître, c'est un
homme extrêmement sympathique.

– Vous m'avez dit l'autre jour qu'il s'était remarié avec sa
première femme. Il en a eu d'autres entre-temps, je suppose?

– Oui, plusieurs : une actrice anglaise, une femme
d'affaires américaine, une ou deux autres encore... Ses amis
et ses proches ayant toujours considéré qu'Anastasia était la
véritable femme de sa vie, nous avons tous été stupéfaits
quand elle l'a quitté. Il en est lui-même resté longtemps très
affecté. Aucun d'entre nous ne comprenait pourquoi elle
avait pris cette déplorable initiative, mais nul ne peut savoir
ce qui se passe en réalité dans la vie intime d'un couple...
Bref, quand Max et Anastasia se sont remariés en 1990, ce
fut au soulagement unanime de leurs amis et surtout de leurs
enfants, Alix et Michael... Ah! voici Max, toujours ponctuel.
Il est d'un abord facile et sait mettre ses interlocuteurs à
l'aise, vous verrez.

En le regardant traverser la salle dans leur direction, Laura ne put s'empêcher de l'admirer. Elle avait souvent vu sa photo dans la presse, mais aucune ne rendait justice à son charme et à sa distinction. Grand, mince, vêtu avec une irréprochable élégance, Sir Maximilian West avait une prestance qui attirait les regards. Des touches de gris rehaussaient sa chevelure noire, ses yeux intelligents et expressifs brillaient dans un visage hâlé aux traits harmonieux et virils. Seigneur! pensa-t-elle en réprimant un sourire, je ne m'étonne plus que les femmes tombent toutes à ses pieds.

Les présentations effectuées, il engagea la conversation avec Laura et, comme le lui avait prédit Hector, elle se sentit aussitôt à l'aise. Au bout de quelques minutes, ils bavardaient sur le ton familier des vieux amis. Entre l'entrée et le plat principal, Laura savait déjà l'essentiel sur sa collection de tableaux à Londres.

Hector les laissait faire connaissance en se réjouissant du succès de leur rencontre et de la sympathie mutuelle qu'à l'évidence ils s'inspiraient. C'est au moment de commander le dessert qu'il se décida à ramener la conversation vers le sujet qui lui tenait à cœur.

— Dites-moi, Max, vous m'avez simplement dit avoir découvert des documents concernant le Gauguin. Vous piquez ma curiosité, je ne vous le cache pas, et j'ai très envie d'en savoir davantage.

— Avec plaisir, mon cher Hector. En réalité, ce n'est pas moi qui ai découvert cette documentation, mais tante Irina. La princesse Irina Troubetzkoï, précisa-t-il à l'intention de Laura. Elle n'est pas vraiment ma tante, mais mes parents et elle étaient inséparables. Je la connais depuis ma plus tendre enfance et j'ai gardé l'habitude de l'appeler « ma tante ».

— Une femme remarquable! intervint Hector. J'ai fait sa connaissance il y a des années chez les Derevenko mais, à mon grand regret, je n'ai pas eu l'occasion de la revoir depuis longtemps. Elle se porte bien, j'espère?

174

— A merveille, Hector. Malgré ses quatre-vingt-cinq ans, elle est plus active qu'une jeune fille. Je me souviens maintenant, en effet, que vous la fréquentiez assez régulièrement quand elle habitait Paris.

— C'est exact, Max. Mais pardonnez-moi de vous avoir interrompu, je brûle d'impatience d'écouter votre histoire.

— Eh bien, comme vous le savez peut-être, Irina est maintenant installée à Berlin. Il y a quelques mois, elle est venue passer avec moi une semaine à Paris où je séjournais pour affaires. Un jour, désirant me faire un cadeau, elle a voulu écumer les bouquinistes de la rive gauche spécialisés dans les livres anciens, car elle connaît mon goût pour les éditions rares et les livres d'art. Elle fouillait dans les rayons d'un de ces libraires quand elle a remarqué le nom de Westheim sur le dos d'un volume relié. La dorure était presque effacée, elle n'a pu lire le titre, mais le nom l'a incitée à examiner le livre de plus près. C'est en voyant la couverture qu'elle a constaté avec stupeur qu'il s'agissait d'un catalogue de la collection Westheim, dont l'auteur n'était autre qu'Ernst Westheim, mon grand-père.

Expert dans l'art de ménager ses effets, Sir Maximilian marqua une pause avant de reprendre le fil de son récit :

— Elle n'était pas au bout de sa surprise car, en ouvrant le livre à la page de titre, elle a découvert que ce catalogue avait été complété et mis à jour par Sigmund Westheim, mon père. Mais ce qui lui a littéralement coupé le souffle, m'a-t-elle dit, c'est la présence sur la page de garde d'un ex-libris d'Ursula Westheim, ma mère, qui y avait en outre apposé sa signature. Le cœur battant, comme vous pouvez sans peine l'imaginer, elle a acheté le livre sur-le-champ et a sauté dans un taxi pour revenir à mon appartement. Cette pauvre tante Irina était en larmes : « Un trésor, Max ! me répétait-elle pendant que je feuilletais le volume. L'exemplaire d'Ursula ! Qui aurait dit que je tomberais dessus par hasard à Paris ? »

175

J'avais, moi aussi, du mal à croire à une coïncidence aussi incroyable.

– Quelle extraordinaire trouvaille! s'exclama Hector. Ce document doit avoir pour vous une valeur inestimable.

– En effet, approuva Max. Car il s'agit d'un ouvrage rarissime, que mon grand-père et mon père avaient fait imprimer à leurs frais en un nombre limité d'exemplaires destinés aux membres de la famille et à quelques amis. Quant à la signature de ma mère, elle est authentique, je l'ai comparée à des lettres manuscrites que j'ai conservées.

– De quand date l'impression? demanda Hercule.

– Le premier tirage, celui commandé par mon grand-père, date des années vingt, je crois. Mon père a ensuite réalisé une mise à jour en 1938. C'est un exemplaire de celle-ci que j'ai en ma possession.

Laura avait écouté les deux hommes sans les interrompre.

– Avez-vous reconnu cet ouvrage, Sir Maximilian? demanda-t-elle une fois revenue de sa surprise.

– A vrai dire, non. Je ne l'avais jamais vu auparavant ou, du moins, je ne m'en souviens pas. Je n'avais que quatre ans quand mon père a procédé à cette réimpression. Tante Irina, toutefois, a réussi à puiser dans sa mémoire ce soir-là. Elle a évoqué des souvenirs, assez vagues il est vrai, de mon père qui travaillait, écrivait, comparait des documents ayant trait à la collection vers 1935 ou 1936. Il lui aurait même dit qu'il avait presque terminé l'inventaire des tableaux.

– Elle ne se rappelle rien de plus ni de plus précis?

– Malheureusement, non. N'oubliez pas que nous vivions alors une époque particulièrement troublée, Laura. L'Allemagne était aux mains des plus abominables criminels de l'Histoire, nous tremblions tous pour notre sécurité et notre vie. Mon père s'efforçait de nous faire quitter l'Allemagne pour nous mettre en sûreté, ma mère et moi, c'était là sa priorité absolue. Irina le secondait de son mieux, grâce aux contacts utiles qu'elle avait conservés avec certains hauts fonctionnaires secrètement hostiles au nazisme.

– Je comprends, répondit Laura. Ainsi, votre père et votre grand-père ont réalisé un catalogue complet de leur collection ?

– Un catalogue illustré, qui plus est. Toutes les œuvres sont représentées par des photographies ou des dessins détaillés.

– Et le *Rêve de Tahiti* de Paul Gauguin figure au nombre de ces reproductions, compléta Hector. C'est fabuleux, Max !

– Quel dommage que ce livre n'ait pas été retrouvé plus tôt ! dit Laura. En tout cas, vous possédez désormais la preuve formelle de la provenance des œuvres de la collection, si certaines d'entre elles devaient un jour ou l'autre réapparaître sur le marché international ou sortir des réserves d'un musée.

– C'est exact. Mais ce qu'il y a de plus miraculeux, quand on y réfléchit, c'est que ce livre ait survécu à tant de bouleversements. Cet exemplaire est vraisemblablement le seul qui existe encore. Il y en avait un certain nombre dans la bibliothèque de mes parents, mais je serais étonné qu'ils aient échappé à la destruction. Avant même l'entrée des Soviétiques dans Berlin, notre maison de la Tiergartenstrasse avait été rasée par les bombardements alliés.

– Je me demande comment ce volume est arrivé jusqu'à Paris, dit Hector. A elle seule, cette histoire doit être passionnante.

– Votre mère l'avait peut-être offert à un ou une amie, intervint Laura. Serait-ce possible, à votre avis ?

– Ce ne serait pas impossible, bien sûr. Je crois néanmoins qu'elle avait dû l'emporter lorsque nous sommes passés par Paris en 1939 avec une amie de la famille, que nous surnommions Teddy et qui jouait auprès de moi le rôle de

177

gouvernante. En mars 1939, ma mère nous avait accompagnés en Angleterre pour nous mettre, elle et moi, en sûreté. Malheureusement, elle est elle-même retournée ensuite à Berlin...

Il s'interrompit, le regard soudain voilé, les dents serrées. D'un signe, Hector ordonna à Laura de garder le silence, mais elle avait déjà senti que Sir Maximilian abordait un sujet resté douloureux en dépit du passage du temps.

Un instant plus tard, il se redressa et reprit la parole :

— Sur la présence de ce livre à Paris, j'ai ma propre hypothèse qu'Irina estime vraisemblable. Je suis à peu près convaincu que mon père avait prévu de faire sortir d'Allemagne plusieurs tableaux, les plus précieux du moins. Quand ma mère et moi sommes partis pour l'Angleterre, il était resté à Berlin en attendant les visas destinés aux autres membres de notre famille, ma grand-mère, mes tantes et un de mes oncles. Il était sur le point de partir avec eux quand ma mère est revenue à Berlin, comme je vous l'ai dit, afin de l'aider à faire voyager ma grand-mère, très âgée et de santé délicate. Or, je ne conçois pas qu'il n'ait pas cherché à profiter de l'occasion pour emporter clandestinement quelques tableaux. Des toiles roulées se dissimulent assez facilement dans des bagages et mon père était très inventif...

Assailli par ses souvenirs, sir Maximilian marqua une nouvelle pause, que Laura et Hector respectèrent.

— Oui, reprit-il, plus j'y pense, plus je suis persuadé que ma mère a emporté cet exemplaire du catalogue pour le montrer à des marchands de Paris. Si mon père avait réussi à s'enfuir et voulu vendre certaines œuvres pour assurer notre subsistance, quelle meilleure preuve de leur provenance et de leur authenticité que ce catalogue ? Elle a donc dû le confier à une galerie avant de repartir à Berlin.

— C'est une hypothèse tout à fait plausible, Max, approuva Hector.

– Nous ignorerons toujours la réalité, mais cela peut expliquer la présence de cet exemplaire à Paris. Le miracle n'en est pas moins remarquable, car les nazis ne se contentaient pas de piller les collections des juifs, ils raflaient aussi les documents permettant d'identifier la provenance des œuvres sur lesquelles ils faisaient main basse dans les pays occupés, la France en particulier. Si, dans certains cas, ces documents étaient expédiés en Allemagne avec les œuvres qu'ils concernaient, je crois savoir que les nazis en ont détruit sur place des quantités importantes afin de mieux brouiller les pistes.

– Si vous saviez entre quelles mains vos œuvres se trouvent aujourd'hui, intervint Laura, vous pourriez agir afin de vous les faire restituer, maintenant que vous possédez ce catalogue.

– En effet, mais je doute fort de pouvoir les retrouver toutes. Ce serait une tâche gigantesque, pratiquement irréalisable. Ce n'est que lorsque Norman Grant a mis le Gauguin en vente que j'ai appris qu'il lui appartenait. Alix, ma fille, a aussitôt fait le rapprochement.

– Elle est marchande? demanda Laura.

– Pas exactement. Disons plutôt qu'elle fait du courtage d'objets d'art et d'antiquités avec des marchands européens. Etant basée à New York, elle reçoit sans doute les mêmes informations que vous et, depuis qu'elle a pris connaissance de notre catalogue, elle en sait désormais autant, sinon plus, que moi. Car, très franchement, je n'en garde aucun souvenir : j'étais trop jeune quand j'ai quitté l'Allemagne. Tante Irina et Teddy, heureusement, ne cessent de raviver leurs souvenirs et de noter tout ce qui leur revient. Elles connaissaient toutes deux fort bien les maisons de mes parents à Berlin et Wannsee et elles se rafraîchissent mutuellement la mémoire. Mais c'est le catalogue qui constitue la preuve déterminante.

— Comment avez-vous remonté la piste du Gauguin jusqu'à ce général Schiller? demanda Laura. Par la galerie Seltzer de Vienne?

— En effet. Alix était allée voir le tableau en prétendant représenter un acheteur potentiel et, bien entendu, elle a pu consulter l'origine de propriété. Elle m'a communiqué les renseignements par téléphone et, comme j'étais à Paris à ce moment-là, j'ai sauté dans un avion pour Vienne où j'ai rendu visite à la galerie. Herman Seltzer étant mort depuis longtemps, Paul Seltzer, son petit-fils qui a repris la galerie, n'a fait aucune difficulté pour me montrer leurs registres concernant l'achat du Gauguin. J'ai constaté ainsi que Schiller était le dernier maillon de la chaîne qui remontait jusqu'à lui. Seltzer m'a de plus appris que les œuvres volées à titre « officiel », si je puis dire, c'est-à-dire pour les collections de hauts dignitaires tels que Goering ou Hitler lui-même, étaient marquées au dos de la toile d'un cachet à croix gammée, des initiales du propriétaire et d'un numéro d'ordre. En revanche, les nazis qui pillaient pour leur propre compte se gardaient bien d'authentifier ainsi leurs larcins, de manière à pouvoir les revendre sans éveiller les soupçons. Tel est le cas de Schiller. Il a réussi à conserver le tableau, ainsi que d'autres sans doute, jusqu'à la fin de la guerre et l'a vendu à Vienne. Selon Paul Seltzer, ce trafic s'est pratiqué à grande échelle, en Suisse en particulier.

— Un trafic immonde, mais des plus lucratifs, observa Hector.

— C'est le moins qu'on puisse dire, renchérit Westheim. Mais nous parlons sans arrêt, il est grand temps de commander le dessert. N'est-ce pas, Laura? ajouta-t-il en souriant.

— Euh... je n'en suis pas si sûre. Tout a l'air délicieux, mais sûrement très mauvais pour le régime.

— Allons donc, vous n'avez pas d'inquiétude à avoir sur ce point! Je n'en dirais pas autant de notre ami Hector.

– Moi ? protesta l'intéressé. Je fais peine à voir !

Ils consultèrent tous trois la carte en riant. Laura déclara vouloir minimiser les risques en se contentant d'une salade de fruits puis, leur commande notée par le serveur, elle s'excusa et s'éclipsa en direction des toilettes.

Une fois seul avec Sir Max, Hector se pencha vers lui :

– Les connaissances de Laura en histoire de l'art comme dans le marché international sont d'une solidité qui la classe déjà au tout premier rang de sa profession, vous ne trouvez pas ? C'est étonnant pour une si jeune femme. Elle n'a que trente et un ans.

– C'est jeune, en effet, encore que je lui en donnais beaucoup moins. Et je ne puis qu'approuver votre jugement sur ses qualités, elle m'a déjà fait des observations fort pertinentes sur le remaniement de ma collection. De fait, poursuivit-il en riant, mes peintres ne l'ont guère impressionnée. Si je l'engageais, je crains fort qu'elle ne me pousse à me débarrasser de la plupart de mes croûtes.

– Elle a son franc-parler, en effet, approuva Hector en riant à son tour.

– Le pire, mon cher ami, c'est qu'elle a raison ! Je devrais suivre ses conseils... D'ailleurs, ajouta-t-il, je crois que votre charmante amie pourrait me rendre de grands services dans d'autres domaines.

– Que voulez-vous dire ?

– Comme vous le savez, je suis sur le point d'intenter un procès à Norman Grant pour obtenir la restitution du Gauguin. Mais avant de m'engager dans une procédure certainement longue et coûteuse, je me demande si je ne devrais pas d'abord essayer de mettre en œuvre d'autres moyens.

– Lequel, par exemple ?

– Laura. Pendant que nous parlions tout à l'heure, je pensais qu'elle était peut-être mieux qualifiée que mes avocats pour négocier avec Grant. Elle serait moins intimidante, en tout cas.

— Je crois, mon cher Max, que Laura peut se montrer quand elle le veut aussi intimidante et plus intraitable qu'un homme de loi.

Westheim éclata de rire.

— Cela ne m'étonnerait pas d'elle! Vous savez quand même que dans une négociation difficile, une femme qui décide d'user de son charme est cent fois plus efficace que le plus retors des avocats.

— Rien de plus vrai, Max.

— C'est pourquoi j'envisage très sérieusement d'engager ses services non seulement pour la rénovation de ma collection de Londres mais aussi, je dirai même surtout, pour traiter l'affaire du Gauguin. Elle a une personnalité attachante, une intelligence manifestement supérieure et vous venez de me confirmer que c'est une professionnelle de très haut niveau. Que demander de plus?

— Rien, mon cher Max. Je me réjouis de votre jugement sur Laura et je vous la recommande avec la plus grande chaleur.

16

DOUG revint de Los Angeles le week-end suivant. Dès l'instant où elle le vit entrer dans l'appartement, Laura eut le pressentiment que leur couple était condamné.

Il débordait autant que jamais de charme et d'amabilité, mais une partie de lui-même était à l'évidence ailleurs, dans un lieu ou avec une personne qui accaparaient son attention et ses pensées. Cette fois, Laura eut la certitude de la présence d'une autre femme dans sa vie, seule explication logique à une telle attitude.

Elle avait eu beau l'envisager déjà, cette prise de conscience de son désastre conjugal la secoua au point qu'elle préféra s'éclipser sous un prétexte quelconque et laisser Doug défaire ses bagages, seul dans leur chambre. Réfugiée à la cuisine, elle s'appuya contre l'évier en attendant que disparaisse ou, au moins, s'atténue la douleur qui lui serrait la gorge et lui nouait l'estomac.

En cette soirée de la fin février, la nuit tombait. Sous les lumières de la maison d'en face qui éclairaient la cour intérieure, Laura ne voyait que les branches dénudées d'un arbre et la maçonnerie nue du mur de séparation. La tristesse désolée de ce spectacle correspondait trop bien à ses sentiments. Un frisson la secoua, des larmes lui vinrent aux yeux, qu'elle parvint à refouler au prix d'un effort qui l'épuisa. Je ne pleurerai pas, se répéta-t-elle. Je ne peux pas me laisser abattre, je dois faire appel à ma raison.

Pendant tout le mois que Doug avait passé à Los Angeles, elle avait souffert de sa froideur au téléphone, de son désintérêt pour les nouvelles qu'elle essayait de lui donner, de sa hâte à écourter leurs conversations. Ces indices étayaient si fortement ses soupçons sur l'infidélité de Doug qu'elle pensa le mettre en demeure de la lui avouer. Mais elle se ravisa aussitôt : mieux valait le laisser se confesser quand il serait prêt à parler. Car il le ferait de sa propre initiative, elle connaissait assez son caractère pour pouvoir y compter. Qu'il soit volage, comme tous les hommes ou presque, soit. Menteur, non. Conscient d'être coupable, il ne prolongerait pas indûment une situation fausse. Elle devait donc s'armer de patience.

Son malaise s'apaisa peu à peu. Elle prit une bouteille d'eau minérale dans le réfrigérateur, en but une longue gorgée. De retour dans la chambre, elle s'assit et bavarda de choses et d'autres pendant que Doug finissait de défaire ses valises. Celles-ci vidées et rangées dans le placard, il dit à Laura qu'il devait passer une série d'appels urgents puis, s'excusant avec un sourire, il alla s'enfermer dans son petit bureau au fond de l'appartement.

Au bout d'une heure passée au téléphone, il rejoignit enfin Laura qui travaillait au salon. Elle leva les yeux : debout sur le seuil, appuyé au chambranle, il la regardait en souriant avec la désinvolture nonchalante de celui qui n'a pas l'ombre d'un souci au monde.

– J'ai retenu une table au Refuge pour neuf heures, annonça-t-il avec son sourire le plus charmeur. En attendant, je vais prendre une douche et me changer. D'accord, ma chérie ?

– Je te félicite d'avoir réussi à retenir une table au Refuge un samedi soir, dit-elle en parvenant à lui rendre son sourire. Prends ton temps, je suis presque prête. Je n'aurai qu'à me faire un raccord de maquillage et me donner un coup de peigne avant de sortir.

– Ne t'en donne pas la peine, tu es ravissante comme tu es, dit-il avant de s'éloigner dans le couloir.

Laura le suivit des yeux en pensant, avec un pincement au cœur, qu'il n'avait jamais été aussi beau et séduisant. Et bronzé comme au bout d'un mois de vacances au soleil... Bien sûr, il revenait de Californie. Mais il n'a sûrement pas passé autant de temps qu'il le prétendait enfermé dans des bureaux et des salles de conférences, pensa-t-elle avec rage.

Le restaurant n'étant qu'à deux rues de leur appartement, ils y allèrent à pied. Il ne faisait pas trop froid, la lune brillait de tout son éclat dans le ciel.

– Admire cette pleine lune, Laura! s'exclama Doug. Un cercle parfait. Les sorcières seront de sortie cette nuit.

Laura glissa son bras sous celui de Doug. Elle ouvrait la bouche pour lui dire qu'elle était heureuse qu'il soit enfin de retour quand elle ravala ses paroles à la dernière seconde. Il était trop tard pour ces mots-là, elle le sentait comme seule une femme peut sentir ce genre de choses. Elle avait perdu son mari, pour l'essentiel du moins. Depuis bientôt un an, Doug n'était plus le même homme que celui qu'elle avait épousé six ans auparavant. Ils devaient célébrer cette année leur septième anniversaire de mariage, mais Laura savait déjà qu'ils ne le fêteraient pas. Malgré tout, elle conservait une certitude : quoi qu'il arrive entre eux dorénavant, ils resteraient bons amis. Et elle, elle garderait toujours pour Doug une place dans son cœur.

Parmi les bistrots français qui pullulaient à New York depuis plusieurs années, Le Refuge était un de leurs préférés et Laura se réjouissait que Doug ait choisi de l'y emmener. La porte franchie, ils furent accueillis comme d'habitude par d'appétissantes odeurs de cuisine et le brouhaha des rires et des conversations.

– Que veux-tu pour l'apéritif? demanda Doug quand ils furent installés à leur table. Scotch, champagne, kir royal?

– Un simple verre de vin blanc fera l'affaire.

– Bonne idée. Moi aussi, dit-il en faisant signe au serveur. Et maintenant, parle-moi de tes affaires. Tu deviens une sommité dans le monde des arts, si je ne me trompe!

Laura lui décrivit en quelques mots ses nouveaux clients et souligna l'appui décisif que lui avait apporté Hector Junot.

– Mais le plus précieux, conclut-elle, c'est Sir Maximilian West.

– J'étais très impressionné quand tu m'as dit qu'il envisageait de t'engager. Alors, c'est fait?

Laura s'étonna de constater qu'il avait accordé plus d'attention qu'elle ne le pensait à ce qu'elle lui avait dit au téléphone.

– Oui, il a signé hier. Il me charge de réorganiser sa collection à Londres. Je dois vendre un certain nombre de tableaux, en acheter d'autres. Un travail de longue haleine, et passionnant.

– Je m'en doute. Alison doit être enchantée, elle aussi.

– Bien sûr. D'ailleurs, nous avons décidé de nous partager le travail. Elle assurera la permanence au bureau, moi les déplacements et les contacts avec les clients.

– Tony sera content. Il a horreur de la perdre de vue, il est d'une jalousie maladive.

– Tu exagères. En tout cas, cela me convient tout à fait. J'ai toujours aimé traiter avec les gens, en rencontrer de nouveaux.

– Je sais, tu es inégalable en ce qui concerne les contacts humains. Ainsi, en plus d'être un bon ami, Hector se révèle utile.

– Très. Plus je le connais, plus je l'apprécie. Quant à faire la connaissance de Sir Max et avoir un tel client grâce à lui, je n'en suis pas encore revenue! C'est une référence de tout premier ordre qui m'ouvrira des portes dans le monde entier.

— Sans aucun doute. Cet homme a une réputation mondiale. Comment est-il, en personne?

— Sympathique, simple, pragmatique et il a, en même temps, un charisme extraordinaire. Et puis, ce qui ne gâte rien, ajouta-t-elle en riant, il est presque aussi bel homme que toi alors qu'il doit déjà avoir une soixantaine d'années. Et je n'ai jamais vu aucun homme aussi bien habillé.

— Quel portrait flatteur! Je ne sais pas si ses rivaux le jugent avec autant d'admiration, il est connu pour sa férocité en affaires. Mais c'est son fils qui prend le relais, je crois?

— Pas tout à fait. D'après ce que m'a dit Hector, Michael joue un rôle important, mais Sir Max n'a pas encore dételé.

— Si le fils ressemble à son père, quelle équipe!

Un serveur leur présenta la carte qu'ils étudièrent un instant.

— Au fait, annonça Doug avec une indifférence affectée quand ils furent de nouveau seuls, Robin et Karen ont rompu.

Laura sursauta:

— Quoi? Pas possible! Depuis quand?

— Une huitaine de jours. J'étais tellement débordé par cette maudite fusion Aaronson que j'avais oublié de te le dire.

— Que s'est-il passé? Je les croyais follement amoureux l'un de l'autre et si heureux ensemble!

— Je ne sais pas au juste, Laura. Robin m'a passé un coup de fil à Los Angeles pour m'apprendre que Karen l'avait plaqué. Elle lui a dit un soir à la fin du dîner que c'était fini entre eux et elle est rentrée chez elle. Et elle lui a renvoyé sa bague de fiançailles le lendemain par coursier, tu te rends compte? Elle ne la lui a même pas rendue elle-même, c'est ce qui a le plus blessé Robin.

Il fallut à Laura quelques instants pour assimiler cette nouvelle qui la stupéfiait.

— Si elle ne l'a pas revu, dit-elle enfin, c'est sans doute parce qu'elle n'avait pas le courage ou l'envie de l'affronter une seconde fois. Et elle lui a rendu la bague, ce que beaucoup d'autres n'auraient pas fait.

— C'est vrai... Je dois dire que j'en étais aussi soufflé que tu le parais en ce moment.

Laura garda de nouveau un silence pensif.

— Tu sais, dit-elle, si Karen a jugé qu'ils n'étaient pas faits l'un pour l'autre, elle a eu raison de rompre quand il était encore temps. Au moins, cela leur épargnera l'épreuve d'un divorce.

Doug allait répondre quand le serveur arriva avec leurs entrées et il laissa passer l'occasion.

De retour à l'appartement, Doug alla directement au salon, versa du cognac dans deux verres ballons et en tendit un à Laura.

— Un dernier verre ?

Laura buvait peu et n'aimait pas les alcool forts. Pour une fois, néanmoins, elle accepta sans hésiter.

— Volontiers, répondit-elle en suivant Doug dans la pièce. Depuis un mois que nous ne nous sommes pas revus, nous avons sûrement beaucoup de choses à nous dire.

— Hmm, fit Doug en guise de réponse.

Laura alla s'asseoir sur le canapé, posa son verre devant elle sur la table basse. Elle était maintenant décidée à vider l'abcès, à forcer Doug à parler, à s'ouvrir. Il entretenait l'équivoque depuis trop longtemps, ses nerfs ne le supportaient plus.

Doug prit place en face d'elle, s'éclaircit la voix :

— Il y a deux ou trois choses dont je voudrais te parler, Laura, commença-t-il avec circonspection comme s'il avait deviné ses pensées. J'aurais dû les aborder plus tôt, je sais, mais c'est toujours difficile au téléphone et, de plus, j'étais vraiment absorbé par le travail, tu peux me croire.

— Je sais, Doug. Moi aussi je voulais te parler. Depuis un mois, je te trouve absent, évasif. J'ai eu aussi la nette impression que tu ne me téléphonais que par devoir. Comme une corvée.

— Voyons, Laura, tu sais bien que...

— Si, Doug. Je ne suis pas complètement idiote. Tu n'avais qu'une hâte, c'était de me dire au revoir et de raccrocher.

— Tu n'as pas idée à quel point j'étais préoccupé et pressé par le temps, Laura. Cette fusion est une des opérations les plus compliquées de ces dix dernières années. Et elle n'est pas encore conclue.

— Veux-tu dire que tu dois retourner à Los Angeles?

— Oui, j'y suis obligé. Il reste plusieurs clauses à mettre au point. Et puis...

Il s'interrompit, prit son verre, huma le liquide ambré les yeux mi-clos comme s'il voulait se recueillir. Au bout d'un moment, il redressa la tête et fixa Laura dans les yeux.

— Et puis, reprit-il, j'ai une offre d'un autre cabinet d'avocats. Une offre extrêmement intéressante.

— Vraiment? Mais c'est merveilleux, mon chéri! s'écriat-elle. J'en suis ravie pour toi. De quel cabinet s'agit-il?

— Il est très important. Un des tout premiers de... de Los Angeles, ajouta-t-il après une légère hésitation.

Laura en resta déconcertée. Ainsi, pensa-t-elle, c'est l'ambition professionnelle plutôt qu'une liaison qui le préoccupe autant?

— Devras-tu aller t'installer là-bas? S'ils sont aussi importants que tu le dis, ils doivent avoir un bureau à New York.

— Oui. Mais ils veulent de moi au siège.

— Je vois... Quel est ce cabinet?

— Arnold, Matthews & McCall. Une des firmes juridiques les plus prestigieuses du pays. Et ils m'offrent un statut d'associé. C'est inespéré. Pour moi, du moins.

— Tu as déjà accepté, je pense? demanda Laura au bout d'un long silence.

Avant de répondre, Doug but une gorgée de cognac et s'éclaircit la voix à plusieurs reprises :

— C'est-à-dire... non, pas formellement. J'ai dit que, bien que très intéressé, je voulais me réserver le temps de la réflexion.

— Oh, Doug!...

Elle laissa sa phrase en suspens, but à son tour une gorgée de cognac et détourna les yeux.

— Ne coupons pas les cheveux en quatre, Doug, dit-elle enfin avec un profond soupir. Tu meurs d'envie d'avoir ce job et tu le prendras. Pas de faux-fuyants, je t'en prie, c'est à moi que tu parles.

Il se mordit les lèvres, se pencha vers Laura, lui prit la main.

— Tu me connais mieux que n'importe qui, Laura.

— Je crois, oui. Autant, du moins, qu'on puisse connaître une autre personne que soi-même. Mais je ne te connais plus aussi bien ces derniers temps, Doug, poursuivit-elle en hésitant. Tu es devenu pour moi un étranger à bien des égards.

— Je ne me reconnais plus moi-même par moments, tu sais. C'est vrai, j'ai beaucoup changé depuis quelques mois, je l'admets.

— Depuis un an, précisa-t-elle. Depuis le printemps dernier.

Il lui lâcha la main, se tassa dans son fauteuil avant de se redresser presque convulsivement et d'avaler trop vite une longue gorgée de cognac qui déclencha une quinte de toux.

— C'est vraiment à ce moment-là que j'ai commencé à changer? demanda-t-il quand il eut repris son souffle.

– Oui, Doug. J'y ai longuement réfléchi pendant ton absence, tu sais, et c'est à partir du printemps que j'ai remarqué les premiers signes de ta transformation. Elle était devenue si évidente à Noël que ma grand-mère elle-même s'en est aperçue.

– Vraiment? Je suis désolé...

– Rien ne lui échappe, tu devrais le savoir. Elle a remarqué tes absences, tes distractions. Comme si tu préférais être « ailleurs qu'à la maison et avec quelqu'un d'autre que nous », m'a-t-elle dit. Est-ce vrai, Doug? ajouta-t-elle en le regardant dans les yeux. Voulais-tu vraiment être ailleurs? Avec une autre femme?

– Non, pas du tout! protesta-t-il. Je ne voulais absolument pas être ailleurs ni avec une autre femme que toi! Simplement... je n'étais plus le même, c'est vrai. A Noël, j'étais mal dans ma peau et je n'ai pas arrêté de me sentir mal. Heureusement, en un sens, j'ai eu trop de travail depuis pour ressasser mes problèmes.

– Je le savais, dit-elle. Je savais que tu n'étais plus le même. Que tu n'étais plus toi...

Elle se laissa aller contre les coussins, ferma les yeux.

– Notre couple n'en est plus un, n'est-ce pas Doug?

Sous le regard de ses yeux d'un bleu si intense qu'il en fut aveuglé, Doug sentit sa gorge se nouer au point d'être incapable de proférer un mot. Il aimait Laura, il regretterait amèrement de la perdre, mais il savait que leur séparation était inéluctable.

Il quitta son fauteuil pour s'asseoir près d'elle sur le canapé et la prit dans ses bras, avec le désespoir du noyé qui s'accroche à une bouée dans l'espoir de retarder la fin. Un sentiment de désolation l'accabla. Depuis des semaines, il s'était résigné, non sans mal, au fait que cette conversation se déroulerait à son retour. Maintenant qu'il se trouvait au pied du mur, l'épreuve s'annonçait plus pénible que tout ce à quoi il s'était attendu.

191

Une fois qu'il se fut ressaisi, il s'écarta un peu et se força à la regarder dans les yeux.

— Je t'aime, Laura, mais tu as raison. Notre couple ne fonctionne plus.

— Je le savais depuis Noël. Je refusais de l'admettre, voilà tout. Sois franc, Doug. Il y a une autre femme dans ta vie, n'est-ce pas?

— Non, il n'y a pas d'autre femme. C'est vrai, je te le jure.

— Pourquoi, alors? Que nous arrive-t-il?

— Je ne sais pas. Je me pose souvent la question.

— Est-ce parce que nous n'avons pas d'enfants?

— Grands dieux, non! Sûrement pas.

— Pourquoi, alors? Pourquoi?

— Je ne sais pas, Laura. Je t'aime, mais... Quelque chose n'existe plus entre nous.

— Quelque chose, répéta-t-elle en soupirant. Dis plutôt le désir ou la passion. Tu m'aimes bien, mais tu n'es plus amoureux de moi. C'est cela, n'est-ce pas?

— Je ne sais pas.

— Moi, je le sais. Avoue-le, Doug, je ne me fâcherai pas. Ces choses-là arrivent, tu sais. Tu as changé. Tout le monde change, c'est normal.

Il hésita longtemps avant de répondre :

— Tu as peut-être raison. Ce doit être... le désir.

Laura garda le silence. Un poids écrasant pesait sur ses épaules, un froid glacial se répandait en elle. Elle se sentait vidée de ses forces, seule au monde, abandonnée. Comme une veuve. Je pleure mon mari depuis des mois, pensa-t-elle, parce que je sais depuis des mois qu'il m'a quittée pour toujours.

Conscient de la douleur de Laura, Doug ne savait comment l'apaiser. Existait-il d'ailleurs un remède contre une telle souffrance? Non, aucun. Mieux valait garder le silence.

Un silence qui se prolongea. Ils n'osaient tous deux dire un mot de peur de blesser l'autre trop profondément. Ce fut

192

Laura qui, finalement, puisa en elle le courage de prononcer la phrase qui tournait dans sa tête depuis des semaines :

– Nous devrions divorcer, Doug.

Le mot tant redouté était dit. Il parut flotter entre eux comme un sale nuage. Ou comme une arme.

– Non, Laura, répondit-il. Essayons... une séparation.

– Ce ne serait que retarder l'inévitable. J'ai peut-être changé moi aussi, tu sais ?

– Je ne crois pas, Laura. Pas toi. Tu seras toujours loyale, fidèle. A toi-même et aux autres.

Le cœur serré, Doug observait ses réactions, devinait à la contraction de ses traits l'effort qu'elle s'imposait pour se dominer. Le regret, le remords montaient en lui, mais rien ne pouvait plus infléchir le cours des événements. Il était trop tard pour revenir en arrière. En un sens, les dés étaient jetés depuis très longtemps...

D'un doigt, comme il le faisait si souvent naguère, il lui caressa la joue, descendit vers la naissance du cou. Il s'efforça de sourire. En vain. Ce geste si familier, cette preuve de tendresse qu'il lui avait si souvent prodiguée eut raison de la résistance de Laura. Un léger cri de douleur lui échappa. Elle se laissa tomber contre lui et les larmes qu'elle ne pouvait plus refouler jaillirent de ses yeux.

Elle pleurait leur couple brisé, elle pleurait les enfants qu'ils avaient voulus et n'avaient jamais eus, elle pleurait leur avenir ensemble à jamais évanoui. Un long moment plus tard, hors d'état de se dominer, elle s'arracha aux bras de Doug et partit en courant se réfugier dans sa chambre.

Là, adossée à la porte close, elle pressa ses poings sur ses yeux pour tenter de faire barrage à ce flot de larmes qui menaçait de ne jamais tarir. Un long moment plus tard, elle chercha à tâtons un mouchoir sur sa table de chevet, sécha ses joues, se moucha. Puis, redevenue à peu près maîtresse d'elle-même, elle retourna au salon.

En entrant dans la pièce, son regard tomba sur les photos de famille et d'intimes disposées sur une table dans un angle. A la place d'honneur trônait une photographie de Doug et d'elle, prise l'été précédent au bord de la mer en compagnie de Robin et de Karen, avec qui ils passaient leurs vacances.

Laura avait toujours considéré que Robin et Karen étaient faits l'un pour l'autre. Tous deux également grands, beaux et blonds aux yeux bleus, l'un et l'autre passionnés de théâtre, de musique et de peinture, ils formaient le Couple Idéal tel qu'on se le représente. Incarnation du chic le plus raffiné, Karen était styliste et avait sa propre boutique de mode à SoHo. Toujours vêtu avec une élégance presque surannée dans sa sobriété, Robin était le banquier type, froid et précis, qui ne souriait pour ainsi dire jamais dans la journée pour se révéler, le soir venu, le plus joyeux des bons vivants.

Ils ne formaient donc pas le Couple Idéal, en fin de compte... Quand Doug le lui avait appris tout à l'heure, elle avait d'abord éprouvé une profonde stupeur. A la réflexion, la nouvelle n'avait plus rien d'étonnant. Les morceaux du puzzle s'ajustèrent. En un éclair, elle vit le tableau se dessiner, elle comprit ce qui était survenu pour la séparer de Doug.

Il était resté assis sur le canapé, les coudes sur les genoux et la tête dans les mains.

— Ça va, Laura? demanda-t-il sans lever les yeux vers elle.

Elle n'entendit même pas la question.

— C'est Robin, n'est-ce pas? C'est pour lui que tu me quittes?

Doug ne répondit pas.

Laura vint se planter devant lui, le dos à la cheminée. Elle attendit. Faute de réponse, elle insista:

— Nous sommes mariés depuis bientôt sept ans, j'estime que tu pourrais au moins me dire la vérité. Tu me la dois.

Il ne répondit toujours pas.

– Je sais que nos rapports se sont détériorés! s'écria-t-elle, enragée par son silence persistant. Je sais que nous nous éloignons l'un de l'autre depuis des mois. Mais ce que je veux t'entendre dire, c'est que Robin est la vraie cause de nos problèmes! Ne prétends pas le contraire, Doug! Sois franc, je t'en prie!

– Je ne cherchais pas à prétendre quoi que ce soit, Laura, répondit-il enfin. J'étais prêt à te l'avouer...

Il s'interrompit, déglutit avec peine.

– Et *quand* au juste comptais-tu me le dire? Dans un mois? Dans un an?

– Non, bien sûr que non... Bon, d'accord, je voulais t'en parler plus tôt dans la soirée et je me suis dégonflé, je l'avoue. N'importe comment, je t'aurais parlé avant de repartir pour Los Angeles.

Un ricanement amer échappa à Laura :

– Vraiment?

– Oui, Laura, vraiment. Je t'aime et je te respecte trop pour te laisser dans l'ignorance sur un... sujet pareil.

– Alors, pourquoi ne pas me parler tout de suite?

Doug reprit son souffle.

– Eh bien, commença-t-il, j'ai toujours su que... que j'étais bissexuel. Pendant mes études, j'ai connu un certain nombre de filles et aussi un homme. J'avais très envie de me marier, d'avoir des enfants, sans jamais rencontrer une femme que j'aurais voulu épouser jusqu'à ce que je te rencontre, toi. J'ai eu le coup de foudre pour toi, tu le sais. Quand je t'ai aimée, j'ai cru que tout s'arrangerait. Notre couple fonctionnait très bien. Et puis, il y a deux ans, j'ai fait la connaissance de Robin à ce séminaire, tu t'en souviens peut-être. J'ai découvert qu'il m'inspirait des sentiments très forts, qu'il m'émouvait, me touchait mentalement et physiquement. Il ne s'est rien passé entre nous alors. J'ai cru sur le moment que j'étais le seul à éprouver ces sentiments.

Entre-temps, nous étions quand même devenus bons amis. Avec Karen et toi, nous formions un quatuor qui s'entendait bien, les choses n'allaient pas plus loin en ce qui me concerne. Je faisais vraiment l'impossible pour étouffer mes sentiments, Laura. Je m'efforçais de ne penser qu'à toi, à notre couple. Mais je ne pouvais pas contrôler ce qui continuait à se passer en moi. Mon attirance pour Robin ne cessait de croître au lieu de s'estomper. C'est alors que l'été dernier, quand nous avons passé tous les quatre nos vacances à Martha's Vineyard, Robin et moi nous sommes retrouvés seuls sur le bateau un après-midi et... tout est arrivé comme cela. Malgré nous, pour ainsi dire.

Etourdie par ce qu'elle venait d'entendre, Laura se laissa tomber dans le fauteuil le plus proche.

— Je vois... Avec qui d'autre m'as-tu trompée, Doug?

— Personne! Absolument personne, je te le jure!

Laura se borna à hocher la tête.

— Robin va lui aussi s'installer à Los Angeles, je suppose? demanda-t-elle enfin.

Ce fut Doug, cette fois, qui acquiesça d'un signe de tête.

— Que se serait-il passé si nous avions eu des enfants, Doug? Ou même un seul? Serais-tu resté marié avec moi?

Désarçonné par une question aussi directe, Doug ne sut que répondre. Qu'aurait-il fait? Aurait-il abandonné femme et enfants pour vivre avec un amant? D'autres hommes, peut-être, si Robin l'avait déçu? Serait-il revenu à des amours plus orthodoxes?

— Je ne sais pas, Laura, répondit-il enfin. Honnêtement, sincèrement, je n'en sais rien.

Laura garda le silence, le regard dans le vague. Elle éprouvait un écrasant sentiment de déroute. Son mariage avait si bien commencé qu'il était cité en exemple. Maintenant, son mari était amoureux d'une autre personne. Homme ou femme, peu importait, le résultat était le même. Il lui avait

196

préféré quelqu'un d'autre. Et elle n'avait rien à lui dire, pensa-t-elle avec tristesse. Aucun argument à lui opposer. Aucun motif impérieux de le ramener à elle.

– Pardonne-moi, Laura, dit-il au bout d'un silence pesant. Je ne voulais pas que cela nous arrive... Je n'y peux rien, c'est comme cela. Je n'y peux rien, répéta-t-il.

Laura n'avait plus même une larme à verser. Personne n'y pouvait rien, en effet. Ni pour elle, ni même pour lui.

17

— Tout s'est très bien passé, bonne-maman. Si l'on peut dire quand il est question d'un divorce, ajouta Laura avec un rire amer. Bref, nous nous sommes conduits en adultes civilisés. Doug a fait tout ce qu'il pouvait pour ne pas aggraver la situation.

— Doug a toujours été un gentil garçon, répondit Megan. On ne change pas de nature du jour au lendemain, même dans un divorce. Il est donc reparti pour Los Angeles?

— Oui. Il a donné sa démission en précisant qu'il assurerait ses fonctions jusqu'à la fin de la fusion en cours. Il m'a dit qu'il allait chercher un appartement. En attendant, il loge à son hôtel habituel. Et il a emporté toutes ses affaires, ajouta-t-elle à voix basse.

Tout en parlant, Laura s'était levée pour aller regarder par la porte-fenêtre. Une brume légère estompait la pelouse qui descendait en pente douce vers le lit du ruisseau serpentant au fond du vallon. On aurait dit un paysage de Turner.

Bien que Laura ait parlé le dos tourné, Megan l'entendit.

— Il est donc parti pour de bon, ma chérie.

— Oui... Et je me sens plus seule au monde que si j'avais été abandonnée au fin fond de la Patagonie.

Malgré la tristesse de sa petite-fille, Megan ne put s'empêcher de rire.

— Tu as parfois de ces expressions! J'ai toujours pensé que tu aurais dû écrire... Donc, il est parti et tu es déprimée. Mais c'est tout à fait normal, ma chérie. Il a été près de toi et tu as compté sur lui pendant près de sept ans. Tu ressens maintenant un déchirement, le contraire serait étonnant. D'autant plus que tu l'aimes encore, j'en suis sûre.

– Oui, bonne-maman. Pourtant, je me rends compte depuis un certain temps que j'ai changé, moi aussi. S'il n'est plus amoureux de moi comme au début, je ne le suis plus moi non plus. De même qu'on tombe amoureux, on… comment dire ? On en perd l'habitude ou, plutôt, l'envie. Cela peut paraître étrange, mais je crois sincèrement que nous en avons été nous-mêmes responsables par notre acharnement à essayer d'avoir un enfant.

– Je le comprends très bien. L'amour physique peut devenir un acte mécanique quand il ne correspond plus à un désir profond, à un véritable élan sentimental. C'est ce que tu voulais dire ?

– Oui, à peu près. De toute façon, je sais que nous resterons bons amis jusqu'à la fin de nos jours. Nous étions tous les deux en larmes quand il est parti la semaine dernière. Et puis, le monceau de bagages qu'il emportait donnait à son départ un caractère si… si définitif. Il ne voulait même plus s'en aller. Nous sommes restés accrochés l'un à l'autre jusqu'à ce que le portier nous appelle à l'interphone pour dire que le chauffeur s'impatientait et qu'il craignait d'arriver en retard à l'aéroport. A la fin, j'ai presque dû pousser Doug dehors.

– Je conçois que ce soit difficile pour vous deux. D'un autre côté, ma chérie, Doug ne s'est pas envolé sur une autre planète. Il n'est parti qu'à Los Angeles.

– Je sais. Il n'empêche qu'une séparation est toujours pénible.

– Bien sûr. Mais enfin, il n'est pas mort. Tu pourras toujours compter sur lui en cas de besoin, j'en ai la conviction.

– Je sais. Il m'a dit et répété que je n'avais qu'à l'appeler pour qu'il accoure. Il m'a même proposé une pension alimentaire, que j'ai refusée. Pourquoi le brimer et lui imposer ce handicap alors que je gagne moi-même ma vie plus que confortablement ?

— Bien des femmes ne feraient pas preuve d'une telle abnégation, commenta Megan.

— Je ne suis pas « bien des femmes », je suis *moi* !

— Dieu merci ! Je ne te critiquais pas, ma chérie, je me bornais à faire un simple constat.

— Doug veut aussi me laisser l'appartement, reprit Laura. Nous l'avons acheté ensemble, comme tu le sais. Il dit n'avoir pas besoin de récupérer sa part, tout ce qu'il veut, c'est reprendre ses livres, quelques tableaux qu'il avait achetés lui-même et le bureau de son grand-père.

— Vous ne semblez donc avoir aucun problème de ce côté-là. C'est admirable, car les divorces dégénèrent souvent en querelles de chiffonniers, pour de sordides questions d'argent.

— Doug fait tout pour garder sa dignité. Moi aussi.

— Je suis fière de la manière dont tu domines la situation, ma chérie. Pardonne-moi cette question, poursuivit Megan en fixant Laura dans les yeux, mais je suis quand même obligée de te la poser. Y a-t-il une femme dans sa vie ? Te quitte-t-il parce qu'il en aime une autre ?

— Doug jure que non, bonne-maman. Et je le crois.

— Soit, je me fie à ton jugement. Je m'étonnais simplement qu'il se montre aussi obligeant. Enfin, puisque votre ménage ne fonctionne plus, vous avez raison de divorcer sans attendre plutôt que de vous accrocher à des illusions. Vous êtes encore assez jeunes l'un et l'autre pour refaire votre vie.

— Je sais, pourtant ce n'est pas facile...

Laura s'interrompit pour refouler les larmes qu'elle sentait venir et constata, mortifiée, qu'elle n'y parvenait pas. D'un revers de main, elle essuya ses yeux humides et s'éclaircit la voix. Par égard pour le courage de sa petite-fille, Megan feignit de ne pas remarquer ce soudain accès d'émotion.

– Bien sûr que ce n'est pas facile, ma chérie, mais la vie est dure. Elle l'a toujours été pour tout le monde, et n'écoute pas ceux qui prétendent le contraire. L'important, vois-tu, c'est de savoir faire face aux épreuves et aux peines qu'elle t'apporte. Pour ma part, j'ai toujours considéré qu'il valait mieux les affronter debout afin de mieux lutter. Il vaut mieux se battre et triompher que céder au découragement. Tu seras toujours dans le camp des vainqueurs, Laura. Je n'ai pas peur pour toi, ma chérie. Tu t'en sortiras très bien. Parce que tu es une Valiant, ne l'oublie pas. C'est ainsi que je t'ai élevée et, comme aurait dit ton grand-père, bon sang ne peut mentir.

Laura sourit avec attendrissement à cette femme merveilleuse qui lui avait dispensé tant d'amour et de compréhension sa vie durant. Que serais-je devenue sans elle? se demanda-t-elle. Ma mère n'était jamais là pour me guider et me soutenir...

– Ne laisse pas la situation s'enliser, reprit Megan. Lance la procédure de divorce dès que tu pourras. Mieux vaut trancher dans le vif. D'ailleurs, d'après ce que tu me dis, Doug et toi avez déjà pris de la manière la plus amicale l'essentiel des arrangements matériels, cela augure bien de la suite.

– Nous avons surtout cherché à ne pas nous compliquer inutilement la vie. Doug doit aussi me recommander un avocat, il m'appellera la semaine prochaine pour me dire lequel.

– Très bien, ma chérie. Et maintenant, je crois que j'ai besoin de me reposer un peu. Au fait, ton déjeuner était délicieux. Merci de t'être donné tout ce mal.

– Voyons, bonne-maman! dit Laura en riant. Tu sais bien que je n'ai fait que déballer les paquets. Mais le saumon fumé était exquis, je le reconnais.

– Petrossian, n'est-ce pas? Je m'en doutais. Tu ne te satisfais que du meilleur, même s'il représente une extravagance.

201

Encore un trait de caractère que tu as hérité de moi, ma pauvre petite... Et maintenant, comme je te le disais, je vais monter dans ma chambre rêvasser au passé. Les veilles femmes revivent volontiers leur passé, vois-tu? Une bonne manière de tuer le temps quand on n'a rien de plus utile à faire.

— Veux-tu que je t'aide à monter l'escalier, bonne-maman? demanda Laura après l'avoir tendrement embrassée.

— Veux-tu bien me laisser tranquille, petite sotte! s'exclama Megan en feignant l'indignation. Je ne suis pas encore complètement décrépite, que diable! Quatre-vingt-douze ans ou pas, j'ai toujours bon pied bon œil, au cas où tu ne t'en serais pas rendu compte, et je n'ai besoin de personne pour faire ce qui me plaît.

— Je sais, bonne-maman, dit Laura en souriant. Mais il faut que je monte moi aussi vérifier si la chambre de Claire est prête. Fenice est venue cette semaine faire le ménage à fond, et je veux être sûre que Claire aura tout ce qu'il lui faut pour le week-end.

— N'oublie pas de mettre des fleurs. Et ne restons pas là à bayer aux corneilles, tu as mieux à faire.

Plus tard dans l'après-midi, Laura endossa sa veste Barbour, chaussa des bottes et descendit se promener le long de la rivière. La lumière qui baissait, la brume qui s'épaississait donnaient au jardin une atmosphère mystérieuse. A peine deux heures plus tôt, sous les rayons du soleil, Laura l'avait vu plein d'un charme romantique qui évoquait Turner. Elle le trouva soudain presque inquiétant et, bien qu'il ne fasse pas froid, elle ne put réfréner un frisson.

S'écartant de l'humidité de la rivière, elle remonta vers le petit bosquet de chênes et d'érables, où les jonquilles plan-

202

tées par sa grand-mère commençaient à pointer leurs têtes d'or. Elles sont en avance cette année, se dit-elle avec joie. Si le temps reste doux, elles seront écloses la semaine prochaine.

Avisant le banc de bois installé jadis par son grand-père près du mur de pierres sèches, Laura alla s'y asseoir, les bras autour de ses genoux repliés, et repensa à Doug.

Elle avait donné à sa grand-mère une version soigneusement expurgée de ce qui s'était passé entre eux. Répugnant à se remémorer les circonstances de leur séparation, elle l'avait abrégée et rendue moins douloureuse que dans la réalité.

Non qu'elle ait été marquée par l'hostilité. Après sa confession le soir de son retour, Doug avait passé dix jours à New York afin de régler les problèmes soulevés par sa démission et préparer ses bagages. Quand ils se retrouvaient à l'appartement, leurs soirées étaient marquées par d'interminables conversations ponctuées de crises de larmes, pour arriver à la conclusion que tout était bel et bien fini entre eux et que leur couple ne pouvait être sauvé. Au plus profond d'elle-même, Laura ne le souhaitait d'ailleurs plus. Même si, poussé par le remords, Doug restait avec elle, il s'en éloignerait à nouveau un jour ou l'autre parce que, consciemment ou non, il n'était pas fait pour la vie à deux. Avec une femme, en tout cas. Peut-être désirait-il sincèrement vivre avec Robin...

Tout compte fait, son départ avait été pour elle un soulagement. La présence de Doug auprès d'elle lui devenait de plus en plus pénible à supporter. La tension l'épuisait.

Les larmes aux yeux, elle se demanda si tout était sa faute à elle. Quelle erreur avait-elle commise? Aucune, à la réflexion. Elle ne souhaitait à Doug que d'être heureux dans sa nouvelle vie. Tout le monde méritait d'être heureux. Même si peu de gens l'étaient...

Elle trouva un mouchoir en papier dans sa poche, s'essuya les yeux, se leva et regagna à pas lents la vieille maison blanche. Claire arrivait le lendemain pour un week-end prolongé et elle avait encore beaucoup à faire pour préparer dignement son séjour.

18

Quel bonheur d'être ici! pensa Claire en regardant autour d'elle. Aussi loin que remontaient ses souvenirs, elle avait toujours aimé cette chambre. Lorsqu'elle était arrivée peu avant le déjeuner, elle se sentait abattue, démoralisée, épuisée par la série des séances de photographies réalisées à New York pour son magazine. Aucun problème ne lui avait été épargné, mais elle avait réussi à les résoudre au fur et à mesure et à terminer les prises de vue dans les délais. Le résultat serait sûrement flatteur... A quel prix? se demandat-elle une fois de plus avec un frisson dû moins au froid qu'à la fatigue.

Pourtant, au bout de quelques heures avec Megan et Laura qu'elle aimait de tout son cœur, elle se sentait déjà mieux. A elle seule, la maison lui faisait du bien. Elle y venait depuis l'âge de dix ans, la chambre où elle se trouvait était baptisée « la chambre de Claire » et, de fait, elle y était chez elle. Même si, de temps à autre, un visiteur de passage y séjournait, elle en avait toujours été la principale occupante.

Elle se déchaussa, s'étendit sur le lit à colonnes où elle avait passé tant de nuits à rêver, se glissa sous l'édredon. Adossée aux oreillers, elle laissa son regard errer autour de la pièce. Chaque objet, chaque détail lui était si familier qu'elle avait ici, mieux que nulle part ailleurs, l'impression d'être enfin de retour dans son vrai foyer. Celui de son enfance et de ses souvenirs heureux.

Bercée par le crépitement des bûches dans l'âtre, Claire ferma les yeux et s'abandonna à une douce torpeur. Avant de céder au sommeil, elle ne put s'empêcher de penser à Doug. Quand Laura lui avait appris leur rupture, elle avait d'abord été stupéfaite. A la réflexion, elle se demanda pourquoi : rien de ce qui survenait entre un homme et une femme ne devrait la surprendre, elle moins que toute autre personne au monde ! Et si les hommes étaient des imbéciles, les femmes étaient, au mieux, naïves ou aveugles. Comment espérer des uns ou des autres une conduite sensée ?

Claire s'en attristait malgré tout, car elle avait cru que leur mariage réussirait. Laura disait n'avoir aucune explication à leur échec matrimonial. Doug en avait-il, lui ? De toute façon, c'était lui le grand perdant, Claire en était convaincue. Laura était si énergique, si optimiste qu'elle sortirait vainqueur de tous les aléas de la vie. Elle était douée pour le bonheur et elle trouverait un autre homme avec qui être heureuse, alors que Doug, lui, ne rencontrerait jamais une femme de la valeur de Laura. Claire ne savait pas pourquoi elle en était persuadée, elle le sentait d'instinct.

Elle se tourna un peu, changea de position. Elle avait mal partout, comme si elle couvait une forte grippe bien que ce ne soit pas le cas, elle le savait. Rester debout des jours et des jours d'affilée, courir, aller, venir, l'épreuve avait été épuisante. Dieu merci, elle ne prévoyait pas d'en subir d'autres dans un avenir proche. Elle insisterait pour confier à son assistante le soin de superviser à sa place les deux prochaines séances de photos.

Pour les cinq jours suivants, au moins, elle allait pouvoir enfin se reposer, se détendre, ne rien avoir à faire que lire, écouter de la musique, profiter de la compagnie affectueuse de Laura et de Megan. Plus et mieux qu'une aubaine, ces brèves vacances inattendues seraient pour elle un véritable luxe.

Elle se demanda quand annoncer à Laura ses propres nouvelles. Pendant qu'elles prendraient le thé ? après le dîner ? le lendemain ? On verra, décida-t-elle. L'occasion se présentera sans doute d'elle-même.

A la perspective des semaines à venir, elle pensa avec effroi à tout ce qu'elle avait à faire et commença à dresser mentalement des listes. C'était une vieille habitude qu'elle n'avait jamais perdue, à laquelle elle avait surtout recours quand elle se sentait débordée. Elle avait tant à faire avant l'été qu'elle ignorait encore comment elle réussirait à tout accomplir, elle savait qu'elle y parviendrait parce qu'il le fallait. Elle n'avait pas le choix.

Claire sentit la torpeur la gagner. Elle cessa de lutter et, un instant plus tard, elle était profondément endormie.

Pour Claire, le vallon où s'étendait Rhondda Fach, la propriété des Valiant, avait toujours été un havre de paix et de beauté. On ne voyait sous l'infini du ciel que les mille et une nuances de vert des arbres et des prés. Aucune trace d'activités mercantiles ne polluait la sérénité du lieu. S'il pouvait paraître isolé à certains, Claire y voyait avant tout un refuge. Elle en était tombée amoureuse tout enfant et cet amour ne s'était jamais démenti.

Tandis qu'elle descendait vers le rideau de saules qui bordait la rivière, elle espéra que, lorsqu'elle y reviendrait en août avec Natacha, sa fille serait ensorcelée par le charme du vallon comme elle l'avait elle-même été jadis. Elle avait en ces lieux tant de souvenirs de son enfance, de son adolescence difficile, de Laura, de Megan, de toute cette famille qui lui avait dispensé son amour sans compter. Tous, ils l'avaient adoptée, ils avaient accompli le miracle de lui faire sentir qu'elle était désirée, aimée. Grâce à eux, en un sens, elle était devenue une Valiant. Et c'est ce qu'elle souhaitait de tout son cœur pour Natacha : une famille adoptive aussi aimante que les Valiant.

Claire leva les yeux vers le ciel bleu, parsemé de petits nuages blancs, où le soleil brillait de tout son éclat. En cet après-midi de mars, il faisait aussi doux qu'au mois de mai. Laura lui avait pourtant prédit, pendant le déjeuner, que ce printemps précoce ne durerait pas et que le temps changerait radicalement le lendemain : « Il fera froid, il y aura même des gelées blanches. Tom est inquiet pour les fleurs trop tôt écloses et les arbres fruitiers déjà couverts de bourgeons. » Comme Tom, le jardinier, Laura savait prévoir le temps avec une exactitude rarement prise en défaut.

Claire fit le tour de la pelouse pour remonter vers la maison, mais elle obliqua à hauteur du vieux banc de bois disposé près du mur de pierres sèches. Le mur qui descendait jusqu'au bord de la rivière où elle avait une fois bien failli se noyer...

Assise sur le banc, elle s'amusa à regarder un écureuil qui grimpait à un arbre et disparaissait dans les hautes branches. Un sourire lui vint aux lèvres au souvenir de ceux qui venaient jadis jouer près de la porte de la cuisine. Ceux-là étaient si craintifs qu'ils disparaissaient dès qu'un être humain s'approchait. La nouvelle génération était plus hardie, avait raconté Megan pendant le déjeuner, car ils étaient plusieurs désormais qui accouraient en entendant des bruits de pas et attendaient qu'on leur offre des noisettes.

– Hou hou ! Hou hou !

Claire reconnut la voix de Laura, se retourna en agitant la main et attendit que son amie la rejoigne. Quelques secondes plus tard, Laura apparut, hors d'haleine, et se laissa tomber près d'elle.

– Je te cherchais partout. Tu as le don d'ubiquité, ma parole ! Fenice m'a dit t'avoir vue te diriger vers la grange, bonne-maman en direction de la colline et je te trouve sur notre banc préféré !

– Elles avaient toutes les deux raison, sauf que je suis revenue ici. C'est si calme, si apaisant. Et puis, poursuivit-elle en souriant, on ne perd pas si facilement ses habitudes. C'était ici, souviens-toi, que nous venions réfléchir à nos problèmes et en chercher la solution.

– Comment voudrais-tu que j'oublie? Tu m'as si souvent retrouvée en larmes, affalée sur le banc ou dans l'herbe.

– Toi aussi, tu me découvrais dans la même position déplorable. La dernière fois que cela m'est arrivé, tu m'as consolée, réconfortée, redonné des forces.

– Je m'en souviens, c'était à ton retour de Paris, juste après t'être séparée de Philippe. Tu étais à ramasser à la petite cuiller.

– C'est vrai. Les femmes sont idiotes, n'est-ce pas?

– Quelquefois, oui. Nous n'avons pas eu de chance avec les hommes toi et moi, n'est-ce pas? Toi au moins, tu as Natacha.

– Je sais... Tu as tant fait pour moi depuis tant d'années, Laura. Je ne sais pas ce que je serais devenue sans toi et je sais encore moins comment te le rendre ou t'en remercier.

Aussi émues l'une que l'autre, elles se dévisagèrent longuement sans mot dire.

– Les remerciements sont inutiles entre nous, Claire, répondit enfin Laura en lui souriant avec affection.

Soucieuse de dissimuler à Claire ses yeux soudain embués, elle se détourna et les leva vers le ciel.

– Tu as bien fait d'arriver aujourd'hui, tu sais, reprit-elle avec une gaieté affectée. Il fait un temps splendide.

– Oui, splendide, répéta Claire.

Ayant elle-même du mal à ravaler les larmes qu'elle sentait lui monter aux yeux, il lui fallut un instant pour se ressaisir. Puis, espérant que Laura n'avait pas remarqué son trouble, elle plongea à nouveau son regard dans celui de son amie :

– Il y a quelque chose qu'il faut que je te dise.

Laura fronça les sourcils, mi-intriguée, mi-inquiète.

– Quoi donc ? Tu as l'air bizarre, tout à coup.

– L'autre jour, répondit Claire en éludant la question trop directe, tu t'es plainte de ne pas me voir depuis mon arrivée à New York, tu m'as reproché de ne pas prendre au moins le temps de boire un café avec toi entre deux prises de vue. Tu te souviens de me l'avoir dit, n'est-ce pas ?

– C'est exact.

– Si tu m'avais avertie de ce qui se passait entre Doug et toi, Laura, j'aurais trouvé le temps d'aller te voir. Mais tu ne m'as rien dit et j'étais accaparée par... quelque chose d'une importance vitale pour moi – et je ne parle pas des séances de photos.

– Qu'est-ce qui t'accaparait à ce point ? voulut savoir Laura, de plus en plus déconcertée.

– Je passais des examens médicaux.

– Des examens ? Pourquoi, Claire ? Tu n'es pas malade, au moins ?

– Si, Laura. Je suis condamnée, ajouta-t-elle à voix basse.

Laura sursauta et se sentit envahie par un froid glacial. Le ciel était toujours aussi bleu et pur mais, pour elle, le soleil avait perdu son éclat. Elle prit la main de Claire, sa voix se brisa :

– Je ne comprends pas... Que veux-tu dire par condamnée ?

– J'ai un cancer du sein.

Claire avait dû prendre sur elle pour répondre d'une voix égale, sans céder à l'hystérie qui l'avait plusieurs fois saisie quand elle était seule dans sa chambre d'hôtel.

Un long moment, hors d'état de proférer un mot, Laura la dévisagea, les yeux écarquillés d'horreur et de douleur.

– Oh ! grands dieux, Claire, non ! Pas toi, ma chérie, pas toi ! dit-elle enfin d'une voix rauque. Je refuse d'y croire. C'est trop... trop...

Livide, elle ne put achever sa phrase.

– Si, Laura, c'est vrai. J'ai passé ces derniers jours au centre de cancérologie de l'hôpital Sloane-Kettering.

– Et ils t'ont dit que tu étais condamnée? parvint à demander Laura d'une voix à peine audible.

– Non, bien sûr, pas en toutes lettres. Les médecins n'assènent jamais la nouvelle aussi brutalement. Ils ne veulent pas tuer tout espoir chez leurs patients. Malgré tout, je sais que je ne dépasserai sans doute pas l'été. L'automne, à la rigueur. Peut-être verrai-je une dernière fois les feuilles changer de couleur, ajouta-t-elle en se forçant à sourire.

Laura tenta en vain de ravaler ses larmes.

– Oh, Claire... non, je ne peux pas y croire...

– Il le faut, pourtant. J'aurai plus que jamais besoin de toi, Laura, tu dois rester forte. Pour nous deux. Pour nous tous.

– Je serai forte, Claire, tu peux compter sur moi.

D'un bras, elle attira son amie, la serra contre sa poitrine. Le contrôle que Claire s'efforçait tant bien que mal de garder sur elle-même lui échappa tout à fait, elle fondit en larmes à son tour. Et les deux jeunes femmes restèrent ainsi enlacées, puisant dans leur douleur la force de surmonter ensemble cette épreuve, la plus affreuse, la plus douloureuse qu'elles aient jamais dû affronter.

19

– Q UAND as-tu découvert que tu étais malade ? demanda
Laura. Était-ce en décembre, pendant mon séjour à
Paris ? Hector te trouvait mauvaise mine et s'inquiétait beau-
coup à ton sujet.

– Non, je me sentais très bien à ce moment-là. Ou plutôt, je ne savais pas encore que j'étais malade.

La tête appuyée au dossier du fauteuil, Claire ferma les
yeux. Si seulement cette douleur dans le dos et les hanches
qui la torturait depuis deux heures voulait bien se calmer !
pensa-t-elle. Au prix d'un effort, elle se redressa, tendit la
main vers la tasse de thé fort et sucré que Laura lui avait servie – le « thé du mineur », si cher à Owen – et en but quelques gorgées dont le goût lui rappela son enfance.

Les deux amies ne s'étaient pas attardées au jardin après que
Claire eut fait à Laura sa bouleversante confession. Elles
s'étaient séché les yeux en se consolant de leur mieux et avaient
regagné la maison. Claire se plaignant d'être lasse et d'avoir
mal, Laura s'était hâtée de lui apporter un puissant analgé-
sique, sans oublier la panacée favorite de son grand-père.

– Es-tu en état de parler, maintenant ? demanda Laura.

– Oui, je me sens mieux. Pose-moi toutes les questions
que tu voudras.

– Comment t'es-tu aperçue de ta maladie ? As-tu senti
une grosseur dans ton sein ?

– Non, sous mon bras et je ne m'en suis rendu compte
que la semaine dernière. Le plus déconcertant, poursuivit

Claire avec une moue dépitée, c'est que j'avais déjà senti une petite boule sous le même bras il y a un mois et qu'elle avait disparu presque tout de suite. Je croyais qu'il s'agissait d'un kyste ou d'une de ces petites accumulations de sébum qui se forment quand les pores se bouchent, par exemple, et je n'y avais pas prêté attention.

— Et c'est quand la grosseur a reparu la semaine dernière que tu es allée consulter le cancérologue ?

— Non, je n'étais pas encore vraiment inquiète. Je me suis donc contentée d'appeler mon amie Nancy Brinker. Tu te souviens d'elle, n'est-ce pas ? La charmante Texane que je t'avais présentée à Paris il y a deux ans.

— Je m'en souviens très bien, nous avions déjeuné ensemble. Sa sœur était morte d'un cancer du sein et elle avait créé une fondation pour lutter contre cette maladie. C'est bien cela ?

— Oui. Comme elle est la seule personne de ma connaissance qui sait tout de A à Z sur cette forme de cancer, je lui ai téléphoné à Dallas quand la boule a reparu sous mon bras. C'est elle qui m'a presque forcée à aller au centre Sloane-Kettering et qui a pris rendez-vous pour moi avec les meilleurs spécialistes.

— Ils t'ont donc soumise à des examens ?

— La batterie complète. Il est inutile de tout te raconter en détail, c'est trop déprimant.

— Si, Claire ! Je veux tout savoir.

— Inutile, je te l'ai déjà dit. Sache seulement qu'ils m'ont classée en... en niveau 4, conclut-elle à voix presque basse.

— Ce qui veut dire ?

— Que mes chances de survie sont d'environ cinq pour cent.

Laura sentit de nouveau les larmes lui monter aux yeux. Mais face au courage dont Claire faisait preuve, elle se ressaisit aussitôt.

213

– Beaucoup de femmes survivent à un cancer du sein, parvint-elle à dire d'une voix normale.

– C'est vrai. Je serai soumise à un traitement énergique, sans aucune garantie de réussite.

– Vas-tu subir une opération ? Une mastectomie ?

– Non, une chimiothérapie. Ils voudraient me soigner à New York, mais je retourne à Paris la semaine prochaine comme prévu, j'y recevrai exactement le même traitement. A cause de Natacha et de mon travail au magazine, je ne peux pas rester ici, Laura.

– Pourquoi pas ? L'appartement est grand, j'ai facilement de quoi t'y loger. Ou même ici à la maison, si tu préfères. Nous ne sommes qu'à deux heures de New York. Natacha pourrait aller à l'école à Manhattan et venir passer les week-ends avec toi.

– Non, Laura. Je suis très touchée. Il faut vraiment que je rentre.

– Réfléchis, Claire. Pourquoi ne pas envisager de revenir à New York de façon permanente ? Rien ne t'en empêcherait.

– J'y penserai, je te le promets.

– Dis-moi, as-tu d'autres douleurs ?

– Non, simplement cette sensation de fatigue générale, comme on en éprouve quand on couve une grippe. Mal aux os, parfois.

– Et on ne t'a rien prescrit pour cela ?

– Non, juste des analgésiques.

Le silence retomba. Claire se demandait si elle devait pousser plus loin ses confidences et révéler à Laura que son état était en réalité beaucoup plus sérieux que ce qu'elle lui avait laissé entendre jusqu'à présent. A la réflexion, elle préféra se taire. Elle en avait assez dit pour le moment, elle ne voulait pas accabler Laura davantage. Plus tard peut-être, avant de regagner la France, elle en parlerait.

De son côté, Laura pensait à l'avenir. Elle devait avant tout aider Claire à surmonter son épreuve car, pour elle, la chimiothérapie était capable de stopper le cancer. La sœur aînée d'Alison, Diane, avait lutté victorieusement contre son cancer. Son cas constituait bien la preuve irréfutable que le traitement était efficace.

En dépit de la chaleur qui régnait dans la pièce, Laura réprima un frisson. Elle était encore sous le choc des révélations de Claire, mais elle devait rester forte pour venir en aide à son amie, comme elle le lui avait demandé.

Ce fut Claire, finalement, qui rompit le silence :

— Tu te doutes que je n'ai encore rien dit à Natacha. Je ne pouvais pas lui assener une pareille nouvelle au téléphone. Il faut que je sois avec elle, près d'elle pour la rassurer.

A la pensée du choc qu'allait subir Natacha, Laura fut atterrée.

— Je comprends. Et Philippe ? ajouta-t-elle malgré elle. Comptes-tu le lui apprendre, à lui aussi ?

— Non, pas question. Pour le moment, du moins.

La sécheresse de la réaction déconcerta Laura.

— Puis-je en parler à bonne-maman ? Je crois qu'il faudrait la mettre au courant.

Claire hésita.

— Ce serait peut-être un choc trop fort pour elle, répondit-elle enfin. Qu'en penses-tu ?

— Elle est solide, tu sais. Et elle se doutera sûrement de quelque chose rien qu'en m'observant, elle a l'œil à tout. L'inquiétude et le chagrin sont des sentiments difficiles à dissimuler.

— Tu as raison. A elle, il vaut mieux ne rien cacher.

De retour dans sa chambre, Laura put enfin donner libre cours à son émotion et verser ses larmes trop longtemps

215

réprimées. Le choc qu'elle subissait et l'intensité de son propre chagrin lui permettaient d'entrevoir les sentiments de Claire. Elle n'avait pourtant pas le droit de se laisser aller. Elle devait dominer sa douleur pour venir en aide à Claire, même si ou, plutôt, surtout si l'issue paraissait incertaine. Comme Claire elle-même l'avait dit, rien ne garantissait le succès des traitements qu'on allait lui administrer.

Hector avait vu juste en décembre, pensa-t-elle. Il avait remarqué ce dont Claire elle-même ne se rendait pas compte. Pas plus que Laura, à vrai dire. Lorsque Hector lui avait fait part de ses craintes, elle aurait dû le prendre au mot et traîner Claire chez un médecin, de force s'il le fallait, se dit-elle avec un profond soupir.

Laura s'essuya les yeux. Pleurer ne la mènerait à rien. Rien d'utile, en tout cas. Elle devait être forte, être pour Claire le roc sur lequel son amie s'appuierait de tout le poids du malheur qui la frappait. Mais penser qu'elle allait perdre sa meilleure, sa seule amie. Penser qu'un jour Claire ne serait plus là, qu'elles ne vivraient pas, qu'elles ne vieilliraient pas ensemble, comme elles le prévoyaient depuis toujours. Elles avaient beau être séparées par un océan, elles restaient aussi proches, aussi intimes que les sœurs qu'elles avaient été enfants.

Laura prit une profonde inspiration, se leva, alla dans la salle de bains asperger d'eau froide son visage et ses yeux bouffis de larmes. Elle se recoiffa avec soin, se fit un raccord de rouge à lèvres, se parfuma. Puis elle sortit de sa chambre pour aller dans celle de sa grand-mère à l'autre bout du couloir.

Arrivée là, elle marqua une pause pour admirer par la fenêtre le panorama des collines, teintées d'or par le soleil qui baissait sur l'horizon. Que de beauté dans ce monde, se dit-elle. Que de peines et de douleurs aussi, ajouta-t-elle sans pouvoir réprimer un frisson.

216

Elle frappa à la porte, tendit l'oreille. Elle allait frapper à nouveau quand elle entendit la voix de Megan :

— Entrez, Fenice!

— Ce n'est que moi, bonne-maman, dit Laura en ouvrant. Tu avais besoin de Fenice?

— Non, ma chérie. Elle m'avait simplement dit qu'elle me monterait le *New York Times*, je n'avais pas fini de le lire ce matin.

— J'irai te le chercher dans cinq minutes. Fenice a dû oublier, ou alors elle est absorbée par la préparation du thé, tu sais qu'elle en fait une affaire d'État quand tu es ici.

— Tu as sans doute raison. Viens t'asseoir ici, poursuivit Megan en tapotant le chevet de son lit. Tu as l'air de vouloir m'annoncer une nouvelle importante.

— Comment le sais-tu, bonne-maman?

— C'est facile, il suffit de voir ton expression. Tu es visiblement troublée, Laura, ou quelque chose te tracasse. Allons, viens m'en parler, ce ne peut pas être aussi grave que tu le crois.

— J'ai bien peur que si, bonne-maman.

Elle vint s'asseoir sur le lit, prit la main de Megan qui l'examinait d'un regard perçant.

— Pas de périphrases, je te prie, ordonna-t-elle. Sois directe, c'est la seule façon de donner de mauvaises nouvelles.

— Cela te fera un choc...

— J'ai l'habitude d'en recevoir, Laura. J'en ai encaissé toute ma vie et je n'en suis pas morte. Allons, parle.

— Il s'agit de Claire, bonne-maman. Elle a un cancer du sein. Son état est grave. Elle croit qu'elle ne passera pas l'automne.

Megan sursauta, pâlit, se laissa retomber contre ses oreillers, ferma les yeux. Ils étaient pleins de larmes quand elle les rouvrit un instant plus tard.

217

– Seigneur, la pauvre enfant... Et encore si jeune, à peine trente-six ans. Ne me cache rien.

Laura répéta tout ce que Claire lui avait appris.

– Je lui ai suggéré de revenir à New York, mais elle le refuse. Elle affirme qu'elle sera aussi bien soignée à Paris.

– Les hôpitaux français sont bons, c'est vrai. Et l'hôpital américain est très réputé. Pourtant je suis d'accord avec toi, il vaudrait mieux qu'elle revienne. Elle n'a plus personne là-bas, n'est-ce pas?

– Non, à part Hector.

– Je sais, c'est un homme remarquable et je suis sûre qu'il fera l'impossible pour la soutenir. Mais ici, elle nous a *nous*. Nous sommes sa seule vraie famille, quand on y réfléchit.

– J'essaierai encore de la convaincre.

– Fais-le, ma chérie, et sois persuasive. Elle va en parler, je pense, à Philippe et à Rose Lavillard?

– Non, je ne crois pas. Pas pour le moment, m'a-t-elle dit.

– Il faut absolument qu'elle les mette au courant! s'écria Megan. Ils doivent le savoir, ne serait-ce qu'à cause de Natacha! Tu devrais peut-être prendre sur toi de les en informer.

– Voyons, bonne-maman, je n'irai certainement pas contre les souhaits de Claire! C'est à elle seule d'en parler à Philippe.

– Tu as raison... Claire descendra-t-elle prendre le thé avec nous? ajouta Megan en s'efforçant avec peine de se lever de son lit.

– Oui, nous étions d'accord pour t'en parler avant. Veux-tu que je t'aide à te lever, bonne-maman?

– Oui, ma chérie. Pour une fois, j'ai besoin de ton aide.

– Comment l'a-t-elle pris? demanda Claire.

Elle était encore étendue sous l'édredon. Laura l'avait rejointe un instant plus tôt en sortant de chez Megan.

218

– Avec son stoïcisme habituel. En vieux navire de guerre qui ne sombre pas sous le feu de l'ennemi, précisa-t-elle avec un léger sourire. Elle est bouleversée et très inquiète pour toi, naturellement. Et elle est d'accord avec moi, elle estime que tu devrais revenir ici. Pour être près de ta vraie famille, je la cite textuellement.

Émue, Claire s'essuya les yeux.

– Bonne-maman et toi, vous êtes irremplaçables, Laura. Mais, dans l'immédiat du moins, je vais quand même rentrer voir ce qui se passe à Paris.

– Comme tu voudras, mais n'oublie pas ta promesse d'y penser, d'accord ? Bonne-maman voulait aussi savoir ce que tu feras au sujet de Philippe, je veux dire, si tu comptes lui parler.

– Je ne sais pas, je te l'ai déjà dit...

Claire repoussa l'édredon, se leva et alla s'asseoir devant la cheminée, où elle contempla les flammes sans mot dire.

– Viens t'asseoir près de moi, dit-elle au bout d'un moment. Il y a autre chose dont je voudrais te parler.

Laura se rapprocha et prit place en face d'elle.

– De quoi s'agit-il, Claire ? Tu as l'air angoissée.

– Je le suis, Laura, en ce qui concerne Natacha. Elle aura quinze ans cet été. C'est très jeune, même si elle est très mûre pour son âge à bien des égards. Écoute... acceptes-tu de te charger d'elle quand je mourrai ? Veux-tu veiller sur ma fille à ma place, au moins jusqu'à ce qu'elle soit assez grande pour se débrouiller seule dans la vie ?

Prise au dépourvu, Laura ne répondit pas aussitôt.

– Bien entendu, voyons ! Cela va sans dire. J'adore Natacha, tu le sais bien.

– C'est une bonne fille, Laura, elle ne te causera pas d'ennuis, je te le promets.

Incapable de dire un mot de plus, Claire se détourna, cligna des yeux, se racla la gorge. Elle-même bouleversée, Laura lui prit la main et s'agenouilla devant elle.

— Pensais-tu que je refuserais? demanda-t-elle en la regardant dans les yeux.

— Non, bien sûr, pas toi ma fidèle Laura... C'est dur, tu sais, de savoir que je ne serai plus là pour prendre soin d'elle. Que je ne la verrai pas grandir, passer ses examens, se marier. Que je ne connaîtrai jamais mes petits-enfants...

Sa voix se brisa à nouveau.

— Claire, ma chérie, je t'en prie! Ne capitule pas. Nous lutterons ensemble. Des milliers d'autres femmes ont vaincu leur cancer, je te l'ai déjà dit et tu le sais aussi bien que moi.

— D'autres, peut-être. Mais pas moi...

Une fois encore, Claire dut s'interrompre. Après avoir fait l'effort de se dominer, elle parvint à reprendre la parole :

— Le cancer attaque déjà presque tout mon corps. Les métastases ont commencé par les ganglions sous mon bras, j'en ai maintenant plus d'une vingtaine. Mes os sont déjà atteints, le foie ne tardera pas à suivre. Après... Je te l'ai dit, Laura, je ne vivrai pas assez longtemps pour voir les feuilles changer de couleur.

Cette fois, Claire ne put contenir plus longtemps ses larmes. Assommée, désespérée par cette révélation, Laura l'étreignit en pleurant. Blotties l'une contre l'autre, chacune puisant un réconfort dans sa sœur d'élection, elles pleurèrent en silence. Et c'est pendant cette communion de leurs âmes que Laura se résigna enfin à admettre le fait que Claire était condamnée.

Plus tard, Laura se leva pour chercher une boîte de mouchoirs en papier et revint s'asseoir près de la cheminée.

— Reste encore un peu, veux-tu? demanda Claire quand elle se fut ressaisie.

— Bien sûr, ma chérie. Qu'as-tu d'autre à me dire?

— Quand nous rentrerons à New York la semaine prochaine, pouvons-nous aller demander à un avocat de préparer les actes officiels qui te nommeront tutrice légale de Natacha?

– Si tu y tiens, bien sûr.

– J'y tiens.

– Mais... son père?

– Il n'a jamais été un père pour elle et il ne voudra pas s'en charger, tu peux me croire sur parole.

– N'as-tu quand même pas besoin de son autorisation pour me nommer tutrice légale de votre fille?

– Non. Le tribunal m'a accordé la garde exclusive de Natacha, le droit de visite de son père dépend de moi seule. N'importe comment, il ne contestera pas, ce n'est pas dans sa nature de se battre. Pourquoi voudrais-tu, d'ailleurs, qu'il s'encombre de sa fille en Afrique? Sans parler de ses maîtresses, bien entendu, Natacha ne serait pour lui qu'un poids mort. Un handicap.

Laura s'abstint de la contredire.

– Tu veilleras sur elle à ma place, n'est-ce pas? poursuivit Claire. Je ne reposerais pas en paix dans ma tombe si tu ne le faisais pas.

– Ne dis pas des choses pareilles, je t'en prie! Tu sais bien que je le ferai. Je te promets de m'occuper de Natacha aussi longtemps qu'elle aura besoin de moi. Toute sa vie, si elle le veut. Elle sera la fille que je n'ai pas eue.

Claire hésita, plongea son regard dans celui de Laura.

– Alors, tu es d'accord? Vraiment d'accord?

– Tu as ma parole, répondit Laura avec force.

Pour la première fois depuis de longs jours, un sourire apparut sur les lèvres de Claire.

Troisième partie

Eté 1997

20

Pour Laura, le travail avait toujours été un plaisir. En lui offrant la seule diversion à son angoisse, il devint sa planche de salut. Débordée en permanence, toujours courant ici et là, elle n'avait plus une minute de loisir pour penser à des problèmes qu'elle se savait incapable de résoudre.

« Je ne peux ni ne veux m'arrêter, répondait-elle à Alison qui l'adjurait de ralentir le rythme épuisant qu'elle s'imposait. C'est ma manière à moi de gérer à la fois le cancer de Claire et mon divorce. Si je m'accordais le temps de souffler, je sombrerais dans l'hystérie et je m'écroulerais pour de bon. » A sa troisième tentative infructueuse, son associée avait sagement décidé de ne plus insister, même quand elle voyait Laura au bord de l'épuisement.

Pendant les mois d'avril et de mai, Laura se rendit quatre fois à Londres conférer avec Sir Maximilian West sur la réorganisation de sa collection d'œuvres d'art. A chacun de ses retours à New York, elle faisait escale à Paris afin de passer un ou deux jours avec Claire et Natacha. Claire était au plus fort de sa chimiothérapie et faisait de son mieux pour paraître brave. Laura priait que le traitement entraîne sinon une guérison définitive, au moins une rémission.

Aussi brefs que soient ses séjours à Paris, ils permettaient à Laura de passer de précieux instants avec Claire. Quant à Natacha, l'extraordinaire maturité avec laquelle l'adolescente affrontait l'épreuve de la maladie de sa mère emplissait Laura d'un étonnement et d'une admiration qui ne cessaient de croître. Faisant preuve d'une force d'âme hors du commun pour une aussi jeune fille, elle entourait Claire nuit et jour d'attentions qui ne se relâchaient jamais. Elle manifestait aussi un remarquable sens pratique et réglait les détails de la vie quotidienne avec une sûreté de jugement et une efficacité que la plupart des femmes pouvaient lui envier.

— J'irais même jusqu'à dire qu'elle se conduit en vraie professionnelle, déclara Laura à Doug un soir au début de juin.

Venu à New York pour affaires, il l'avait invitée à dîner avant de repartir pour Los Angeles.

— Appliquer ce terme à une fille de son âge est étonnant, commenta-t-il. Que veux-tu dire au juste?

— Je veux dire qu'elle a la tête solide et les pieds sur terre, qu'elle est efficace, pragmatique. Elle s'occupe de la paperasse, des factures, du compte en banque de Claire. C'est elle qui paie la femme de ménage et lui dit quoi faire. Elle prend tout en main, elle organise leur vie comme si c'était elle la mère de famille. Elle a toujours été plus mûre que son âge, c'est vrai, sans doute parce qu'elle est fille unique et qu'elle passe le plus clair de son temps avec des adultes. Claire l'a élevée pour la préparer à être indépendante et à se suffire à elle-même, et le résultat est remarquable.

— Et... Claire? demanda Doug en hésitant. Quelles sont ses chances de guérison, Laura?

— Très minces, j'en ai bien peur, répondit-elle avec tristesse. Je prie qu'elle ait au moins une rémission, mais il est trop tôt pour se prononcer.

— Je suis navré, sincèrement. Ce qui arrive à Claire est désolant. J'imagine sans peine combien tu dois en souffrir.

— J'en souffre, bien sûr. En même temps, je suis fière de Claire, comme tu le serais si tu la voyais. Je n'ai jamais connu de personne plus courageuse qu'elle. Elle subit sans broncher son traitement et ses effets secondaires, qui sont affreusement pénibles.

– Et même épouvantables, d'après ce que j'ai entendu dire.

– Le mot n'est pas trop fort. Claire souffre encore de nausées et... elle a perdu tous ses cheveux, ajouta Laura en baissant la voix malgré elle.

– Oh, non! Ses merveilleux cheveux auburn dont elle était si fière? s'écria Doug, horrifié. C'est... c'est abominable.

– Natacha et Hector lui ont acheté une superbe perruque de la même couleur, courte et bouclée, faite en vrais cheveux. Elle lui va si bien qu'on ne voit pas la différence. Et Claire fait tout ce qu'elle peut pour continuer à mener une vie normale.

– Quoi? Elle a gardé son job au magazine? Il est épuisant.

– Elle bénéficie d'un congé de maladie, bien sûr, mais elle va quand même au bureau quand elle s'en sent capable. Elle supervise ses collaborateurs de chez elle, elle emporte des dossiers. L'éditeur du magazine veut la reprendre à plein temps dès qu'elle se sentira mieux. D'ici là, Dieu merci, elle touche son plein salaire.

– Et Hector, comment prend-il la situation?

– Ne m'en parle pas! Le pauvre homme en était malade. Tu sais qu'il est amoureux d'elle depuis des années. En plus, sa femme est morte d'un cancer. Tu imagines le coup que cela lui a fait quand Claire lui a annoncé la nouvelle. Il était surtout furieux contre lui-même. Il avait remarqué en décembre dernier que Claire n'était pas dans son état normal, comme je te l'avais dit à ce moment-là. Il avait vu juste! Il s'en veut encore de n'avoir rien fait, de ne pas avoir traîné Claire de force chez un médecin. Je me doute de ce qu'il ressent, je m'en veux moi aussi de ne pas l'avoir fait après qu'il m'eut confié ses inquiétudes. Il est envers Claire l'ami le plus sûr, le plus dévoué, le plus fidèle qu'on puisse imaginer. Il n'en fait jamais assez pour elle et je suis soulagée de le savoir près d'elle.

— Et Philippe? Lui a-t-elle appris qu'elle était malade?

— Oui. Avec l'aide de Natacha, j'ai réussi à la convaincre qu'il avait le droit de le savoir. Elle l'a appelé le mois dernier à Atlanta, pendant un week-end que je passais chez elle.

— Que faisait donc Philippe à Atlanta? Il assistait encore à un colloque du CDC?

— Non, maintenant il y travaille. Depuis la fin avril, précisément. En réalité, il y était allé en décembre parce qu'il y avait fait acte de candidature. On lui a confié un poste très important, je crois.

— Une sacrée différence avec la virologie en Afrique, commenta Doug, étonné.

— En fait, c'est pour lui un soulagement. D'après ce qu'il m'a dit au téléphone, il était vidé, usé par son travail là-bas.

— Je le comprends. Au fait, sait-il que Claire t'a nommée tutrice légale de Natacha?

— Oui, j'ai aussi décidé Claire à le lui apprendre et, d'ailleurs, bonne-maman ne nous laissait pas une seconde de répit à ce sujet-là. Il est le père de Natacha, c'est la moindre des choses.

— Et alors? Comment a-t-il réagi?

— Très bien. Remarque, je n'étais pas en face de lui, nous nous parlions au téléphone, mais il m'a paru très compréhensif. Il disait qu'une fille de l'âge de Natacha a besoin d'une compagnie féminine pour la guider et la soutenir. Bien entendu, Claire lui a dit qu'il pouvait venir voir Natacha quand il le voudrait.

— Je suis heureux qu'elle s'y résolve enfin. Dis-moi, Laura, c'est une lourde responsabilité que tu as endossée. Si Claire ne... si son traitement échoue, reprit-il en réprimant une grimace douloureuse, tu vas te retrouver avec une adolescente à élever. A une époque comme la nôtre, ce n'est pas toujours une partie de plaisir.

— Je le sais et je m'en sens capable. Et elle est déjà presque élevée, Doug. Claire lui a inculqué d'excellents principes.

— Cela te changera la vie.

— Beaucoup de choses nous changent la vie, Doug. Le divorce, par exemple. En ce qui concerne la tienne, je ne sais pas. Mais je sais qu'il a radicalement changé la mienne.

Il lui prit la main, esquissa un sourire contrit.

— Je regrette du fond du cœur que nous ayons échoué, Laura.

— Je sais que tu le regrettes. Moi aussi.

— Je suis quand même inquiet de ce qui t'attend, si la... la maladie de Claire évolue comme nous le craignons, dit-il en hésitant.

— Ne te fais pas de souci pour moi, Doug. Même si je dois prendre complètement Natacha en charge, je m'en sortirai très bien, crois-moi.

— Pour cela, je te fais confiance les yeux fermés. J'ai toujours admiré ta force et ton courage. Il n'y a pas beaucoup de femmes comme toi, tu sais. D'hommes non plus.

— Merci du compliment, Doug, dit-elle en souriant. Mais je suis loin d'être la seule qui en soit digne. Il y en a des millions d'autres. Regarde bonne-maman, par exemple. Voilà une femme qui ne s'est jamais laissé abattre. Elle est... insubmersible.

— Le mot est juste! commenta Doug en riant. Il n'empêche que tu es quand même unique, je te l'ai toujours dit.

— Je sais. De toute façon, Claire souhaite que Natacha ait une vraie famille. La famille Valiant.

Etonné, Doug fronça les sourcils :

— Tu es la seule Valiant, Laura.

Elle prit le temps de boire une longue gorgée de café avant de lui répondre :

229

– Tu te trompes, Doug. Il y a aussi ma mère, ma grand-mère, mon frère Dylan. Sans parler de mes tantes, Rhianon et Cara.

Doug eut un hochement de tête incrédule.

– Voyons, Laura! Ton frère est correspondant du magazine *Time* à Londres, où il se débat entre ses innombrables aventures féminines. Le sens des responsabilités n'a jamais été son fort. Ta mère passe sa vie à peindre des fresques dans les endroits les plus exotiques de la planète et tu sais mieux que moi que personne n'a jamais pu compter sur elle. Tu ne vois pas tes tantes qui vivent à l'écart de la famille. Quant à ta grand-mère, en dépit de ses immenses qualités, elle va avoir quatre-vingt-treize ans. Comme je te le disais, tu es donc bien le seul représentant valable de la famille.

– Non, Doug, je ne me sens pas du tout seule!

– Ecoute, dit-il en soupirant, je t'aime et je ne te laisserai pas tomber, tu le sais. N'oublie quand même pas que je vis désormais à Los Angeles, à l'autre bout du pays. Je ne pourrai pas t'être d'un grand secours pour élever Natacha si tu as des problèmes avec elle.

– Tu oublies que je ne devrai peut-être pas l'élever, Doug! Je prie tous les jours pour la guérison de Claire et j'espère bien que Dieu m'écoutera.

Une quinzaine de jours plus tard, Laura eut à peu près la même conversation avec Philippe Lavillard. Un samedi après-midi, accoutumée à travailler les week-ends, elle passait en revue une pile de catalogues de ventes publiques européennes en souffrance sur son bureau quand la sonnerie du téléphone l'arracha à sa lecture.

– Art Acquisitions, répondit-elle machinalement.

– C'est vous, Laura? Philippe Lavillard à l'appareil.

– Philippe? Quelle surprise! Où êtes-vous?

– A New York. Pourriez-vous m'accorder quelques instants ? Si cela ne vous dérange pas trop, bien entendu, puisque je constate que vous êtes en train de travailler.

– Bien sûr, répondit-elle sans hésiter. Venez au bureau, je vous attends. Vous avez l'adresse ?

Elle la lui confirma, raccrocha. Dix minutes plus tard, Philippe sonna à la porte et elle le fit entrer.

– Merci de me recevoir ainsi à l'improviste, lui dit-il après s'être assis en face d'elle.

– Vous êtes à New York pour le week-end ?

– Non, juste pour la journée, je dois être de retour à Atlanta demain matin. J'étais venu pour un déjeuner de travail et, comme je ne savais pas jusqu'à quelle heure il durerait, je n'ai pas pu vous appeler plus tôt. Pardonnez-moi cette intrusion.

– Vous êtes tout pardonné. Vous désirez me parler de Claire et de Natacha, je suppose ?

– Surtout de Natacha.

– A quel sujet ? demanda Laura en fronçant les sourcils.

Il croisa les jambes, se carra dans son fauteuil. Intriguée, Laura l'observait avec attention. Comme il ne semblait éprouver aucune gêne envers elle, elle se détendit.

– Nous ne nous sommes parlé qu'au téléphone depuis que Claire est tombée malade, commença-t-il. C'est pourquoi j'estime que certains sujets doivent être clairement formulés entre nous, Laura. De vive voix, ajouta-t-il.

– Quels sujets ? voulut-elle savoir, de nouveau sur ses gardes.

– Sachez d'abord que, dans le cas où Claire ne guérirait pas, je ne vous causerai aucun problème concernant la tutelle de Natacha.

– Je prie tous les jours pour qu'elle s'en sorte, Philippe.

– Moi aussi, Laura. Mais je suis médecin, je dois voir la réalité en face et le pronostic n'est guère encourageant. Pour revenir à Natacha, elle est à un âge où elle a besoin d'une femme dans sa vie. Je sais que vous l'aimez profondément et que vous lui prodiguerez les meilleurs conseils et le soutien le plus ferme. Je me fie aveuglément à vous, je crois qu'il fallait vous le dire en toutes lettres. En outre, je mène en ce moment une vie... décousue, disons. Je ne me suis pas réellement installé ni assimilé à Atlanta et j'ignore encore où mon travail m'entraînera à l'avenir.

— Je n'ai jamais cru que vous me causeriez des ennuis, Philippe. Je sais que vous aimez Natacha et que vous tenez à elle. Aussi, je veux à mon tour vous assurer que vous pourrez la voir aussi souvent que vous le souhaiterez. Vous êtes son père et elle vous aime de tout son cœur, elle me l'a fait comprendre sans ambiguïté.

— Merci de me le dire, Laura. Je ne vous cache pas non plus que l'idée que Natacha revienne à New York et y poursuive ses études me plaît. Elle est américaine, après tout.

Laura fut d'abord choquée de l'entendre s'exprimer comme si la mort de Claire était pour lui un fait acquis. Elle dut se rappeler qu'il était un médecin pour qui seule comptait la réalité et qu'il ne pouvait donc pas se bercer de vaines espérances.

— En effet, répondit-elle. Si je devais me voir contrainte par les événements de veiller sur Natacha, j'aimerais cependant que vous preniez une part active à son éducation, notamment à ses études.

— J'y compte bien, croyez-le. Ce qui m'amène au sujet suivant : l'argent. Je tiens à la prendre en charge financièrement car je ne veux sous aucun prétexte qu'elle soit pour vous un fardeau. Je paierai aussi ses frais de scolarité. J'espère que tout cela va sans dire.

— Je sais, Philippe. Vous me l'aviez d'ailleurs déjà laissé entendre au téléphone.

232

– Bien. Je tiens de plus à ce que vous n'hésitiez jamais à me téléphoner chaque fois que vous l'estimerez nécessaire, Laura.

– Je vois que nous sommes d'accord sur l'essentiel, Philippe. Et je me félicite que nous nous soyons expliqués de vive voix. Comment va votre mère ?

– Très bien, je vous remercie. Et Doug ?

Prise au dépourvu, Laura ne sut d'abord que répondre. Sans savoir pourquoi, elle se sentit embarrassée. Presque coupable.

– Doug et moi sommes séparés, Philippe. Nous allons divorcer.

– Ah !... Quel dommage...

Il ne sut que dire d'autre tant sa surprise était grande. Si Doug Casson laisse échapper une femme aussi fabuleuse que Laura Valiant, pensa-t-il, il est le roi des imbéciles.

Philippe avait toujours admiré Laura pour ses qualités de cœur et son intelligence. Il avait souffert, aussi, de l'antipathie qu'elle paraissait lui vouer alors qu'il éprouvait pour elle précisément l'inverse. Sans doute avait-elle subi plus ou moins consciemment l'influence des sentiments irrationnels et excessifs que Claire nourrissait à son encontre. Et tandis qu'il l'observait dans la lumière de l'après-midi, assise en face de lui derrière son bureau, il prit une nouvelle fois conscience de l'éclat de ses yeux bleus, de la profondeur de son regard. Vous êtes belle, Laura, faillit-il laisser échapper.

– Comptez-vous rester travailler encore longtemps ? se surprit-il à lui demander. Il est bientôt cinq heures. Si nous sortions prendre le thé ?

Laura marqua une brève hésitation.

– Eh bien... pourquoi pas ? Volontiers, Philippe.

Autant me montrer amicale envers lui, pensa-t-elle en se levant, puisque Natacha constitue désormais un lien entre nous.

21

Laura était habituée à ce que les grands de ce monde, ou ceux qui se prétendaient tels, lui fassent faire antichambre. Moins que tout autre, Norman Grant ne pouvait déroger à cette règle.

Assise dans le grandiose hall de réception de ses bureaux de la 5ᵉ Avenue, elle se demandait pourquoi il avait laissé son architecte déployer autant de surfaces de marbre blanc. A moins qu'il n'orne avec discrétion une gracieuse villa dans un pays chaud, ce matériau était l'un des plus ingrats qui se puissent concevoir. Il donnait au hall l'allure intime et chaleureuse d'un mausolée – ou de gigantesques toilettes publiques, ajouta-t-elle en étouffant un rire.

Tout en feuilletant un magazine, sous le regard indifférent de la blonde réceptionniste derrière son bureau de verre et d'acier inoxydable, elle supputa le temps d'attente que le maître des lieux lui infligerait cette fois. Lors de sa dernière visite, il avait fallu à Grant plus d'une demi-heure pour daigner l'admettre en son auguste présence. Seul Sir Maximilian West ne l'avait jamais fait attendre plus d'une ou deux minutes. Mais il est vrai qu'il était essentiellement différent des autres hommes d'affaires que Laura devait fréquenter. Sir Max était un vrai gentleman, lui.

Un coup d'œil à sa montre lui apprit qu'une demi-heure s'était déjà écoulée. En d'autres circonstances, elle serait déjà partie sans gaspiller davantage son précieux temps. Ce

jour-là, malheureusement, elle ne pouvait pas se le permettre. Garde ton sang-froid, se dit-elle, tu dois gagner la
partie. C'est aujourd'hui ta dernière chance.

Laura refermait le magazine quand la secrétaire de Norman Grant apparut enfin. Elle n'eut pas un sourire, pas une
excuse, pas un signe de reconnaissance alors qu'elle recevait
cette visiteuse pour la deuxième fois en quelques semaines.
Elle se borna à dire : « Veuillez me suivre » et s'engouffra
sans se retourner dans le couloir au bout duquel se trouvait
le bureau de son patron.

La soixantaine corpulente et le teint fleuri, ce dernier eut
au moins la décence de se lever pour saluer Laura et l'inviter
à s'asseoir.

— Je me demande pourquoi j'ai accepté de vous recevoir,
déclara-t-il de but en blanc, puisque je vous ai déjà dit tout
ce que j'avais à dire au sujet du Gauguin.

— Je crois pouvoir vous renseigner sur ce point, monsieur
Grant. Vous me recevez aujourd'hui dans l'espoir d'éviter un
procès.

— J'ai acheté ce tableau de la manière la plus légale. Je ne
vois pas pourquoi il y aurait un procès, déclara-t-il en ponc-
tuant sa réplique d'un rire sarcastique.

— Oh! mais si, monsieur Grant! Sir Maximilian a la
ferme intention de lancer la procédure dès la fin de la
semaine. Ses avocats sont prêts à agir depuis des mois, ils
n'attendent que son feu vert.

— Le tribunal rejettera sa demande, elle est infondée.

— Elle est parfaitement fondée, au contraire. Des affaires
semblables, portant sur la restitution d'œuvres d'art pillées
par les nazis, refont surface de plus en plus en plus souvent.
Plusieurs actions sont déjà intentées, tant en Europe qu'aux
Etats-Unis. Vous avez peut-être entendu parler d'un célèbre
musée américain, entré en possession d'un Matisse, qui est
disposé à le rendre à la famille juive à laquelle il avait été volé

en France si celle-ci peut en fournir les titres de propriété. Or, comme je vous l'ai dit au cours de notre dernier entretien, Sir Maximilian détient la preuve irréfutable que le tableau de Gauguin que vous détenez appartenait à la famille Westheim. Vous avez d'ailleurs eu connaissance du catalogue en sa possession.

— D'abord, je ne suis pas un musée. Ensuite, je n'ai aucune intention de lui faire cadeau de ce tableau. Je l'ai payé, mademoiselle Valiant, il est à moi. Une personne sensée ne peut que m'approuver.

— Envisagez-vous sérieusement de vous embarquer dans une interminable procédure? Vous êtes un homme d'affaires, monsieur Grant. Les aventures de ce genre peuvent faire perdre beaucoup de temps. Et d'argent.

— Je sais. Mais, comme je viens de vous le dire, aucun tribunal ne donnera suite à une prétention sans fondement.

— Je suis persuadée du contraire, comme le sont les avocats de Sir Maximilian. Ainsi, d'ailleurs, que nombre de conservateurs de musées et d'experts éminents dans le monde entier.

Laura croisa les jambes et darda sur son interlocuteur un regard aussi malveillant que celui qu'il lui décochait.

Ce fut lui, au bout d'un moment, qui baissa les yeux. Il se demandait comment se débarrasser de cette jeune femme belle et froide en sévère tailleur noir. Elle le mettait mal à l'aise et lui donnait la désagréable impression d'être... oui, il devait se l'avouer, d'être inférieur. Inférieur, lui! Un comble.

— Nous perdons notre temps, dit-il sèchement. J'ai eu tort de bien vouloir vous recevoir une fois de plus, je n'ai plus rien à vous dire. Inutile de me menacer, vous ne me ferez pas changer d'avis.

— Sir Maximilian et moi avons longuement étudié la question. Il m'a conféré l'autorité de traiter en son nom et de vous faire une offre. Je tiens à préciser que je ne vous menaçais pas, je vous indiquais simplement que nous sommes prêts à lancer la procédure si nous ne parvenons pas aujourd'hui, vous et moi, à nous mettre d'accord sur une solution amiable.

– Qu'avez-vous à me proposer?

– Nous vous offrons de vous racheter le tableau le prix que vous l'avez payé à Mme Margolis il y a cinq ans, c'est-à-dire six millions quatre cent mille dollars.

– Il m'a coûté plus cher que cela!

– Pas selon les informations communiquées par Mme Margolis. Je suis allée la voir à Boston, elle m'a montré les documents concernant votre transaction.

Vexé de s'être laissé prendre en flagrant délit de mensonge, Grant rougit malgré lui.

– Six millions quatre est une somme qui ne me convient pas, déclara-t-il d'un air buté.

– Vous espérez en obtenir le triple, je sais, Mark Tabbart me l'a dit. Mais nous, nous ne sommes pas disposés à favoriser la spéculation. Vous n'obtiendrez d'ailleurs nulle part une telle plus-value, il n'y aura pas de marché pour un tableau aussi litigieux.

– Pas de marché? Allons donc! Bien sûr que si, affirmat-il avec un sourire confiant.

– Aujourd'hui, peut-être. Et encore, j'en doute. Mais le tableau perdra toute sa valeur marchande après ma conférence de presse de la semaine prochaine, soyez-en assuré.

– Conférence de presse? Quelle conférence de presse?

– Celle que je donnerai en ma qualité de conseiller artistique de Sir Maximilian West, répondit Laura de son ton le plus suave. Je compte rappeler à la presse mondiale l'existence de la collection Westheim, l'informer de la manière dont elle a été constituée et de la spoliation dont elle a été l'objet en 1939. Bien entendu, je citerai en exemple le *Rêve de Tahiti* de Paul Gauguin. J'en retracerai le parcours depuis son achat par Friedrich Westheim en 1897 jusqu'à son vol par le général SS Josef Schiller et sa revente illégale à la galerie Seltzer de Vienne. Je montrerai également le catalogue remis à jour par le père de Sir Maximilian, je raconterai les circonstances de sa découverte à Paris par la princesse Irina Troubetzkoï. La presse sera enchantée, croyez-moi. Cette histoire fera de l'excellente copie.

– A quoi rime cette conférence de presse ? gronda Grant. Elle est parfaitement ridicule.

– Ridicule ? Sûrement pas. L'histoire intéressera le public, elle suscitera sa sympathie pour Sir Maximilian comme pour les autres victimes des spoliations nazies. Quant au Gauguin, ainsi placé sous les projecteurs de l'actualité, il sera invendable.

Grant laissa échapper un ricanement méprisant.

– En dehors de quelques collectionneurs de notre envergure, qui se soucie d'un Gauguin ? Le grand public se moque bien des œuvres d'art !

– Vraiment ? Dites-moi pourquoi, alors, les musées sont bondés et pourquoi les expositions attirent des foules considérables. Est-ce un signe de désintérêt de la part du « grand public » ? Mais ne nous lançons pas dans une vaine controverse, monsieur Grant, poursuivit Laura en se penchant vers lui. Sur le plan moral, ce tableau ne vous appartient pas. Aussi, je vous invite à prendre votre décision selon des critères moraux plutôt que juridiques ou financiers. Sir Maximilian vous considère, vous aussi, comme une victime des circonstances, c'est pourquoi il est disposé à vous racheter son tableau. Vous ne pouvez toutefois pas espérer, en conscience, réaliser un bénéfice sur une œuvre d'art volée à ses parents, tous deux victimes de l'Holocauste parce qu'ils étaient juifs. Sa mère a péri à Ravensbrück et son père à Auschwitz. Non, monsieur Grant, je ne vous crois pas homme à vouloir gagner de l'argent sur les dépouilles des morts.

Laura avait mis volontairement de l'emphase dans sa conclusion. Cet appel à sa conscience laissa Norman Grant de glace.

— Hors de question, laissa-t-il tomber.

— Voilà une étonnante inconséquence de votre part, monsieur Grant. La presse commentera votre attitude sans indulgence, surtout quand elle apprendra que vous êtes vous-même juif.

Grant sursauta, vira au cramoisi.

— Quoi? Que dites-vous?

— Que vous êtes juif, monsieur Grant. Vous appartenez à l'Eglise unitarienne de Lexington Avenue, certes, mais vous avez changé de nom, ce que nul ne songe d'ailleurs à vous reprocher car c'est votre droit le plus strict. Il n'en demeure pas moins que vous êtes né Norman Gratowski dans le quartier de l'East Side et que vos parents étaient tous deux des juifs qui ont eu la chance de s'échapper du ghetto de Varsovie avant qu'il ne soit trop tard.

Un pesant silence tomba, que Laura laissa durer assez longtemps pour jouir de la mine déconfite de son interlocuteur.

— Que pensera l'opinion publique, reprit-elle enfin, d'un juif qui cherche à spéculer sur une œuvre volée par les nazis à d'autres juifs exterminés dans les camps de la mort? J'ignore si cela peut ternir votre réputation ou avoir des conséquences sur vos affaires. Peut-être pas. Mais on ne sait jamais, n'est-ce pas?

Livide, la mâchoire soudain agitée d'un tic, Norman Grant ne répondit pas. Laura se leva.

— Le légitime propriétaire du tableau veut le récupérer et il est prêt à vous dédommager en le rachetant au prix que vous l'avez payé. C'est une offre équitable, il me semble.

– Pas question, grommela Norman Grant.

Laura haussa les épaules et partit sans ajouter un mot.

Au bruit de la porte d'entrée, Alison se précipita dans le hall.

– Alors, comment ça s'est passé? Il a marché?

– Non, pas encore, répondit Laura avec un soupir excédé.

Alison étouffa un juron et fit signe à Laura de la suivre dans son bureau.

– Ta stratégie était parfaite, j'étais sûre qu'elle réussirait, dit-elle quand elles se furent assises face à face. Sir Max le pensait aussi. Tout ton travail de recherche sur les antécédents de Grant n'aura donc servi à rien?

– Je ne dirais pas cela. Je crois, au contraire, que nous finirons par gagner. Laissons à Grant le temps de digérer ce que je lui ai dit aujourd'hui. Je suis prête à parier qu'il baissera les bras.

– Je l'espère, mais je n'en suis pas aussi sûre que toi. Il veut tirer le maximum de son Gauguin, il ne démordra pas de ses prétentions tant qu'il n'aura pas fait monter les enchères, ne serait-ce que d'un dollar, pour le principe.

– Non, Alison, fais-moi confiance. Il capitulera pour plusieurs raisons. D'abord, il sait que le tableau est désormais invendable. Je lui ai expliqué pourquoi en toutes lettres et il sait que Mark Tabbart n'a pas donné suite à sa proposition précisément pour éviter de se trouver mêlé à cette sombre affaire. Ensuite, après ma conférence de presse de la semaine prochaine, plus personne ne voudra du tableau pour vingt millions de dollars, pas même pour un. Enfin, il reculera devant le risque d'être montré du doigt comme un juif prêt à profiter des malheurs d'autres juifs victimes de l'Holocauste.

– Je ne partage pas ton optimisme, Laura, répondit Alison avec une moue sceptique. Grant est connu pour être dur en affaires et pour se moquer éperdument de l'opinion d'autrui.

— Peut-être, Alison. Il reste que maintenant la balle est dans son camp. Gardons notre calme et attendons la suite, nous verrons bien ce qui se passera.

— Vas-tu appeler Sir Max ?

— Bien sûr, dans une minute. Laisse-moi au moins le temps de rentrer dans mon bureau.

22

Voyant Megan ouvrir elle-même la porte, Laura ne cacha pas son étonnement.

– Où est Lily? demanda-t-elle en embrassant sa grand-mère.

– C'est son jour de sortie, répondit celle-ci avec son sourire le plus angélique. Je t'emmènerai donc dîner dehors.

– Ah, bon? s'exclama Laura, intriguée. Tu m'avais pourtant laissé espérer que Lily préparerait mes plats préférés.

– C'est vrai, ma chère enfant mais, pour une fois, tu t'en passeras, dit-elle en gratifiant Laura d'un nouveau sourire. Viens, nous avons le temps de boire un verre de sherry avant de sortir.

Laura la suivit à travers le salon jusqu'à la bibliothèque, l'esprit rempli de soupçons. Megan portait ce soir-là une robe de shantung noir et avait mis ses perles. Cette élégance n'avait, par elle-même, guère de signification puisque Megan soignait toujours sa mise pour ses moindres apparitions en public, même pour un dîner au restaurant en tête à tête avec sa petite-fille. Mais pourquoi ce changement de programme et ces sourires trop appuyés? se demanda Laura. Ma chère bonne-maman mijote quelque chose. Mais quoi?...

– Sers-nous donc, ma chérie, dit Megan en s'asseyant.

Laura s'exécuta et vint prendre place à côté d'elle. Elles parlèrent quelques instants du projet de Megan de vendre ses tableaux.

— Je pense avoir l'estimation détaillée la semaine prochaine, dit Laura. Jason a fait un excellent travail, tu pourras décider en toute connaissance de cause.

— Je te remercie de ton conseil. Ce garçon est très compétent et je l'ai trouvé tout à fait charmant. Est-il marié ? ajouta-t-elle.

— Non, bonne-maman, et n'essaie pas de jouer les agences matrimoniales ! Jason ne m'intéresse pas le moins du monde.

— Dommage... Au fait, que devient ta mère ? Je n'ai plus de nouvelles d'elle depuis une éternité.

— Elle est toujours dans ses îles en train de peindre.

— Encore des fresques, je suppose ? Maggie est pourtant très douée, elle devrait peindre des tableaux plutôt que des murs.

— Elle a besoin d'argent, bonne-maman.

— Ton père ne lui a pas laissé grand-chose, je sais. Puisque nous parlons d'héritage, as-tu envie de ce portrait de moi au-dessus de la cheminée ? Je te le lègue dans mon testament, tu sais ?

— Bien sûr, bonne-maman, je l'adore ! En attendant, je préfère garder le modèle le plus longtemps possible.

— Sois tranquille, je n'ai pas l'intention de m'en aller tout de suite. Quand je serai morte, tu pourras toujours t'en débarrasser en le donnant à l'Armée du Salut si tu n'en veux plus.

— Comment peux-tu dire des choses pareilles, bonne-maman ? protesta Laura.

— Parce que personne d'autre que toi n'en voudra, j'en ai bien peur. Mais, parlons d'autre chose, dit Megan en souriant. Comment va Doug ? Où en est votre divorce ?

— Doug va bien, je l'ai eu hier au téléphone. La procédure de divorce suit son cours. Quant à son travail, il en est très content. Il a trouvé un appartement qui lui convient et il pense l'acheter. Dans l'ensemble, je crois que sa nouvelle vie lui plaît.

– Ce serait la moindre des choses, grommela Megan, puisqu'il t'a quittée pour la mener.

– Ce n'est pas tout à fait le cas, bonne-maman.

Megan s'abstint de répondre.

– Préparons-nous, dit-elle en se levant. Je ne voudrais pas être en retard.

– Veux-tu que j'appelle un taxi?

– Non, j'ai commandé une limousine pour la soirée.

Laura fronça les sourcils.

– Vraiment? Où allons-nous, bonne-maman? A quel restaurant m'emmènes-tu?

– C'est une surprise, ma chérie. Je prends mon sac et mon manteau, je reviens dans une minute.

Laura la suivit des yeux, persuadée cette fois de la réalité d'un coup monté. En attendant, elle s'approcha de la fenêtre qui dominait l'East River. Par cette belle soirée de la mi-juin, la vue était féerique. Les lumières scintillaient sur la rive opposée, des bateaux descendaient le courant.

– Je suis prête, Laura! la héla Megan du pas de la porte.

Elles sortirent sur le palier, appelèrent l'ascenseur.

– Assez de mystères, bonne-maman, dit Laura en souriant quand elles furent dans la cabine. Où allons-nous ce soir?

– C'est une surprise, je te l'ai déjà dit.

– Bon, soupira Laura, va pour la surprise. Mais je me méfie. Tu as ce soir une mine de conspiratrice qui ne me revient pas.

– Conspiratrice? Grands dieux, comme tu y vas! Songerais-tu par hasard à me dénoncer au FBI?

Elles pouffèrent à l'unisson et traversèrent le hall de l'immeuble en se tenant par le bras. Le chauffeur de la limousine s'empressa de leur ouvrir la portière. Si Laura ne l'avait encore jamais vu, sa grand-mère paraissait fort bien le connaître car elle l'appela par son prénom et lui demanda des nouvelles de sa famille.

De plus en plus déconcertée, Laura préféra s'abstenir de poser de nouvelles questions et regarda par la portière en prêtant une oreille distraite au dialogue animé que Megan poursuivait avec le chauffeur. Elle constata avec une surprise croissante que la voiture remontait la 1re Avenue et tournait dans la 57e Rue Est en direction de York Avenue. Il n'y avait dans ce quartier, à sa connaissance, aucun des restaurants habituels de sa grand-mère. Celle-ci l'emmenait-elle chez une de ses relations?

C'est alors que ses soupçons se précisèrent : Megan voulait lui présenter un jeune homme « bien sous tout rapport », comme elle s'y était déjà essayée une quinzaine de jours plus tôt! Seigneur, se dit-elle en réprimant un soupir, de grâce faites que je me trompe!

La limousine s'arrêta enfin dans East End Avenue devant un bel immeuble des années trente. Le chauffeur s'empressa d'aider Megan à descendre et Laura lui prit le bras pour la mener à l'intérieur.

— Alors, bonne-maman, demanda-t-elle en franchissant la porte, vas-tu enfin me dire chez qui nous allons?

— Oui, ma chérie. Chez Rose Lavillard.

Laura en resta muette de stupeur.

— Quoi? Tu sais bien que je ne peux pas y aller!

— Et pourquoi, je te prie?

— Claire sera furieuse! Je n'ai pas le droit de lui faire un coup pareil alors qu'elle lutte pour la vie!

— Je sais et j'admire son courage. Mais comment saura-t-elle que tu es allée dîner chez Rose, à moins que tu ne le lui dises toi-même?

– Je le saurai, moi, et j'aurai l'impression de la trahir.

– Je connais ta franchise, ma chérie, mais il ne s'agit que d'un dîner. Allons, viens. Ne restons pas ici à nous donner en spectacle.

– Nous sommes seules, répliqua Laura. Franchement, je ne...

– Laura! l'interrompit Megan avec gravité. Sois sensée, je te prie, et écoute-moi. Il se peut, hélas! que tu sois responsable de Natacha plus tôt que nous le voudrions. Tu auras alors besoin de toute l'aide dont tu pourras disposer, celle de Rose qui est sa grand-mère et peut-être même celle de Philippe. Tu es divorcée, seule dans la vie, tu ne peux pas te permettre de refuser l'assistance des autres.

– Rose Lavillard? Non, je ne sais pas si...

– Moi, je sais. C'est une femme bonne et digne d'estime, qui souhaite de tout son cœur mieux connaître sa petite-fille. Tu adores Claire, je sais, moi aussi, et je crains fort que Claire ne t'ait donné de son ex-belle-mère une fausse impression. Elle n'est pas une ennemie, loin de là. Et maintenant, viens, nous allons être en retard et j'ai horreur de faire attendre les gens chez qui je suis invitée.

Sur quoi, Megan pressa le bouton de l'ascenseur et pénétra dans la cabine la tête haute. Laura ne put que lui emboîter le pas.

Elles atteignirent sans mot dire le sixième étage, traversèrent le palier jusqu'à la porte de l'appartement. Ce fut Rose elle-même qui vint ouvrir en réponse à leur coup de sonnette.

– Bonsoir, Megan. Bonsoir, madame Valiant.

– Bonsoir, ma chère Rose, dit Megan.

– Bonsoir, madame, dit Laura en serrant la main tendue.

– Pas de cérémonie, voyons. Appelez-moi Rose.

– Volontiers. Et moi, Laura.

Rose les introduisit dans un spacieux salon dominant l'East River. Haute de plafond, pourvue de nombreuses fenêtres et d'une cheminée, la pièce avait un caractère très européen que soulignaient de beaux meubles anciens, presque tous français. Les tonalités lumineuses du décor, les lampes de porcelaine aux abat-jour de soie et les miroirs aux cadres dorés, français eux aussi, dénotaient un goût très sûr. Laura remarqua sur les murs des lithographies de belle qualité et quelques tableaux de bonne facture.

Après leur avoir servi un verre de sherry, Rose vint s'asseoir sur le canapé où Megan avait déjà pris place et elles engagèrent aussitôt la conversation sur les dernières pièces de théâtre à l'affiche. Laura n'eut pas de peine à en déduire qu'elles s'étaient vues récemment et se rencontraient sans doute souvent. Il existait entre elles une familiarité, une aisance dénotant une réelle amitié, l'observateur le plus inattentif n'aurait pu s'y méprendre.

Laura profita de la première pause dans leur dialogue pour poser à Rose la question qui lui brûlait les lèvres :

– Vous vous voyez beaucoup, ces temps-ci ?

– Un peu, répondit-elle. Megan et moi avons en commun un certain nombre de choses, le théâtre notamment... Excusez-moi, poursuivit-elle en se levant, il faut que j'aille surveiller ce que j'ai mis à cuire dans le four.

– Eh bien, bonne-maman, on me fait des secrets maintenant ? dit Laura à voix basse quand elles furent seules.

En guise de réponse, Megan se borna à sourire. Laura savait qu'il était inutile d'insister en pareil cas. Elle venait de découvrir que les deux femmes éprouvaient une vive et mutuelle sympathie, et elle était à peu près certaine que c'était sa grand-mère qui avait fait le premier pas et décidé de se rapprocher de Rose, qu'elle connaissait à peine et n'avait pas vue depuis longtemps.

Pour meubler leur attente, Laura se leva pour aller regarder de plus près un tableau accroché entre deux fenêtres.

– Un Marie Laurencin ? s'exclama-t-elle. Il est ravissant.

– N'est-ce pas? dit Rose qui rentrait à ce moment-là. Je l'ai acheté à Paris il y a très longtemps et je l'ai toujours beaucoup aimé.

Laura se retourna vers elle.

– Je crois pourtant me rappeler que vous préférez Renoir, dit-elle en souriant.

– C'est vrai. Mais je n'ai pas les moyens de m'offrir un Renoir, je dois me contenter de reproductions. Et maintenant, si vous voulez bien venir à la salle à manger, le dîner est prêt.

La pièce était décorée en plusieurs nuances de bleu, allant d'un ciel d'été au turquoise des mers du Sud. Laura eut l'impression de plonger dans un lagon aux eaux limpides. Quand Rose s'absenta pour aller à la cuisine chercher l'entrée, Laura manifesta son admiration à Megan, qui lui signala qu'un jeu de miroirs renforçait l'effet magique donné par l'usage de la couleur.

– Rose est une femme intelligente dotée d'un goût très sûr. Elle dirige à la perfection sa galerie de porcelaines et de faïences anciennes, et elle se suffit à elle-même. Elle m'inspire non seulement de la sympathie, mais aussi de l'admiration.

– Se suffire à elle-même? répéta Laura. Que veux-tu dire?

– Que Rose me paraît tout à fait heureuse de vivre seule. Elle semble n'avoir besoin de personne.

– Pas même son fils? Je croyais, au contraire, qu'elle était une mère excessivement possessive.

– Je n'en crois rien. Où es-tu allée chercher une idée pareille? Je devrais dire plutôt, *qui* te l'a mise en tête. Claire, n'est-ce pas?

– Oui. Enfin… elle n'employait pas le mot *possessive,* elle le sous-entendait.

Megan allait répondre quand Rose revint et déposa sur la table une soupière fumante d'où émanaient d'appétissantes odeurs.

– Votre bouillon est une pure merveille, ma chère Rose! s'exclama Megan.

Rose se contenta de répondre par un sourire, mais le compliment lui fit visiblement plaisir. Puis, tandis que les deux femmes se lançaient dans une discussion animée sur les mérites comparés des cuisines européennes, Laura savoura son potage en observant Rose avec discrétion.

Son accueil chaleureux et son aisance l'avaient frappée lorsque Megan et elle étaient arrivées à l'appartement. Lors de leur dernière rencontre au musée d'Orsay, au mois de décembre, Rose lui était au contraire apparue froide, hostile et même quelque peu bizarre. Or, elle était, ce soir-là, une personne radicalement différente. Et si elle manifestait une certaine réserve, il s'agissait sans doute d'un trait de caractère qui n'avait certes rien d'anormal.

Rose avait même une tout autre allure, plus jeune qu'elle n'en donnait l'impression au musée d'Orsay et, surtout, moins boulotte. Plus soignée, aussi, tant dans sa mise que dans sa coiffure. Une touche de maquillage appliquée avec discernement aurait suffi à souligner les traits harmonieux de son visage, à faire ressortir l'éclat un peu rêveur de ses yeux gris. Mais peut-être ne cherche-t-elle pas à se mettre en valeur, pensa Laura. Certaines femmes préfèrent rester naturelles.

Elle avait, de plus, deux atouts que Laura n'avait jamais remarqués auparavant : des jambes galbées à la perfection et une voix grave, chaude, presque sensuelle, à laquelle une légère pointe d'accent français conférait un charme certain.

Soudain dévorée de curiosité, Laura regretta de ne pas en savoir davantage sur Rose Lavillard. Elle savait simplement qu'elle était juive et née en France, qu'elle y avait vécu jusque peu après la guerre avant de se marier et d'émigrer en Amérique, où son fils était né. Philippe ayant quarante ou quarante et un ans, Rose devait donc avoir une soixantaine d'années. Laura se rappelait assez clairement son mari, Pierre Lavillard, mort depuis plusieurs années, qu'elle avait rencontré au mariage de Claire. Grand, séduisant, distingué, il était un expert en porcelaines et faïences anciennes réputé dans le monde entier et possédait une galerie renommée sur Lexington Avenue.

Petite mangeuse en temps normal, Laura fit honneur au dîner, simple et délicieux. Aussi, les compliments que Megan et elle prodiguèrent à Rose étaient-ils sincères.

— Merci, répondit-elle modestement. Mais je n'ai aucun mérite, j'ai toujours aimé faire la cuisine. Allons prendre le café au salon.

La conversation reprit autour du café.

— Je dois moi aussi vous présenter mes félicitations, Laura, dit Rose après avoir passé le sucre.

— Merci beaucoup. Vous voulez sans doute parler de la restitution du Gauguin à Sir Maximilian West?

— En effet. J'ai lu votre conférence de presse dans le *New York Times* et je vous admire d'avoir réussi à négocier avec un homme tel que M. Grant, dit-elle en souriant pour la première fois de la soirée. Votre succès dans cette affaire me donne l'espoir que d'autres auront à cœur de faire preuve de la même honnêteté quand ils apprendront qu'ils détiennent des œuvres d'art volées par les nazis à leurs malheureuses victimes.

— Certains le feront, répondit Laura, d'autres non. Je considère que c'est un problème moral, alors que certains ne le voient que sous un angle purement financier et refusent de se dessaisir d'une œuvre qu'ils ont souvent payée très cher.

Au début, Norman Grant avait adopté cette attitude car il espérait doubler, voire tripler son investissement initial. Je suis quand même parvenue à le convaincre d'accepter l'offre de rachat de Sir Maximilian au prix qu'il l'avait payée cinq ans plus tôt.

— S'il avait été aussi intelligent qu'il le prétend, intervint Megan, il aurait rendu le tableau à Sir Maximilian sans accepter l'argent. Il serait passé pour un héros alors qu'il a maintenant une réputation de mesquinerie et d'avarice. Méritée, sans doute, ajouta-t-elle.

— Sir Maximilian doit être très ému d'avoir retrouvé ce tableau perdu depuis si longtemps, dit Rose.

— Il l'est, répondit Laura. Et je le suis pour lui. Vous aimez vous-même beaucoup les œuvres d'art, comme je le constate en voyant toutes les belles choses dont vous vous entourez.

— La beauté m'est indispensable. Il y a trop de laideur, de souffrances et de violence dans le monde. La beauté est un baume pour soigner les blessures de l'âme.

Laura reconnut les paroles dites par Rose en sa présence au musée d'Orsay en ce froid après-midi de décembre. Mais il y avait tant de tristesse contenue dans la manière dont elle les prononçait cette fois qu'elle en eut le cœur serré.

— Le père de Rose était un célèbre marchand de tableaux à Paris, Laura, intervint Megan. C'est de lui qu'elle tient son amour de l'art et son goût pour la peinture.

— Votre père avait une galerie ? s'exclama Laura. Comment s'appelait-elle ? Où était-elle située ?

— Rue La Boétie et elle s'appelait Duval & Fils. Mon père était le fils, mais mon grand-père l'était aussi puisqu'il y a eu trois générations de Duval marchands de tableaux.

— Quand je faisais mes études à l'école du Louvre, j'ai presque tout appris sur les galeries de la rue La Boétie. C'était là, n'est-ce pas, que s'étaient regroupées les plus grandes galeries de l'époque ?

– C'est exact. On y trouvait les frères Bernheim, qui représentaient Renoir, notre peintre préféré. Le grand Paul Rosenberg, Wildenstein, Cailleux, bien d'autres encore avaient choisi de s'installer dans cette rue. Elle était le foyer de la vie artistique dans les années vingt et trente. C'est là, bien entendu, que les nazis se précipitèrent en premier pour effectuer leurs razzias pendant l'Occupation.

– Je sais. On cite le chiffre de plus de vingt mille œuvres d'art, tableaux, dessins et sculptures, pillées en France à cette époque. A des particuliers, pour la plupart, mais aussi à des musées.

– Voulez-vous parler à Laura de votre vie, Rose ? demanda Megan. Ou serait-ce trop pénible pour vous d'évoquer ces souvenirs ?

– Non, Megan, je serais très heureuse au contraire de lui en raconter quelques épisodes. Compte tenu des circonstances présentes, je crois même que Laura devrait savoir au moins l'essentiel sur la Rose Duval que j'étais jadis. Si cela vous intéresse, bien entendu, ajouta-t-elle en se tournant vers Laura.

– Beaucoup, répondit Laura. Mais comme ma grand-mère vient de le dire, je ne voudrais pas que cela vous soit pénible ou vous fatigue de trop.

– Non, non, ne vous inquiétez pas, je me sens tout à fait en état de parler. Auparavant, j'aimerais boire un grand verre d'eau. Préféreriez-vous autre chose ?

– De l'eau fraîche me conviendra fort bien, répondit Megan. Après une deuxième tasse de votre délicieux café.

– Moi aussi, approuva Laura.

– Eh bien, je vous laisse vous servir le café et je vais chercher une carafe à la cuisine. J'en ai pour une minute.

23

D E retour avec une carafe d'eau fraîche et des verres, Rose
servit à la ronde avant de s'installer dans un confortable fauteuil et de commencer son récit.

— J'ai passé toute mon enfance rue La Boétie. Maurice
Duval, mon père, avait hérité l'immeuble entier que mon
grand-père, décédé en 1934, tenait lui-même de son père.
La galerie occupait le rez-de-chaussée et le premier étage, où
nous exposions impressionnistes et post-impressionnistes,
mais aussi des œuvres modernes et des sculptures. Henriette,
ma grand-mère, habitait le second étage avec ma tante
Sylvie, sa fille. Nous résidions aux deux étages supérieurs et
le personnel était logé au dernier. C'était une organisation
commode qui respectait aussi une très ancienne tradition,
à l'époque où les commerçants vivaient au-dessus de leur
boutique.

« Ma grand-mère passait beaucoup de temps avec nous,
ainsi que ma tante Sylvie qui n'était pas mariée. Nous étions
six, mon père, ma mère, mes frères Michel et Jean-Marc, ma
sœur Marguerite et moi. J'étais la plus jeune et un peu le
chouchou de toute la famille.

Rose s'interrompit. Un sourire mélancolique lui vint aux
lèvres, comme si elle revoyait des bribes de cette vie heureuse.

— Mon père, surtout, m'adorait et me gâtait, mais j'étais
une bonne fille. Je peux dire que j'ai vécu une enfance mer-

veilleuse. Mon père était l'homme le plus sociable de la terre, gai, accueillant, généreux. Il recevait toujours somptueusement aussi bien les artistes que les clients, et ses vernissages étaient parmi les plus courus de Paris. Picasso venait souvent, Matisse aussi et bien d'autres, aux noms aujourd'hui illustres ou tombés dans l'oubli. Ils étaient tous gentils avec moi, m'embrassaient, me couvraient de cadeaux. La galerie était une des plus luxueuses du quartier, pourtant riche en lieux élégants. Les gens y venaient passer une heure ou deux comme au musée, pour le seul plaisir d'admirer des œuvres dans un cadre agréable.

« J'avais neuf ans à la déclaration de guerre, le 3 septembre 1939. Mon père était inquiet, puisque nous étions juifs, mais il n'a d'abord pas voulu fuir le pays car il cherchait toujours à étudier une situation et en évaluer les possibilités plutôt que de prendre une décision hâtive. Craignant, malgré tout, que les Allemands bombardent Paris et que la galerie soit endommagée, il jugea plus sage d'évacuer au moins une partie des tableaux stockés à la galerie. Un de ses amis intimes possédait un château en Gironde. Mon père lui demanda donc de mettre les tableaux à l'abri dans ses caves.

« Le bras droit de mon père, Jacques Pontin, voulut bien se charger des transports. Il était marié à une Anglaise qui travaillait aussi pour mon père, Phyllis Dixon, une jeune femme très compétente et extrêmement dévouée. Jacques et Phyllis firent donc plusieurs voyages au château, puis à Bordeaux même où mon père avait loué un coffre dans une banque pour y entreposer les toiles les plus précieuses. Par surcroît de prudence, il les enregistra sous le nom de la sœur de Jacques. Il expédia ensuite un autre lot d'une centaine de tableaux dans un entrepôt à Grenoble, cette fois au nom de Phyllis. Il était tellement sûr qu'ils y seraient en sûreté qu'il recommandait aux artistes de prendre les mêmes précautions. La plupart des autres marchands en faisaient d'ailleurs autant. Au cours des premiers mois de la guerre, il avait ainsi évacué près de deux cents tableaux, sauf ceux de sa collection personnelle ainsi qu'une partie du stock de la galerie.

« Au printemps 1940, craignant que Paris ne soit trop exposé, il décida d'installer la famille à Bordeaux où il loua un grand appartement. Il insista auprès de Jacques et de Phyllis pour qu'ils se joignent à nous et confia la galerie à un autre de ses collaborateurs, Alain Bresson, qui travaillait pour lui depuis des années et dont il était aussi certain de la loyauté que de celle de Jacques et Phyllis.

« Notre vie à Bordeaux reprit un cours à peu près normal. C'était encore ce qu'on appelait la *drôle de guerre,* il ne se passait pas grand-chose. J'allais à l'école avec mes frères et ma sœur, ma mère et ma grand-mère faisaient marcher la maison, mon père travaillait avec Jacques et Phyllis. Il restait en contact quotidien avec la galerie à Paris, les confrères et les artistes dont il était le plus proche. En fait, avec le recul, je crois pouvoir dire que nous retenions notre souffle.

« En juin 1940, la guerre n'eut soudain plus rien de *drôle.* Depuis le début de l'offensive allemande en mai, l'armée française subissait la plus cruelle défaite de son histoire. Par millions, les réfugiés se précipitaient sur les routes et la Wehrmacht poursuivait son avance vers Paris, où elle entra le 14 juin. Le gouvernement replié à Bordeaux demanda l'armistice et fut remplacé par le gouvernement de Vichy sous la présidence du maréchal Pétain. Un gouvernement qui allait bientôt prendre des mesures antijuives avant même que les nazis ne l'aient exigé...

Un soupir lui échappa. Megan et Laura la laissèrent sans mot dire reprendre haleine.

— En ce même mois de juin, mon père avait attrapé une forte bronchite qui, mal soignée, dégénéra en pneumonie. Il lui fallut longtemps pour se remettre. Affaibli, abattu, il n'était pas en état de quitter Bordeaux. De toute façon, nous

nous trouvions en zone libre où mes parents se croyaient en sûreté.

« Ce ne fut qu'en juillet 1942 que la tragédie frappa ma famille. Je me suis souvent demandé depuis si mes parents avaient tenté le destin en restant trop longtemps au même endroit et ce que j'aurais fait à leur place. Je n'ai pas de réponse à ces questions, bien entendu. Nous vivions des temps troublés, il était difficile de juger la situation avec lucidité. En tout état de cause, on nous laissait tranquilles et nous n'avions pas encore lieu de nous inquiéter.

« Je n'oublierai jamais la date du 16 juillet. J'allais avoir douze ans. Ma mère avait demandé à Phyllis de m'emmener chez le médecin pour un léger mal de gorge. Nous revenions à l'appartement quand, vers le milieu de la rue, Phyllis m'a brusquement empoignée par le bras pour m'entraîner sous une porte cochère. " Il y a un car de police devant la porte de ton immeuble, Rose, m'a-t-elle chuchoté. Il vaut mieux attendre avant de rentrer. " Je me suis débattue en pleurant, je voulais aller voir ce qui se passait, mais elle était plus forte que moi et je ne pus lui échapper. Ce n'est qu'en l'entendant pousser un cri étouffé en disant " Oh! mon Dieu " que j'ai compris que la police emmenait mes parents. Quand le car est enfin parti, j'aurais voulu courir à la maison pour être sûre que nous nous étions trompées et qu'il ne leur était rien arrivé, mais Phyllis m'a forcée à attendre longtemps sous cette porte cochère.

« Quand nous sommes enfin entrées dans l'appartement, il était vide. Ils les avaient tous emmenés, mon père, ma mère, ma grand-mère, ma tante Sylvie, mes deux frères, ma sœur. Tous. Phyllis et moi étions en état de choc. Jacques était parti à Grenoble vérifier l'inventaire des tableaux, il ne devait revenir que tard dans la soirée. Phyllis avait peur et ne voulait pas me laisser seule. Elle ne savait pas non plus auprès de qui se renseigner pour savoir au juste ce qui s'était passé. Finalement, elle a fourré quelques affaires à moi dans une valise et m'a emmenée chez elle. Ce n'était pas très loin et nous pûmes y attendre en sûreté le retour de Jacques.

« Quand il arriva vers neuf heures du soir, Jacques fut aussi bouleversé et aussi inquiet que nous du sort de ma famille. Dès le lendemain matin, il alla aux nouvelles auprès des autorités et apprit que mes parents étaient incarcérés à la prison avec d'autres familles juives victimes de la même rafle. Malheureusement, il ne connaissait personne susceptible d'intervenir.

« Je n'ai plus jamais revu ni mes parents ni le reste de ma famille. J'ai su par la suite qu'ils avaient été transférés le lendemain au camp de Drancy, première étape de leur sinistre voyage vers Auschwitz et d'autres camps d'extermination...

Sa voix se brisa et elle dut s'interrompre un instant.

— Aucun n'en est revenu, reprit-elle. Mon père, ma mère, ma grand-mère, ma tante, mes frères, ma sœur, tous ceux que j'aimais m'ont été enlevés en quelques minutes. Au début, je refusais d'y croire. J'étais avec eux une heure plus tôt et, d'un seul coup, je me retrouvais seule au monde, sans famille, sans un de mes proches à l'exception de Jacques et de Phyllis. Je n'oublierai jamais ma stupeur et ma terreur de ces jours-là. Jacques et Phyllis avaient très peur, eux aussi, mais surtout peur pour moi. Ils redoutaient que la police revienne me prendre. Dès le premier soir, Jacques m'envoya avec Phyllis chez sa sœur, qui habitait à l'autre bout de Bordeaux, pendant qu'il chercherait le moyen de me mettre à l'abri.

« Les Pontin n'étaient pas juifs, mais Jacques craignait quand même d'être inquiété à cause de ses rapports avec mon père. Il avait donc déjà décidé que nous ferions mieux de tous nous cacher. Il commençait aussi à s'inquiéter du sort des œuvres d'art dont mon père lui avait confié la responsabilité. Bien entendu, il ne pouvait pas encore se douter de ce qui se passait en réalité, peu de gens d'ailleurs étaient au courant. Ce ne fut que bien plus tard que l'on découvrit l'étendue du pillage systématique auquel se livraient les nazis.

Rose s'interrompit une nouvelle fois pour boire une longue gorgée d'eau.

Ni Megan ni Laura n'osèrent souffler mot. Laura aurait voulu dire quelque chose, manifester à Rose l'horreur et la pitié que lui inspiraient ses épreuves. Mais elle ne connaissait pas de mots capables d'exprimer ses sentiments et, de toute façon, les mots en pareil cas ne signifiaient rien. Tout ce qu'elle pourrait dire serait vain ou paraîtrait ridicule, inadapté, face à l'énormité du drame qui avait frappé une enfant innocente. En lançant un bref regard à sa grand-mère, elle essaya d'imaginer ce qu'elle aurait éprouvé si on lui avait arraché sa famille à elle avant de l'assassiner de sang-froid dans un camp d'extermination. Elle en fut incapable. L'idée même lui paralysait l'esprit.

Rose reposait son verre quand Laura, d'une voix enrouée par l'émotion, parvint à lui poser une question :

— Comment... comment avez-vous pu continuer à vivre, Rose, dans une situation aussi... aussi?...

Les yeux soudain pleins de larmes, elle ne put achever.

— Je ne sais pas, Laura, et je me le suis souvent demandé. A certains moments, je regrettais de n'avoir pas été à la maison au moment de leur arrestation, de n'avoir pas partagé le sort des miens. Au moins, nous aurions vécu nos derniers moments ensemble. Mais je n'étais pas avec eux ce jour-là. Le destin, le hasard, la Providence, quel que soit le nom qu'on lui donne, m'a sauvée. Plus tard, il m'est arrivé de penser que j'avais été épargnée pour une raison précise, parce que j'avais une mission à remplir, une tâche à accomplir dans ma vie. Tout compte fait, je ne sais pas. Disons que le destin s'est servi de Phyllis pour jouer son jeu... Vous me demandiez comment j'ai fait pour continuer à vivre, n'est-ce pas? poursuivit-elle en regardant Laura dans les yeux. L'explication tient peut-être dans le fait que j'étais une enfant et que les enfants sont plus résistants que les adultes. Je pleurais beaucoup en pensant à ma famille, je faisais des cauchemars, mais nous étions en fuite presque continuelle, nous ne restions jamais longtemps au même endroit et Phyllis me répétait que je devais garder ma lucidité si je voulais survivre.

« Jacques avait vite acquis la certitude que l'arrestation de ma famille était due à une dénonciation, ce qui aggravait ses craintes en ce qui me concernait. Car je n'étais pas simplement une petite juive anonyme ayant échappé par miracle à la rafle, voyez-vous, j'étais aussi, peut-être même surtout, l'unique héritière de la collection de Maurice Duval, dont la valeur avait de quoi exciter bien des convoitises.

« Nous faisions donc l'impossible pour brouiller notre piste en ne séjournant jamais plus de quelques jours au même endroit. C'est ainsi que nous avons passé quelque temps chez des cousins de Jacques aux environs de Bordeaux, puis nous sommes allés près de Grenoble où des amis de Phyllis possédaient un petit chalet isolé dans la montagne. Au début, Jacques avait cru que cette retraite discrète nous accorderait enfin un peu de répit, mais son soulagement tourna assez vite au cauchemar car, à tort ou à raison, il s'imaginait que nous étions espionnés. Il fallut donc partir de nouveau.

« Nous terminions nos préparatifs dans l'espoir de franchir la frontière et de passer en Suisse quand Phyllis fit une chute grave dans l'escalier de la cave. Avec une jambe cassée et une épaule luxée, il était bien entendu hors de question pour Phyllis d'entreprendre un voyage aussi long et périlleux et nous avons dû rester.

« Environ une semaine plus tard, un membre du réseau de résistance avec lequel Jacques était en liaison l'avertit qu'il fallait me cacher. Il avait appris par un de ses correspondants, qui travaillait à la préfecture de Bordeaux, que la police me recherchait et soupçonnait Jacques et Phyllis de me protéger. On pouvait donc craindre une descente de police à tout moment.

« Que faire ? Il aurait été imprudent de me déplacer chez des amis ou relations, dont la police aurait pu retrouver la piste. Jacques prit alors la décision de me cacher dans le seul endroit sûr dont il disposait, c'est-à-dire dans un trou.

— Oh, non ! s'exclama Laura malgré elle.

— Mais si, déclara Rose avec calme. C'était la seule solution. Il ne s'agissait pas d'un trou, en réalité, mais d'une petite grotte à flanc de montagne, située à quelques centaines de mètres du chalet. Elle était sèche et bien aérée, nous étions encore en été, je ne risquais donc pas d'y mourir de froid ou d'asphyxie. Je n'étais pas moins inquiète qu'il arrive malheur à Jacques et que j'y reste enfermée pour de bon sans pouvoir en sortir. Car afin de bien me cacher, voyez-vous, Jacques bouchait l'ouverture avec une grosse pierre, trop lourde pour que je puisse la déplacer moi-même.

« J'avais horreur d'être seule dans cette grotte obscure, je cédais même parfois à la panique. Jacques me permettait d'allumer une bougie, mais le jour seulement de peur que la lumière filtre par les interstices et se voie la nuit. Le soir, d'ailleurs, il me faisait sortir et me ramenait au chalet où je pouvais manger, me laver, dormir un peu. Phyllis me consolait de son mieux, mais j'ai vécu là une expérience épouvantable qui m'a laissé l'horreur des lieux confinés et de l'obscurité.

— Combien de temps avez-vous passé dans cette grotte ? demanda Laura pendant que Rose faisait une nouvelle pause pour boire un peu d'eau.

— Plusieurs mois. Phyllis se rétablissait lentement de sa chute et ne pouvait pas se déplacer. Lorsque nous avons

260

enfin pu repartir, nous ne pouvions plus espérer franchir clandestinement la frontière suisse, surveillée de trop près, et nous avons trouvé un abri à peu près sûr aux environs de Lyon. La vie était dure, le ravitaillement plus que difficile. Mais au moins j'étais à l'air libre! Ce séjour dans la grotte restera toujours le pire souvenir de toute ma vie. Voilà pourquoi, depuis, ajouta-t-elle en montrant de la main le décor lumineux de la pièce, je me suis toujours entourée de lumière et de couleurs claires. Tout ce qui est sombre me donne le frisson.

24

— ÊTES-VOUS fatiguée, Rose ? demanda Megan avec sollici-
tude. J'ai des scrupules de vous avoir demandé de
revivre cette douloureuse histoire.

— Non, Megan, rassurez-vous, je vais très bien. J'avoue
cependant n'avoir jamais pu me résigner à – comment dire ? –,
à admettre l'Holocauste. L'horreur est toujours là, au plus
profond de mon cœur, parce que tous ceux que j'aimais en
ont été victimes et que je ne peux pas les oublier, eux.

— Ce doit être impossible de... d'oublier, dit Laura.

— On finit par l'enfouir au fond de sa mémoire, c'est
humain. Personne ne peut vivre continuellement dans
l'horreur. Mais une fois ces souvenirs enterrés, il est souvent
trop pénible de les exhumer... Quoi qu'il en soit, poursuivit-
elle avec un soupir, je n'ai jamais voulu infliger à personne le
récit détaillé de ce que j'ai subi. Je me suis efforcée de vivre
sans regrets ni amertume, de rester tournée vers l'avenir.
Puisque j'avais été épargnée, puisque le destin m'avait
redonné une vie, il fallait la vivre comme mes parents eux-
mêmes l'auraient voulu, c'est-à-dire du mieux que je le pouvais. Si les Allemands ont assassiné ma famille, il n'y avait
pas de raison que je leur permette en plus de gâcher ma vie.
Autant m'incliner devant eux et consacrer leur triomphe.

— Votre force de caractère est admirable, Rose, dit
Megan.

— Disons que j'ai toujours cherché à être... heureuse, tout
simplement, répondit-elle en souriant. Après tout, je suis

une preuve vivante que Hitler n'a pas gagné sa guerre d'extermination contre le peuple juif.

— Vous avez un courage... hors du commun, dit Laura.

Rose garda un instant le silence.

— Merci, dit-elle enfin avec une émotion contenue. Vous me comprenez, cela me suffit.

Elle se leva, effleura le bras de Laura.

— Qui veut du café frais? Je ne vous cache pas que j'en ai envie, dit-elle d'un ton à la gaieté un peu forcée.

— Avec plaisir, Rose, répondit Laura.

— Moi aussi, renchérit Megan.

Lorsqu'elles furent seules, Laura se pencha vers sa grand-mère.

— Son histoire m'a bouleversée, dit-elle à mi-voix.

— Et Rose est loin d'avoir tout dit ce soir. Peut-être ne s'en sentait-elle pas la force, ou alors elle craignait de te choquer.

— Pourquoi? Que veux-tu dire?

— Voyons, ma chérie, je ne peux pas t'en parler mainte-nant!

— Bien entendu. Je trouve quand même étrange que Claire...

— Assez, Laura, l'interrompit Megan avec autorité. Nous reparlerons de tout cela quand tu me raccompagneras.

— Bien sûr. Sais-tu qu'il est onze heures passées? ajouta-t-elle en jetant un coup d'œil à sa montre. Je n'aurais pas dû accepter le café, il est très tard pour toi.

— Pas du tout, répliqua Megan en se redressant avec dignité. Et je te prie de ne pas me dorloter comme si j'étais gâteuse. De plus, poursuivit-elle en riant, les bienfaits du lit sont très surestimés, on y meurt plus que partout ailleurs. C'est pourquoi je préfère me coucher tard, ce que je fais presque tous les soirs.

— Tu es impossible, bonne-maman! soupira Laura.

Rose reparut quelques instants plus tard munie d'une cafetière fumante et d'une assiette de biscuits.

– Il y a une question que j'aimerais vous poser, Rose, dit Laura pendant qu'elle servait le café.

– N'hésitez pas, je vous répondrai si je peux.

– Eh bien... je me demandais si vos parents ont été arrêtés uniquement parce qu'ils étaient juifs ou à cause de leur collection.

Rose prit le temps de tendre leurs tasses à Megan et à Laura et de se rasseoir dans son fauteuil avant de répondre :

– Pour les deux raisons, je crois.

– Et que sont devenus tous les tableaux que votre père avait mis à l'abri en dehors de Paris ?

– Disparus. Volatilisés. Quand nous avons essayé de les retrouver à la fin de la guerre, il n'y en avait plus aucune trace. Jacques et Phyllis se sont évertués à découvrir ce qui s'était passé, mais ils se sont heurtés à un mur de silence. Ils ont réussi, toutefois, à obtenir quelques indices de l'ami de mon père dans le Bordelais, le propriétaire du château où se trouvaient les premiers envois de tableaux. Un camion allemand est venu les emporter pendant l'hiver 1942-1943. L'officier qui commandait le détachement était muni d'une liste détaillée et savait parfaitement ce qu'il venait chercher.

– Comment cela ? C'est incroyable !

– Nous sommes persuadés que les cachettes ont été indiquées aux Allemands par un des employés de mon père à la galerie. Ils n'étaient pas tous aussi honnêtes et fidèles que Jacques et Phyllis.

– La collection a donc bien été volée par les nazis ?

– Oui. La collection de Maurice Duval a subi le même sort que la collection Westheim. Je vous disais tout à l'heure avoir lu dans le *New York Times* le texte de votre conférence de presse. Sir Maximilian West a eu au moins la chance de retrouver le catalogue de sa collection. Je ne dispose de rien

264

d'aussi précis ni d'aussi complet, hélas! Il ne me reste qu'un registre et quelques inventaires, que Jacques avait réussi à récupérer dans l'appartement de mes parents à Bordeaux avant notre départ.

— Vous ne possédez donc aucune liste complète?

— Non. Jacques n'a jamais pu remettre la main sur l'ensemble de ces documents. Peut-être mon père les avait-il dissimulés dans l'appartement, peut-être ont-ils été saisis par la police au moment de son arrestation. Je ne sais rien de précis sur ce qui s'est passé.

— Vous disposez quand même d'une liste. Combien de tableaux couvre-t-elle?

— Une trentaine, tout au plus, parmi lesquels un Van Gogh, des Cézanne, deux Matisse, quelques Braque et Picasso.

— Grands dieux!... ils représentent une fortune!

— Sans aucun doute, sauf que nous ignorons où ils se trouvent. Je me suis résignée au fait qu'ils sont perdus à jamais, comme tous les autres. Je suis sûre, en revanche, qu'ils ont été emportés en Allemagne pendant la guerre. Goering a pratiqué le pillage sur une grande échelle, tant pour son propre compte que pour celui de Hitler. Après avoir spolié les juifs allemands, il s'en est donné à cœur joie avec les juifs français. Les collections des Rothschild, de Paul Rosenberg, des frères Bernheim, de David-Weill étaient encore plus riches et plus importantes que celle de Maurice Duval.

Un silence suivit, que Megan et Laura n'osèrent pas rompre.

— La collection de mon père est donc bel et bien perdue, reprit Rose. Je ne reverrai jamais les tableaux que j'admirais dans mon enfance. Qui sait sur quels murs ils sont accrochés aujourd'hui!... J'aimerais quand même en récupérer un, ajouta-t-elle pensivement. Un seul. Pour moi, ce serait retrouver un peu de mon père, un peu de son âme. De l'esprit de ma famille.

— Alors, m'en veux-tu encore? demanda Megan à Laura dans le couloir menant à sa chambre.

— Moi, t'en vouloir? De quoi, bonne-maman?

— Tu étais furieuse contre moi quand nous sommes arrivées chez Rose. Ma surprise ne t'avait pas plu du tout.

— Tu me prenais au dépourvu, voilà tout.

— Tu refusais d'aller chez elle à cause de Claire, précisa Megan en refermant la porte de la chambre.

— C'est vrai, bonne-maman. Mais, après tout, je suis contente de ton petit guet-apens. Rose a été pour moi une... révélation.

— Je le pensais bien, figure-toi.

— Je m'attendais quand même à ce qu'elle me parle de Claire.

— Sachant combien Claire et toi êtes intimes, ma chérie, elle n'a sans doute pas voulu prendre le risque de te blesser.

— Peut-être. Mais elle n'a pas non plus parlé de Natacha.

— Pour la même raison, Laura. Rose brûle du désir de revoir Natacha, de la connaître mieux. Et d'après ce qu'elle m'a confié, elle aimerait aussi revoir Claire. Je sais, toutefois, qu'elle s'en abstient de peur d'être rejetée. Ou simplement mal comprise.

Laura ne répondit pas et, pendant quelques minutes, se consacra à la tâche d'aider sa grand-mère à se préparer pour la nuit.

— Il y a quand même quelque chose que je ne m'explique pas, dit-elle lorsque Megan fut couchée.

— Quoi donc, ma chérie?

— L'attitude de Claire. Comment a-t-elle pu nourrir une telle antipathie envers Rose en sachant quelles épreuves elle a subies?

Megan se borna à un geste évasif.

— Claire connaît sûrement l'histoire de sa belle-mère, reprit Laura. Philippe la lui aura racontée, même si Rose ne l'a pas fait elle-même. Claire m'a dit une fois que Rose avait grandi seule en France parce que ses parents avaient été tués dans un bombardement. Je sais maintenant que c'est faux. Claire ignorait-elle la vérité?

— C'est peu probable, ma chérie. Je crois plutôt qu'elle refusait d'en parler, même avec toi. Je ne puis imaginer la raison d'une telle attitude, mais c'est celle qui me paraît le plus plausible.

— Elle me disait aussi que Rose était folle, qu'elle avait été enfermée dans un hôpital psychiatrique. Savez-vous si c'est vrai?

— Rose a été hospitalisée plusieurs fois, en effet, mais afin d'être traitée pour une sévère dépression. Connaissant son passé, c'est parfaitement compréhensible. Il y a de quoi être déprimée en apprenant que sa famille entière a péri dans les camps de concentration. Folle, non, elle ne l'a jamais été. Claire a peut-être mal compris certaines paroles de Philippe, ou même de Pierre. Bien qu'orageux par moments, le ménage de Rose et de Pierre était heureux. Peu importe. Ce que je sais, c'est que Rose voudrait voir Claire quand elle viendra à la fin du mois.

— J'espère que Claire acceptera de la rencontrer, mais je n'en suis pas si sûre, dit Laura avec une moue inquiète.

— Arrange-toi pour organiser une entrevue, ma chérie. C'est important pour Rose, et ce l'est au moins autant pour Claire. Parce que, vois-tu, Rose veut lui demander pardon.

— Pardon? s'écria Laura, stupéfaite. De quoi?

— De sa froideur envers elle quand elle a connu Philippe et qu'ils se sont mariés. Rose m'a récemment confié qu'elle n'avait jamais aimé Claire et qu'elle déplorait le choix de Philippe.

– Je te l'avais bien dit qu'elle était possessive, déclara Laura.

– Protectrice conviendrait mieux. Rose savait que Claire serait incapable de comprendre Philippe et d'admettre que ses problèmes découlaient de la tragique histoire de sa mère. Elle regrette maintenant de ne lui avoir pas manifesté un peu d'affection ou d'avoir au moins fait l'effort de lui expliquer le caractère de son fils pour lui permettre de mieux le comprendre, car elle était convaincue, dès le début, que leur mariage était condamné à l'échec.

– Comment pouvait-elle en être si sûre ?

– Je ne sais pas, ma chérie, mais c'est ce qu'elle m'a dit. Fais de ton mieux pour amener Claire à voir Rose, c'est très important pour l'avenir de Natacha. Elle n'a qu'une grand-mère, cette petite. Il faut qu'elle la connaisse, c'est la moindre des choses.

Laura se pencha vers Megan, l'embrassa sur les joues.

– Je te le promets, bonne-maman. Tu as raison, Natacha a besoin d'une grand-mère autant que Rose a besoin d'une petite-fille. Il est grand temps que Rose et Claire fassent la paix.

25

Dans le jardin d'hiver de Rhondda Fach, Laura travaillait sans bruit. De temps à autre, elle levait les yeux vers Claire, qui s'était assoupie sur le grand canapé. Laura s'en approcha sur la pointe des pieds pour s'assurer qu'elle allait bien.

Par cette belle et chaude matinée de la mi-juillet, les rayons du soleil se glissaient entre les stores et faisaient flamboyer la perruque auburn de Claire, qui formait un halo cuivré autour de son fin visage. Elle n'avait pas eu aussi bonne mine depuis longtemps. Ses cheveux commençaient à repousser sous la perruque, encore rares et fins, mais c'étaient bien ses cheveux et de leur couleur naturelle, signes d'une réelle amélioration, affirmait Claire.

Son séjour à la campagne semblait accomplir un miracle. Elle retrouvait son énergie habituelle, tant physique que morale, au point que Laura reprenait espoir de jour en jour. Son amie finirait peut-être par vaincre la maladie, comme la sœur d'Alison.

Claire était arrivée trois semaines auparavant avec Natacha, largement à temps pour le traditionnel pique-nique du 4 Juillet que Megan organisait depuis des décennies. Megan avait voulu inviter Rose Lavillard à cette occasion, mais Laura s'y était opposée en expliquant à sa grand-mère qu'il était trop tôt : « Laissons-lui au moins le temps de souffler, bonne-maman ! » Megan avait admis l'argument de Laura et était venue seule dans le Connecticut.

Laura se félicitait que Claire se soit enfin décidée à quitter Paris pour revenir s'installer à New York. Elle avait démissionné de son poste au magazine et mis son appartement en vente, tandis qu'Hector se chargeait de superviser le déménagement. Il était d'ailleurs très souvent à New York, où l'appelaient ses nombreux clients, et avait accepté sans se faire prier l'invitation de Laura de venir à Rhondda Fach aussi souvent qu'il le voudrait. Il était attendu ce week-end. De même que Laura, Hector était optimiste sur les chances de guérison de Claire, que l'amélioration de son état général paraissait confirmer.

Laura avait offert à Claire de faire expédier ses meubles et ses affaires à la propriété, où ils pourraient être entreposés dans une des dépendances de l'ancienne ferme. Elle lui avait aussi suggéré de transformer une vieille grange en maison de week-end. « Il y a largement la place d'y aménager un logement, un atelier. Ce sera ton refuge à toi dans ce lieu que tu as toujours aimé. » Claire avait accepté d'enthousiasme ce projet, qui concrétisait pour elle un avenir plein de promesses.

A la grande joie de Laura et de Claire, Natacha s'était très vite adaptée à ce changement de vie radical et se trouvait dans le Connecticut comme un poisson dans l'eau. A quelques semaines de ses quinze ans, elle devait passer l'examen d'entrée d'une des meilleures écoles privées de New York. Laura ne doutait pas de sa réussite.

Bien entendu, Laura était consciente que l'état de Claire restait précaire et que le spectre de sa mort était loin d'être écarté. Mais elle priait avec ferveur et s'accrochait à tous les signes d'espoir.

Rassurée par la respiration paisible de son amie, elle allait se retirer quand Claire ouvrit les yeux :

– Je savais que tu étais en train de m'observer.

– Menteuse ! répondit Laura en riant. Tu ne savais rien du tout.

– Oh! que si! Je renifle ta présence n'importe où et n'importe quand, même quand je dors.

Laura s'assit près d'elle, heureuse de la voir de bonne humeur et reposée par sa sieste.

– Des hommes sont entrés dans nos vies et en sont sortis, mais nous sommes toujours là, toi et moi. Une pour deux, deux pour une, comme les mousquetaires! dit-elle en riant.

– Telle a toujours été notre devise, compléta Claire avec un large sourire. Tu pourras toujours compter sur moi, Laura, ajouta-t-elle avec tendresse.

– Et toi sur moi, ma chérie.

– Tu me l'as déjà prouvé, au cas où tu ne t'en serais pas aperçue. Je ne sais pas comment j'aurais vécu sans toi depuis des mois. Tu as été un roc, Laura. Natacha et toi m'avez permis de tenir le coup.

– Ta fille est extraordinaire, c'est vrai. Qu'est-ce qui te ferait plaisir pour déjeuner? enchaîna Laura.

– Je n'ai pas très faim, répondit Claire en se redressant contre les coussins. Je me réveille à peine.

– Il y a quand même quelque chose qui te fait envie?

– Oui, des fraises à la crème. J'en rêve!

Laura sourit.

– Je ne vais sûrement pas te nourrir de fruits, je serais poursuivie pour le crime de te laisser mourir de faim! Va pour les fraises à la crème, mais tu me feras le plaisir de manger autre chose avant. Des œufs brouillés au jambon, par exemple.

– D'accord, s'ils sont accompagnés de toasts beurrés.

– Voilà qui est plus raisonnable. Je vais acheter des fruits et des légumes chez Balsamo, c'est le meilleur de la région. Cela ne t'ennuie pas que je t'abandonne une demi-heure?

– Pas du tout. D'ailleurs, Natacha doit être dans les parages.

– Elle ne va pas tarder à revenir. Elle est partie faire une promenade à cheval avec Lee, le fils de Tom. Il l'a emmenée

271

dans les collines, là où nous allions nous-mêmes. Tu t'en souviens ?

— Evidemment ! Ces sentiers sont si beaux... Ne t'inquiète pas pour moi, le repos me fait du bien.

— A tout à l'heure, ma chérie, dit Laura en l'embrassant.

Une fois seule, Claire s'abandonna de nouveau à la torpeur, une torpeur propice aux rêves et aux souvenirs. Des souvenirs heureux, ceux de sa jeunesse passée ici même avec Laura et sa famille. Comme elle aimait cette maison, la campagne environnante, la ronde des saisons...

Les journées d'hiver sous la lumière cristalline. Les flocons de neige chassés par le vent. Les arbres recouverts de cristaux de glace, scintillants comme des diamants. Les pâles reflets du soleil sur les congères immaculées. Les paisibles chevaux de labour qui leur faisaient gravir les collines. Le vert du printemps, l'or de l'automne, tout était oblitéré par la neige. Loin au-dessous, la vallée toute blanche. Le silence. La paix.

La neige craquante sous les sabots des chevaux. Les hennissements. Le rire de Laura tintant comme des clochettes dans l'air pur et glacé. Sa voix lui répondant en écho, appelant les frères Harrison qui les attendaient au sommet. Hal et Geoffrey, tous deux si grands, si beaux sur leurs chevaux dont la robe luisait au soleil. Les rires. Les embrassades malhabiles sous les arbres. Les baisers tendres. Les regards timides. Les cœurs qui battaient à l'unisson...

Et puis l'été. Les nuits chaudes. Les étoiles dans le ciel plus doux, plus noir que le velours. La bouche de Hal sur la sienne. Ses mains qui caressaient, exploraient. Ses mains sur son corps, exigeantes, avides. Son haleine brûlante contre sa joue. Et les cris qu'elle ne pouvait étouffer au fond de sa gorge...

— Maman, maman, ça va ?

Claire ouvrit les yeux, vit sa fille penchée sur elle, inquiète.

– Mais oui, ma chérie. J'ai dû m'endormir, rêver.

– Tu criais. Quand je suis rentrée de promenade, je me suis installée pour travailler au bureau de Laura et je t'ai entendue crier. Tu n'as besoin de rien ? Tu es sûre que tout va bien ?

– Très bien, je t'assure. Dans mon rêve, j'étais de retour ici quand j'avais ton âge, ma chérie. Je revoyais mes souvenirs.

Natacha s'assit près de Claire, lui prit la main.

– Lesquels, par exemple ?

– Mon premier amoureux, répondit-elle en souriant. Il y a bien longtemps de cela...

– Comment s'appelait-il ?

– Harold Harrison. Je l'appelais Hal. Son frère Geoffrey et lui habitaient sur l'autre versant des collines. Ils venaient à cheval nous rejoindre au sommet, dans les bois. Geoffrey était l'ami de Laura. Nous nous promenions souvent dans les sentiers où tu es allée ce matin avec Lee.

– C'est si beau là-haut, maman ! Impressionnant ! Je comprends pourquoi tu as toujours aimé cet endroit. Je l'adore, moi aussi.

– J'en suis heureuse, ma chérie. Tu travailles bien pour préparer ton examen ? Tu t'en sors ?

– Oui, ça va. Laura m'aide de temps en temps. Veux-tu que j'aille te chercher quelque chose à boire ?

– Non, j'attendrai le déjeuner.

Natacha hésita.

– Dis, maman...

– Oui, ma chérie ?

– Il faut que je te demande quelque chose. Au sujet de papa.

– Quoi donc ?

– Eh bien... il voudrait venir te voir.

Claire se rembrunit.

– Comment le sais-tu ? Question idiote... Tu le sais parce que vous vous êtes parlé au téléphone, n'est-ce pas ?

– Oui. Il s'inquiète pour toi, maman. Il est très inquiet. Il m'a demandé de le rappeler à son bureau, à Atlanta, pour lui dire si tu étais d'accord pour qu'il vienne et quand.

– J'y réfléchirai, répondit-elle après avoir marqué un temps.

– Mais il pourra quand même venir, n'est-ce pas maman ? Il en a tellement envie. Moi aussi, maman, insista-t-elle. J'y tiens beaucoup.

– Pourquoi ?

– Parce que je voudrais... je voudrais tant que vous soyez bons amis, papa et toi. Tu voudras bien qu'il vienne, n'est-ce pas ?

– Mais oui, puisque tu parais y tenir à ce point. Mais laisse-moi décider de la date avec Laura. Après ton examen de la semaine prochaine, par exemple. Qu'en penses-tu ?

– Que c'est parfait, maman.

Un sourire détendit ses traits contractés par l'anxiété. Elle allait pouvoir appeler son père pour lui dire que sa mère était d'accord sur sa venue, mais que la date n'était pas encore fixée. Cela lui ferait sûrement plaisir, à lui aussi.

– Laura n'est pas encore rentrée ? demanda Claire.

– Non. J'ai vu Fenice en passant par la cuisine. Elle m'a dit que je devrai m'occuper du déjeuner parce que Laura n'a jamais été capable de faire cuire un œuf dur, dit-elle en riant.

– Pauvre Laura ! répondit Claire en riant à son tour. Tout le monde la taquine sur sa nullité aux fourneaux. Pourquoi Fenice ne peut-elle pas préparer le déjeuner elle-même ?

– Elle doit sortir faire des courses. Mais elle a ajouté qu'elle pourra quand même se charger du déjeuner si je préfère.

– A toi de décider, ma chérie.

– Je ne demande pas mieux, j'aime bien faire la cuisine...

Natacha hésita, se mordit les lèvres.

– Tu te sens vraiment mieux, maman? reprit-elle. Ta chimiothérapie a marché?

– Oui, ma chérie, j'en suis sûre. Je me sens même si bien que je veux aller à New York la semaine prochaine courir les boutiques. J'en meurs d'envie depuis des semaines. Avec toi et Laura, bien sûr. Et bonne-maman Megan si elle veut bien nous accompagner.

– J'adore bonne-maman Megan. Elle est... impressionnante!

– Elle l'a toujours été, tu sais, dit Claire en riant. Je demanderai tout à l'heure à Laura de sortir les albums de photos et le press-book de Megan quand elle était une star de Broadway. Elle était plus qu'*impressionnante,* comme tu dis. Elle était... sublime. Et nous passerons aussi quelques-uns de ses disques, tu n'en reviendras pas. Elle avait une voix extraordinaire. Une «bouche en or massif», comme disait Owen.

Natacha sourit, marqua une nouvelle hésitation.

– Dis, maman, quand je commencerai mes cours à l'automne, viendras-tu vivre chez Laura à New York? Je voudrais tant que tu sois avec nous.

– J'y serai une partie du temps, ma chérie, quand je reprendrai mon traitement à l'hôpital. Mais je suis beaucoup mieux ici, tu sais. Laura et toi viendrez me rejoindre les week-ends. Megan aussi.

– Qui s'occupera de toi ici, maman?

– Fenice. Elle se réinstallera dans la maison, comme du temps où Megan y résidait. Son cottage est de l'autre côté du pré. Fenice sera très contente de s'occuper de moi, sois tranquille.

– Je m'en occuperai mieux que n'importe qui! déclara Fenice qui entrait à ce moment-là, un plateau à la main.

Grande, robuste, les cheveux poivre et sel, Fenice Walton avait une cinquantaine d'années et travaillait à Rhondda

Fach depuis l'âge de seize ans. Elle avait toujours idolâtré Megan et vouait à Laura et à Claire une affection maternelle teintée d'une autorité qu'il n'était pas question de défier.

— Je t'ai apporté un grand verre de thé glacé, ma petite Claire. Et pour toi, un jus de pamplemousse tout frais pressé avec des sablés au chocolat que je viens de sortir du four. Dès que Laura sera rentrée, je préparerai le déjeuner avant d'aller faire mes courses. Pas question de vous laisser périr d'inanition, toutes les deux!

— Ne vous retardez pas, Fenice, dit Natacha. Je me débrouillerai très bien, je suis bonne cuisinière.

— Ne perds donc pas ton temps à la cuisine, bougonna Fenice. Tu te rendras bien plus utile en tenant compagnie à ta mère.

— Merci, Fenice, dit Claire en souriant.

— A-t-elle été mariée, maman? demanda Natacha avec curiosité après que Fenice eut quitté la pièce.

— Non, elle n'est mariée qu'à Rhondda Fach, répondit Claire en souriant. C'est du moins ce que Laura et moi avons toujours pensé. Elle n'a jamais voulu s'attacher à un homme de peur de devoir quitter le vallon et la maison.

— Et ceux qui y habitent, je crois, conclut Natacha.

Assise en face d'elle à la table de la petite salle à manger, Laura constatait avec plaisir que Claire mangeait de bon appétit.

— Les fraises ont l'air superbes, annonça-t-elle. Et Fenice a préparé un bol de crème fouettée qui met l'eau à la bouche.

— Miam, miam! commenta Natacha. Maman veut bien que papa vienne nous voir, poursuivit-elle à l'adresse de

Laura. Pour la date, maman suggère la semaine après mon examen. Qu'en penses-tu?

— Pourquoi pas? répondit Laura.

Intriguée par cette évolution inattendue de la situation, elle lança à Claire un regard interrogateur.

— Oui, Laura, je suis d'accord, confirma Claire. Natacha m'a dit que son père s'inquiète beaucoup à mon sujet. Elle a autant envie de le voir que lui de venir. Choisis le jour qui te conviendra le mieux.

— Hector s'est annoncé pour le week-end. Philippe pourrait venir en même temps.

— Plutôt un jour de semaine, dit Claire. Il ne s'attend sûrement pas à ce que nous l'invitions à passer la nuit ici. Tu sais, poursuivit-elle pour prévenir l'objection qu'elle voyait Natacha prête à soulever, je me suis rendormie quand tu es partie chercher les fraises. Et des tas de souvenirs me sont revenus. Te souviens-tu du jour où nous avions badigeonné Dylan de peinture dorée?

— Vous l'avez vraiment peint? s'exclama Natacha, effarée. Mais c'est très dangereux! La peinture bouche les pores de la peau.

— Exact, approuva Laura. C'est pourquoi nous avons eu droit à une punition exemplaire.

— Pourquoi l'aviez-vous peint en doré? voulut savoir Natacha.

— Nous avions monté pour mes grands-parents une petite pièce en deux tableaux sur Antoine et Cléopâtre. Dylan étant le plus joli petit garçon que nous connaissions, nous avions décidé d'en faire une idole en or massif. Heureusement, poursuivit Laura, ta mère en savait plus que moi et elle ne l'a pas badigeonné sur tout le corps. Pour la figure, par exemple, nous lui avions fait un masque.

— J'aurais bien voulu voir votre idole! dit Natacha en riant. Il était vraiment mignon?

— Oui, mais poisseux, précisa Claire. La peinture ne séchait pas. Tu avais eu une de plus tes brillantes idées, ce jour-là, ajouta-t-elle en lançant un clin d'œil à Laura.

— Tu as toujours dit que tout était ma faute! protesta Laura.

— Bien sûr, répondit Claire en éclatant de rire. Quand je savais que j'échapperais à tes représailles.

26

— Q<small>UELLE</small> histoire extraordinaire, Laura! s'écria Hector Junot. Rose Lavillard est donc dans la même situation que Sir Max, la légitime héritière d'une collection évanouie?

— Oui. Et je peux peut-être l'aider à la retrouver. Ou, plutôt, à repérer un ou deux de ses tableaux au cours de mes recherches pour le compte de mes clients. Vous savez que je reçois tous les jours une énorme quantité de documentation, tant sur les œuvres volées que sur les ventes publiques et les catalogues d'expositions. Il faut simplement que Rose me dise quels tableaux je dois chercher.

— Elle sera à coup sûr très heureuse de vous fournir tous les renseignements à sa disposition.

— Bien sûr. Elle a fait copier les registres et les inventaires qu'elle a pu sauver, elle doit me les apporter demain ou dimanche. Ah, oui! J'oubliais de vous dire que ma grand-mère l'a invitée à déjeuner ici ce week-end et que je...

— Mais Claire, Laura? l'interrompit Hector. Vous savez mieux que moi qu'elle ne porte guère sa belle-mère dans son cœur.

— Je sais. J'ai donc l'intention tout à l'heure, quand elle se sera reposée, de la préparer à sa visite.

— Ce serait une bonne chose qu'elles fassent la paix. Et puis, Natacha ferait enfin connaissance avec sa grand-mère.

— Il serait grand temps, en effet, renchérit Laura.

– Que voulez-vous dire, Laura? demanda-t-il avec inquiétude. Ne me cachez pas la vérité, je vous en prie.

– Je ne vous mentirai jamais, Hector, vous le savez. En deux mots, l'état de Claire est stationnaire. Pas d'aggravation, mais aucune amélioration sensible. Elle a terminé une série de traitements, elle n'a donc pas besoin d'en subir d'autres avant un certain temps, au début de l'automne je crois. Ce qui me fait plaisir, en tout cas, c'est qu'elle paraît en bien meilleure forme depuis qu'elle est ici.

– Voilà au moins une nouvelle encourageante.

– Il n'y a encore rien de sûr, Hector. Alors, je prie tous les jours pour sa guérison.

– Moi aussi, Laura...

Il s'interrompit, se détourna brièvement comme s'il voulait cacher un soudain accès d'émotion.

– Le plus grand regret de ma vie, voyez-vous, reprit-il, c'est de n'avoir jamais avoué à Claire que je l'aimais et de ne pas lui avoir demandé de m'épouser après son divorce. Dieu, que j'ai été bête! Tant d'années perdues, pendant lesquelles j'aurais tout fait pour la rendre heureuse... Si j'avais au moins pu l'aider à surmonter son chagrin, à chasser de son cœur cette amertume, cette rancœur qui l'empoisonnait, je me serais considéré amplement récompensé.

Laura se pencha vers lui, posa une main sur son bras.

– Eh bien, Hector, parlez-lui maintenant. Dites-lui que vous l'avez toujours aimée. Sans lui demander de vous épouser, faites-lui comprendre combien vous tenez à elle. Cela ne pourra que lui faire du bien, croyez-moi. Et vous vous sentirez vous aussi beaucoup mieux, j'en suis sûre, ajouta-t-elle en souriant. Je puis vous assurer que Claire ne se fâchera pas de votre... confession. Elle a changé, vous savez. Elle n'est plus aussi intraitable, aussi fermée. Parlez-lui, Hector.

– Croyez-vous, sincèrement? Je ne le ferai que si vous êtes sûre que je n'ajouterai pas à son trouble.

– J'en suis sûre, Hector. Toute femme digne de ce nom serait flattée qu'un homme tel que vous lui fasse une déclaration d'amour. Et puis, elle aura ainsi un but pour l'avenir. Celui de guérir pour passer avec vous le plus de temps possible et rattraper les années perdues dont vous parliez il y a un instant.

– Et... le voudrait-elle, à votre avis ?

– C'est très probable. Elle a pour vous une profonde affection, elle me l'a dit elle-même.

Un sourire heureux transfigura le visage d'Hector, jusqu'alors assombri par le doute.

– Je lui offrirai la vie la plus facile, la plus insouciante du monde. Nous voyagerons, nous ferons tout ce qu'elle désirera. Tant que je serai près d'elle, avec elle, je n'en demanderai pas plus.

– Dites-le-lui aussi, Hector.

Ils prenaient l'apéritif au jardin avant le déjeuner de ce vendredi de juillet, sous un parasol qui les protégeait des ardeurs du soleil. Hector était arrivé la veille au soir, enchanté de découvrir Claire plus détendue qu'elle ne l'avait été depuis des semaines.

Hector réfléchit longuement en laissant son regard errer le long du ruisseau et du rideau de saules.

– Merci Laura, dit-il enfin. Je suivrai vos conseils. Revenons à Rose. La recherche de ses tableaux représentera pour vous un défi difficile à relever.

– Il est évident que je ne peux pas me mettre en chasse avec des objectifs précis puisque, de même que Sir Max, je ne saurais même pas par où commencer. Mais si l'une de ces toiles fait son apparition sur le marché, je serai prête à fondre dessus.

– Je me fie à votre esprit de décision, dit-il en souriant.

– Je ne le ferai pas seulement pour Rose. Je le ferai aussi pour Natacha. Cette collection représente son héritage.

281

– Le déjeuner est superbe, Fenice, déclara Megan en découvrant les plats alignés sur la desserte. Vous vous êtes surpassée.

– Merci du compliment, Madame, en vérité je me suis contentée de faire cuire les petits pains. Natacha a préparé tout le reste elle-même, la salade niçoise, la quiche lorraine, la crème caramel et les fraises. Cette petite est une vraie fée à la cuisine, je lui tire mon chapeau.

– Merci, Fenice, dit Natacha qui entrait dans la salle à manger, une bouteille de vin rosé à la main. Je peux m'asseoir à côté de vous, bonne-maman Megan? demandat-elle en plaçant la bouteille dans un seau à glace.

– Bien sûr, ma chérie. Félicitations pour ce déjeuner, il me met l'eau à la bouche.

– Maman m'a tout appris. Elle est bien meilleure cuisinière que moi, mais je fais de mon mieux pour arriver un jour à son niveau.

– Tu y arriveras, j'en réponds. Où sont les autres?

– Laura est montée se changer. Hector et maman sont au jardin, ils doivent rentrer d'une minute à l'autre... Ah! Les voilà.

Claire et Hector franchissaient en effet le seuil de la pièce.

– Où veux-tu t'asseoir, ma chérie? demanda Megan.

– Le dos à la fenêtre pour ne pas avoir le soleil dans l'œil, répondit Claire pendant qu'Hector s'empressait de tirer une chaise.

Laura apparut à son tour en tunique de coton blanc.

– Il faisait une chaleur accablante dans le jardin, dit-elle à sa grand-mère. Tu as bien fait de ne pas sortir.

– C'est vrai, approuva Claire, il faisait trop chaud. Même pour moi qui suis frileuse.

– Tu seras vite rafraîchie, il fait très bon à l'intérieur, dit Megan. Il faut que je te félicite d'avoir fait de Natacha un vrai chef trois étoiles. Ce magnifique déjeuner est son œuvre.

– Sauf les petits pains, précisa Natacha. C'est Fenice qui les a préparés et les a fait cuire.

Ils rirent de sa remarque puis ils allèrent se servir, sauf Claire dont Natacha garnissait l'assiette. Hector fit le service du vin et Laura celui de l'eau.

Ils étaient au milieu du repas quand Claire profita d'un silence.

– Je suis si heureuse que nous soyons ensemble aujourd'hui. Tous ceux que j'aime le plus au monde sont là, avec moi...

Emue, elle s'interrompit, leur sourit avec attendrissement. Megan lui prit la main :

– Nous t'aimons de tout notre cœur, ma petite Claire.

– Je veux vous exprimer ma gratitude à tous de me soutenir si bien et si fort. De m'aider à lutter contre la maladie. De me donner le courage de ne pas capituler.

Dans le courant de l'après-midi, Claire rejoignit Laura dans sa chambre.

– Tu m'avais dit que tu voulais travailler. J'espère que je ne te dérange pas ?

– Pas du tout, je consultais des catalogues arrivés cette semaine au bureau. Rien d'urgent ni d'important, comme tu vois.

– Je ne te remercierai jamais assez de me consacrer autant de temps, Laura. J'ai toujours peur de t'empêcher de travailler.

– Ne dis pas de bêtises, voyons ! Tout est au ralenti en juillet et août. Et n'aie aucun scrupule, Alison n'hésiterait pas à me passer un coup de fil en cas d'urgence.

Claire referma la porte et alla s'asseoir en face de Laura.

– C'est toi qui as conseillé à Hector de me parler, n'est-ce pas ?

– Oui. Cela le rongeait au moins depuis décembre dernier, ou peut-être avant, mais je n'en savais encore rien. J'ai pensé qu'il se sentirait mieux en te disant qu'il t'aimait et que cela te ferait plaisir aussi. Il est toujours bon de savoir qu'un homme aussi remarquable que lui se soucie de ton sort, non?

– Bien sûr. Sauf que nous n'avons pas d'avenir ensemble.

– C'est ce que tu lui as dit?

– Pas aussi brutalement. Je ne voulais pas lui faire de peine.

– Que veux-tu dire? Je ne te suis plus.

– Je veux dire que moi, je n'ai plus d'avenir, Laura. Comment pourrais-je en avoir un avec Hector ou n'importe qui?

– Tu dis n'importe quoi! s'écria Laura. Tu vas déjà beaucoup mieux. C'est vrai, n'est-ce pas? Ou fais-tu semblant?

– Non, je ne joue pas la comédie. Je me sens en effet beaucoup mieux que je ne l'ai été depuis des mois et je souffre moins. Mais je sais que mes jours sont comptés. En semaines ou en mois, un an à la rigueur, sûrement pas davantage. Que pourrais-je apporter à un homme alors que je n'ai même plus ma vie à lui offrir?

– Doug me disait souvent que nous sommes tous condamnés à mort dès notre naissance et que nous mourons un peu chaque jour.

– Ne joue pas sur les mots, Laura. Tu comprends très bien ce que je dis.

Laura préféra ne pas relever cette dernière remarque.

– L'aimes-tu? demanda-t-elle.

– Oui, bien sûr. En ami. Il a toujours été adorable avec moi, pourtant je ne suis pas amoureuse de lui comme il l'est de moi. Si je n'étais pas aussi malade, j'aurais peut-être tenté le coup... je veux dire, vivre avec lui un moment, voir si nous pouvions nous entendre.

– Tu le lui as dit?

– Je lui ai dit que je l'aimais beaucoup, mais pas du même amour que celui qu'il me porte. Et que si j'étais en bonne santé, ce serait pour moi une joie et un honneur de devenir sa compagne.

Laura garda le silence un long moment en regardant distraitement autour d'elle. Claire en fit autant, comme si elle découvrait pour la première fois le décor lumineux et apaisant de la pièce.

– C'est vrai qu'elle est charmante, ta chambre, dit-elle sans élever la voix. Je l'aime depuis... aussi loin que je m'en souvienne.

– C'est-à-dire toute ta vie et la mienne, répondit Laura en refoulant de son mieux les larmes qui lui venaient aux yeux.

Le silence retomba.

– Laura?

– Oui, Claire.

– Il y a quelque chose que... que je ne t'ai jamais dit.

Ne sachant soudain comment poursuivre, elle se tut en dévisageant Laura. Laura, la personne qui lui était la plus chère au monde en dehors de sa fille...

– Eh bien, Claire, que voulais-tu me dire? l'encouragea Laura.

– J'aurais dû t'en parler il y a longtemps. Ma vie aurait peut-être suivi un cours différent si je l'avais fait.

– Tu as l'air bien sérieuse, tout à coup. Comment ta vie aurait-elle suivi un autre cours si tu m'avais parlé?

– Peut-être l'aurais-je moins... gâchée. Peut-être ne serais-je pas devenue moi-même aussi amère, aussi injuste.

– Je ne te suis plus du tout, Claire, dit Laura, déconcertée.

– Te rappelles-tu m'avoir parfois retrouvée ici, dans cette chambre, sur ton lit, en train de pleurer toutes les larmes de mon corps en serrant ton oreiller dans les bras?

– Oui, bien sûr. Tu ne voulais jamais me dire pourquoi.

285

– Je pleurais parce que j'étais désespérée. Et je serrais ton oreiller dans mes bras parce que j'avais l'impression de me blottir contre toi, Laura. Ma Laura. La seule personne profondément honnête et bonne qu'il y ait jamais eu dans ma vie.

– Quel mal te faisait-on, Claire?

– Eh bien... c'est mon père qui...

Elle se tut, pâlit. Laura se leva, alla s'asseoir près d'elle et lui prit la main.

– Ton père te battait? C'est ce que tu cherches à me dire?

Claire ne put qu'acquiescer d'un signe de tête.

– Ma pauvre chérie! Pourquoi n'as-tu rien dit à cette époque? J'aurais pu t'aider.

– Comment cela? Tu n'étais qu'une petite fille, plus jeune que moi. Ma propre mère ne pouvait rien faire.

– Elle était au courant? demanda Laura, horrifiée.

– Elle a essayé de l'en empêcher...

Claire s'interrompit, ravala l'accès de colère qui la frappait à l'évocation de ces affreux souvenirs.

– Quand ma mère cherchait à me protéger, reprit-elle, il la battait jusqu'à ce qu'elle demande grâce. Après, il se tournait de nouveau vers moi. Il a commencé quand j'avais sept ans. Au début, il me battait, il me caressait, il m'embrassait. J'ai essayé de lui résister le plus longtemps possible, mais j'ai dû finir par céder. C'était la seule façon de l'empêcher de battre ma mère. Il était plus facile de rester couchée et me taire que de la voir tenter de s'interposer et se faire rouer de coups. Je résistais de temps en temps, cela ne faisait que l'exciter davantage, et il me battait plus fort jusqu'à ce que je ne bouge plus.

Laura garda le silence, atterrée.

– Oh, Claire! dit-elle enfin. C'est abominable! Tu devais être terrorisée.

286

– La plupart du temps, oui. Il était ignoble, immonde. Je le haïssais de toutes mes forces. Au moins, quand je lui cédais, il ne battait pas ma mère.

Elle ne put contenir plus longtemps ses larmes. Laura la prit dans ses bras, l'attira contre elle dans l'espoir de la calmer.

– Si seulement tu nous en avais parlé, à bonne-maman et à moi. Nous aurions pu faire quelque chose, j'en suis sûre.

– J'avais peur de te le dire, répondit Claire d'une voix entrecoupée de sanglots. J'avais honte. C'était tellement... tellement sordide. Je croyais parfois que ce qui m'arrivait était ma faute, j'étais désorientée, je ne savais pas que faire. Alors, je l'ai caché, enfoui au plus profond de moi-même, comme s'il ne se passait rien.

Ses sanglots redoublèrent. Bouleversée, Laura la serra plus fort contre sa poitrine, lui prodigua des paroles de réconfort. Un long moment plus tard, un peu calmée, Claire s'essuya les yeux.

– Ton père..., commença Laura, bonne-maman avait dit une fois devant moi qu'il était un incorrigible coureur et que ta mère buvait à cause de ses infidélités. Elle se trompait, n'est-ce pas ? En réalité, c'était un obsédé sexuel. Un détraqué.

– Les deux, Laura. Il n'arrêtait pas de courir les femmes, crois-moi. C'est ce qui a brisé le ménage de mes parents et le cœur de ma mère. Elle se consolait en buvant.

– Je suis bouleversée par ce que tu m'apprends, Claire. Savoir que tu as subi tout cela seule, si jeune...

– Je n'étais pas seule, en un sens. J'avais toi, tes grands-parents. Cette maison, aussi. Vous étiez mon refuge. Ici, avec vous, je me suis toujours sentie en sûreté. Ici, on m'aimait.

– Quand a-t-il cessé de te... de te persécuter ?

– Quand j'ai eu quinze ans, je lui ai dit que j'allais tout révéler à ton grand-père et demander à ta grand-mère de me faire passer un examen médical. C'est à ce moment-là que je me suis rendu compte que je n'avais pas besoin de me battre avec mes poings pour lui résister, les mots étaient plus efficaces. Il a eu trop peur d'être démasqué pour continuer. J'ai amèrement regretté depuis de ne pas l'avoir fait plus tôt, je me serais épargné bien des tourments.

— Je le déplore moi aussi. Je n'arrive pas à me faire à l'idée que je ne m'apercevais de rien! Tu pleurais souvent, c'est vrai, mais je croyais que tu étais malheureuse parce que ta mère buvait trop.

— Je jouais bien la comédie, n'est-ce pas?

— Trop bien!

— C'est mon père, vois-tu, qui m'a donné ma méfiance maladive, ma haine des hommes. Il m'a si profondément blessée qu'il a gâché ma vie entière. J'aurais été très différente, je crois, s'il ne m'avait pas violée et dégradée comme il l'a fait. Je n'avais que sept ans, Laura, quand il a commencé. Sept ans!... J'aurais sûrement fait davantage confiance à Philippe et j'aurais été une meilleure épouse si mon père ne m'avait pas infligé ces... ces indignités.

Elle dut se taire encore une fois pour ravaler ses larmes.

— Je te crois volontiers, Claire, dit Laura sombrement.

— A chaque fois que Philippe partait en voyage pour son travail, reprit Claire d'une voix mal assurée, j'étais convaincue qu'il allait rejoindre une autre femme. Comme le faisait constamment mon père. Lui, c'était un véritable obsédé, un vrai détraqué, comme tu le disais. C'est pourquoi je n'ai jamais pu faire confiance à Philippe et je me suis si mal conduite envers lui. Oui, j'ai commis beaucoup d'erreurs, et des erreurs graves, avec mon mari. Il n'a jamais été aussi mauvais que je le disais, le pauvre, ajouta-t-elle avec un profond soupir.

— C'est la raison pour laquelle tu as accepté qu'il vienne dimanche? Parce que tu te considères toi aussi responsable de l'échec de votre ménage?

– En partie, oui. Mais aussi parce que Natacha a très envie qu'il vienne me voir. Elle voudrait que nous restions au moins bons amis. Et puis, j'ai pris conscience qu'elle aime sincèrement son père.

– Je le savais, Claire, elle me l'avait fait comprendre. Maintenant, dis-moi : es-tu encore persuadée que Philippe te trompait ?

Claire se mordit les lèvres, ses traits se contractèrent.

– Non, sans doute pas. J'ai passé ma vie en revue ces derniers temps et j'ai compris à quel point j'étais... déséquilibrée, disons le mot. Comment pouvais-je penser juste dans l'état où j'étais ?

– Ce n'est pas toi qu'il faut blâmer, Claire, mais ton père et sa conduite monstrueuse envers toi !

– Je sais. Je le crois aussi responsable de mon cancer. Je parle sérieusement, ajouta-t-elle devant la mine incrédule de Laura.

– Es-tu sûre que d'avoir dû réprimer aussi longtemps tes sentiments t'a rendue plus vulnérable au cancer ?

– Ecoute, Laura, j'étais obligée de refouler tout cela au plus profond de moi-même si je voulais survivre. Ces sentiments refoulés me rongeaient comme un acide, me rendaient méfiante envers tout et tout le monde. Je n'arrivais plus à me débarrasser de mon amertume maladive nourrie par ces atroces souvenirs. J'ai cru que la mort de mon père me libérerait, mais l'acide n'a pas cessé de me ronger... comme un cancer.

– La recherche médicale a en effet démontré qu'un stress puissant peut provoquer des maladies physiques chez certains sujets. Tu as donc sans doute raison.

– Ce n'est que maintenant que je t'en ai parlé que je me sens un peu soulagée. Je vais peut-être commencer à guérir.

– C'est mon vœu le plus cher, Claire. Tu n'avais jamais parlé à quiconque de ton père ? Pas même à Philippe ?

– Grands dieux, non! Comment aurais-je pu en parler à quelqu'un d'autre que toi? Personne au monde ne m'est plus proche et tu vois combien de temps il m'a fallu pour me confier.

– Quel malheur que tu ne l'aies pas fait plus tôt!

– J'aurais dû, je sais.

– Tu as l'air fatiguée, ma pauvre chérie. Veux-tu une tasse de thé? La fameuse panacée de mon cher grand-père?

– Avec plaisir, répondit Claire en se forçant à sourire.

Vidée de ses forces par cette pénible confession, Claire alla s'étendre sur le lit. Blottie entre les coussins et les oreillers imprégnés du parfum de Laura, comme elle l'avait si souvent fait dans son enfance, elle attendit le retour de son amie.

Aussi loin que remontaient ses souvenirs, elle avait toujours voulu s'intégrer à la famille Valiant, se sentir baignée des ondes d'amour qui émanaient de tous ses membres. Par miracle, ils l'avaient acceptée, adoptée en un sens, au point de réussir à lui faire oublier son père et les malheurs qu'elle endurait quand elle rentrait chez elle. Avec eux, elle était une autre personne. Par sa seule présence, Laura la purifiait et lui redonnait son innocence.

Couchée en chien de fusil, les yeux clos, Claire parvint au prix d'un effort à remettre un semblant d'ordre dans ses pensées en déroute. Elle ne devait plus regarder en arrière, elle devait au contraire ne considérer que le présent et l'avenir. Le peu d'avenir qui lui restait, puisque la mort se rapprochait d'elle chaque jour.

Devant Laura et les autres, elle affectait de partager leur optimisme et leur confiance, d'affirmer qu'elle se sentait mieux. Son séjour à Rhondda Fach lui avait redonné une certaine vitalité, c'est vrai, mais son état général ne s'améliorait pas, elle le savait. La chimiothérapie n'avait eu aucun effet, les médecins le lui avaient confirmé.

Elle avait fait tout ce qu'elle s'était imposé d'accomplir. Il ne lui restait à conclure que la vente de son appartement de Paris. Hector lui avait garanti qu'il s'en occuperait et lui ferait virer l'argent. Claire avait décidé de le transférer aussitôt sur le compte d'épargne qu'elle avait ouvert au nom de Natacha.

Un sourire lui vint aux lèvres en pensant à sa fille bien-aimée, le seul vrai miracle de sa vie. Son jeune et radieux visage dansa un instant devant ses yeux. Natacha avait la vie entière devant elle. Dieu merci, pensa-t-elle, elle aura Laura pour la guider et la soutenir. Grâce à ma chère et fidèle Laura, je pourrai mourir l'esprit en paix.

Jusqu'à présent, Natacha faisait preuve d'un courage au-dessus de son âge. Quand Claire lui avait annoncé qu'elle confiait à Laura la charge de sa tutelle légale, elle n'avait posé aucune question ni soulevé aucune objection. Et puis, ces derniers temps, Claire avait pris conscience des rapports affectueux qui se nouaient entre elle et son père. Elle avait donc donné son accord pour que Philippe vienne leur rendre visite. Il était attendu le surlendemain. Elle ferait en sorte de ne pas assombrir inutilement l'atmosphère.

Hector lui avait aussi appris que Rose Lavillard voulait la voir. Pour lui demander pardon, lui avait-il dit. Hector estimait aussi que Natacha devait apprendre à connaître et aimer sa grand-mère. Claire n'en était pas aussi sûre que lui mais, en fin de compte, ce problème serait réglé à la discrétion de Laura. L'éducation de Natacha serait de son seul ressort. Exactement comme je le voulais, pensa Claire qui se redressa en entendant Laura rentrer.

— Voilà deux bols de l'illustre « thé du mineur » de bon-papa Owen! annonça-t-elle. Brûlant, fort et sucré. Avec deux tranches du gâteau au chocolat de Natacha, qui l'a préparé ce matin pour toi.

— Hmm! Mon préféré, dit Claire.

Elle s'assit avec un effort visible et essaya de descendre du lit.

— Ne bouge pas, Claire, reste couchée, ordonna Laura en posant sur la table de chevet un bol de thé et une assiette. Tu seras beaucoup plus confortablement installée.

— Merci, ma chérie. Dis-moi, es-tu au courant que Rose voudrait me voir, elle aussi ? Je me demande bien pourquoi.

— Elle est sincèrement affligée de ta maladie et elle veut te dire en personne combien elle regrette de n'avoir pas été une belle-mère plus affectueuse.

— C'est ce que m'a dit Hector et je ne voulais pas le croire. Elle vient donc me demander pardon ?

— Oui. Hector n'a fait que te répéter ce que je lui avais appris.

— Pourrait-elle venir dimanche en même temps que Philippe ? Je préférerais me... débarrasser des deux à la fois, si tu vois ce que je veux dire.

— Je vois. Tu te sens capable de les recevoir ensemble ?

— Tout à fait.

— Bien. Je demanderai à bonne-maman de téléphoner à Rose. Mais je m'étonne que tu aies si vite accepté. Pourquoi ?

— Disons que... j'ai vu la lumière, répondit Claire avec un léger sourire. Je le fais surtout pour Natacha, c'est elle qui compte avant tout, n'est-ce pas ? Et pour toi aussi, Laura. Si je n'arrive pas à vaincre ce maudit cancer, tu auras besoin de leur aide. Ils ne te la refuseront sûrement pas.

— Bonne-maman est aussi de cet avis.

— C'est une femme sensée et pleine d'expérience. C'est d'ailleurs pourquoi je crois qu'elle a raison au sujet de Doug.

— Au sujet de Doug ? s'étonna Laura. Qu'est-ce qu'elle t'a dit ?

— Elle m'a exposé sa théorie sur votre divorce.

— Quelle théorie ? Elle ne m'en a jamais parlé !

– Si, elle affirme t'avoir dit, quand tu lui avais annoncé votre rupture, qu'il devait y avoir une autre femme dans sa vie et que c'est la raison pour laquelle il s'est montré si conciliant en ce qui concernait l'appartement et les questions financières.

– Elle me l'a dit, c'est vrai...

Pensive, Laura vint s'asseoir au chevet de Claire.

– Doug a en effet quelqu'un d'autre dans sa vie, reprit-elle.

– Il a donc fini par avouer?

– Non, je l'ai deviné. Et j'ai deviné qui.

– Une autre femme, donc?

– Non, pas une autre femme. Son ami Robin Knox.

Stupéfaite, Claire garda le silence.

– En es-tu sûre? demanda-t-elle enfin.

– Oui, d'autant plus que sa fiancée venait de rompre avec lui. De toute façon, Doug et moi ne sommes plus mariés, il est libre de faire ce qu'il veut. Je lui ai donné ma bénédiction et il sait pouvoir toujours compter sur moi comme je pourrai compter sur lui en cas de besoin. Au moins, nous sommes restés bons amis et nous le resterons quoi qu'il arrive. C'est la seule chose dont je sois certaine.

– Je sais, Laura. Au fond, il valait mieux que vous vous soyez séparés maintenant. Tu es assez jeune pour refaire ta vie avec un autre homme.

– Je n'en suis pas si sûre, Claire.

– Si, Laura, crois-moi, tu le feras. Et dans un avenir plus proche que tu te l'imagines.

Laura lui lança un regard perplexe, mais s'abstint de répondre.

27

ASSISE au chevet de Claire, Rose Lavillard déplorait de tout son cœur que Claire soit aussi gravement atteinte et regrettait plus encore son impuissance à la soulager. Philippe ne pouvait rien non plus, bien qu'il soit un brillant médecin. Quel malheur! pensa Rose. Elle est si jeune. Trop jeune... Elle dut faire appel à toutes les ressources de sa volonté pour ne pas fondre en larmes.

Claire rouvrit enfin les yeux et parvint à sourire.

— Je suis désolée de cet étourdissement.

— Puis-je aller vous chercher quelque chose, Claire?

— Rien merci. Reprenons, voulez-vous?

Rose se concentra un instant avant de parler.

— Je veux reconnaître mes torts, Claire. J'ai eu tort de me conduire envers vous de la manière dont je me suis conduite. J'aurais dû faire l'effort de vous comprendre, de vous connaître mieux avant de porter un jugement sur vous.

— Quel qu'il ait été, votre jugement était probablement correct. J'étais profondément troublée, à cette époque. Désorientée.

— Peut-être, mais je ne vous ai pas accordé une chance de vous en expliquer. C'était injuste de ma part. Je cherchais avant tout à protéger Philippe, voyez-vous? Je ne vous croyais pas capable de comprendre la complexité de sa nature.

— Je l'ai pourtant beaucoup aimé.

– Il vous aimait aussi, Claire. Malgré tout, vous étiez l'un et l'autre aussi imprévisibles, aussi soupe au lait que Pierre et moi l'avions été. Le plus souvent, de pareils couples ne durent guère. Le mien a duré, je ne sais trop comment. Vos rapports si souvent orageux me troublaient profondément, je l'admets. Avec mon expérience de la vie, j'aurais dû mieux tenter de comprendre.

– Mon mariage avec Philippe a peut-être été une erreur. Notre union a au moins produit le plus merveilleux enfant qui ait jamais existé, dit Claire avec un éclair de fierté et de joie dans ses yeux verts. Ma Natacha est un vrai don du Ciel.

– Tout le monde dit qu'elle est exceptionnelle, en effet. Elle est ravissante et paraît plus que son âge.

– Comme beaucoup de jeunes de sa génération. Vous ne l'avez pas vue souvent, surtout parce que vous habitiez New York et que nous vivions à Paris. Je regrette sincèrement que vous ne connaissiez pas mieux votre unique petite-fille.

Rose se borna à répondre d'un signe de tête. Elle avait voulu, sinon exigé cette rencontre, mais elle ne parvenait pas encore à surmonter ses appréhensions.

– Natacha habitera désormais New York avec Laura, reprit Claire. Comme vous serez voisines, ou presque, je souhaite que vous vous connaissiez mieux l'une l'autre. Il était grand temps de combler cette lacune, à vrai dire. J'ai donc demandé à Laura d'organiser des rencontres régulières entre vous dès la rentrée scolaire, cet automne.

– Je serai heureuse d'être avec elle. Avec vous aussi, Claire. Je désire tant réparer mes torts envers vous ! Pensez-vous que nous puissions être amies, un jour ? Je vous demande pardon du fond du cœur, Claire, poursuivit-elle faute d'avoir obtenu une réponse. Vous sentez-vous capable de m'accorder votre pardon ?

– Il n'y a rien à pardonner, Rose. Nous avons tous eu des torts, chacun à notre manière...

Claire ferma un instant les yeux, se cala contre les oreillers.

— Que vouliez-vous dire, il y a un instant, en parlant de la nature complexe de Philippe? reprit-elle. Pourquoi ne m'estimiez-vous pas capable de la comprendre?

— Les enfants des survivants de l'Holocauste souffrent parfois de troubles profonds, Claire. C'est un autre de mes torts envers vous : j'aurais dû vous parler de ma vie pendant la guerre. Vous n'en saviez rien, vous ne pouviez donc pas comprendre les causes de mon comportement. Mais pour en revenir à Philippe, il a eu beaucoup de mal à assimiler le sort de ma famille et ce que j'ai subi dans mon enfance. Il se considérait comme un détail insignifiant dans un monde où s'étaient produits des événements aussi monstrueux. Certains enfants de survivants vont même jusqu'à envier leurs parents d'avoir vécu des drames qu'ils ne connaîtront jamais eux-mêmes.

— Je ne crois pas Philippe capable d'éprouver un tel sentiment.

— Non, bien sûr. Ce dont il a souffert, c'est de l'absence d'une famille, d'un passé, d'une histoire familiale à laquelle se référer. D'un patrimoine, aussi, qui donne un sentiment de continuité.

— Cela, je peux le comprendre. Philippe était parfois... bizarre, c'est vrai. Et en colère contre le monde entier.

— Je sais, Claire. Philippe avait un caractère souvent difficile.

— Il se sentait tenu de faire quelque chose de noble, de contribuer à la cause de l'humanité. De sauver des vies.

— Il obéit toujours à ces motivations, j'en suis sûre.

— Est-il toujours aussi... torturé, Rose?

— Je crois qu'il ne cessera jamais tout à fait de l'être, à moins qu'il n'ait appris à vivre avec mon passé comme avec sa propre existence. Pierre a connu le même problème. Ses parents et lui étaient en Suisse à la déclaration de guerre et ils y sont restés. Mon mari n'a donc pas eu à en souffrir, mais sa famille a perdu de nombreux proches. Quant à Philippe, maintenant qu'il sait dominer ses humeurs sombres, je le crois enfin en paix avec lui-même.

— Je l'espère pour lui.

Claire avait dit ces derniers mots d'une voix si basse que Rose se pencha vers elle avec inquiétude.

— Qu'avez-vous, Claire? Un nouveau malaise?

— Non, rien. Je reprenais haleine, voilà tout.

Elles gardèrent le silence un instant. Claire ferma les yeux. Lorsqu'elle les rouvrit, Rose se pencha à nouveau vers elle :

— Pardonnez-moi, Claire. Je vous en prie.

— Je vous pardonne, Rose. Vous vouliez me l'entendre dire, je sais, mais je vous répète qu'il n'y a rien à pardonner.

— Oh, si! Beaucoup de choses.

— Megan m'a raconté votre histoire il y a quelques jours. Elle m'a parlé de cette grotte où l'on vous avait cachée, de tout ce qui vous est arrivé, de ce que vous avez subi. Comment avez-vous fait pour survivre à de telles épreuves?

— Je ne sais pas, je me le demande même encore. Un effort de volonté, la détermination de ne pas me laisser abattre, de ne pas m'avouer vaincue par les nazis. Le désir de vivre, tout simplement.

— Pourquoi ne m'en avoir jamais rien dit? Pourquoi Philippe ne m'en a-t-il pas parlé?

— Je ne sais pas non plus... Une fois, une femme rencontrée dans une quelconque réception a dit devant moi qu'elle en avait assez de tous ces « juifs professionnels », j'emploie son expression, qui exhibaient à tout bout de champ leur numéro de déporté tatoué sur le bras. Ses mots m'ont glacée, si bien que je n'ai plus jamais voulu faire allusion à mon passé devant quiconque. Non que j'en aie souvent fait étalage auparavant, mais cette femme avait réussi à salir de manière ignoble le sacrifice de millions d'innocents.

— Comme je vous comprends. Dites-moi, Rose...

— Oui, Claire?

— Me pardonnez-vous, à moi, de vous avoir si longtemps privée de votre petite-fille?

— Bien entendu, voyons! Mais au fond, comme vous venez de le dire, il n'y rien à pardonner.

— Venez vous asseoir sur mon lit, murmura Claire.

Quand Rose se fut assise à son chevet, Claire lui prit la main pour l'attirer plus près d'elle.

— Je vais bientôt mourir, dit-elle d'une voix à peine audible.

— Non, Claire, ne dites pas cela! protesta Rose, les larmes aux yeux. Je sais que vous êtes très malade, pourtant Laura affirme que vous allez de mieux en mieux.

— Je me suis sentie mieux un moment, c'est vrai. Mais je n'en ai plus pour longtemps, Rose. Je ne peux plus lutter. Je suis trop lasse.

— Ma pauvre Claire... Ma pauvre enfant...

Rose ne put retenir ses larmes, qui ruisselèrent sur la main de Claire.

— Ne pleurez pas, je vous en prie. Là où je vais, je serai bien. Sauf que ma Natacha chérie me manquera. Ma chère Laura aussi. Tous ceux qui me sont si chers. Oui, je les regretterai.

La gorge serrée, incapable de proférer un mot, Rose serra plus fort la main de Claire dans la sienne. Un instant plus tard, elle se pencha pour la prendre dans ses bras, comme elle étreignait son fils quand il était enfant. Claire se blottit contre elle. Et elles restèrent ainsi un long moment avant de se séparer à regret.

— Vous ne direz rien aux autres, n'est-ce pas? dit enfin Claire.

— Non, je vous le promets.

Inutile de rien dire, pensa-t-elle. Laura connaît la vérité, même si elle échappe encore aux autres. Elle fait semblant pour Natacha.

Rose s'apprêtait à se lever quand Claire rouvrit les yeux.

— Non, ne partez pas encore. Restez quelques minutes, le temps que je reprenne des forces avant de voir Philippe.

— Bien sûr, Claire. Voulez-vous que j'aille vous chercher quelque chose ? Un verre d'eau, un jus de fruits ?

— Non, merci. Restez avec moi, Rose, je n'ai besoin de rien d'autre.

Philippe Lavillard et Laura étaient seuls au jardin d'hiver, où ils bavardaient en buvant un jus de tomate. Sa mère et lui étaient arrivés une heure plus tôt, alors que Natacha venait de partir avec Hector pour accompagner Fenice qui allait faire son marché.

— Pour rester aussi longtemps, dit Philippe en souriant, ils doivent faire une razzia dans tous les magasins.

— Il faut compter une bonne demi-heure dans chaque sens, plus le temps de faire les courses. Ils ne vont pas tarder, rassurez-vous.

— J'ai hâte de revoir Natacha, voilà tout... Je ne vous remercierai jamais assez de tout ce que vous avez déjà fait pour Natacha et de ce que vous allez encore faire pour elle, Laura, poursuivit-il avec chaleur. Je vous en suis profondément reconnaissant.

— Elle est si adorable que nous n'avons aucun mal à l'aimer, Philippe. Ma grand-mère et elle vivent un vrai roman d'amour. Et puis, elle est toujours gaie, toujours prête à aider l'un ou l'autre. Elle a aussi un sens des responsabilités remarquable pour son âge.

— Je crois, vous savez, que les jeunes Européens sont un peu tous comme elle. De plus, elle a grandi dans un environnement monoparental qui l'a rendue indépendante et débrouillarde. Et vous savez que Claire l'a toujours traitée en adulte.

– Je sais, répondit Laura en riant. Natacha est une pauvre victime de l'exploitation de l'homme par l'homme – je devrais plutôt dire de la femme par la femme. Mais elle se vexait quand on ne lui demandait pas de rendre service... Parlons un peu de vous, Philippe. Vous plaisez-vous à Atlanta ?

– Assez, oui. Si j'avais eu le choix, j'aurais toutefois préféré New York, on se sent toujours mieux dans sa ville natale.

– L'Afrique ne vous manque donc pas ?

– Pas du tout. Je ne pourrai jamais plus supporter le spectacle permanent de la maladie et de la misère, la corruption de certains politiciens, la barbarie des militaires. La sécheresse, la famine, les épidémies, les guerres tribales ne me manqueront pas.

– Je vous ai vraiment posé une question idiote, dit Laura, gênée.

– Absolument pas ! la rassura-t-il. Il y a beaucoup de choses merveilleuses en Afrique, des paysages d'une beauté stupéfiante, des gens simples, généreux, attachants. J'avoue que malgré tout j'étais saturé. Epuisé, moralement et physiquement. Je ne tournais plus rond et il valait mieux que je jette l'éponge avant de faire des bêtises, comme de m'injecter un virus mortel par négligence dans une manipulation.

– Vous exercez une profession à haut risque, c'est vrai.

– Elle n'est dangereuse que si on commet des erreurs. La moindre faute d'attention peut constituer votre arrêt de mort.

– Puisque nous parlons de médecine, restons sur le sujet. Claire a l'air en bonne forme, mais l'est-elle en réalité ? Je sais qu'elle vous a autorisé à interroger ses médecins. L'avez-vous fait ?

300

– Oui. Son médecin traitant m'a dit que c'est une lutteuse, qu'elle a une résistance au-dessus de la moyenne et que...

L'arrivée de Natacha, qui entrait en courant, l'interrompit. Philippe se leva d'un bond et alla au-devant d'elle, les bras tendus. Elle s'y précipita et resta longuement serrée contre son père, le visage enfoui au creux de son épaule.

Ils s'aiment autant l'un que l'autre, pensa Laura en les observant. Pourquoi avait-elle longtemps cru le contraire? Ils se ressemblaient de façon si frappante qu'on ne pouvait douter de qui Natacha était la fille. Même taille élancée, mêmes jambes longues et fines, même forme du visage et des yeux. C'est là que résidait leur seule différence : Natacha avaient des yeux d'ambre doré alors que ceux de Philippe étaient sombres, presque noirs.

Laura le considérait pour la première fois sous un angle différent, tel quelle le voyait et non plus tel qu'elle l'avait connu, jeune et excessif. Mais nous évoluons tous avec le temps, se dit-elle. J'ai changé, Claire aussi. Sans oublier Doug... Tout le monde change, mûrit et, avec un peu de chance, acquiert les qualités qui font défaut à la jeunesse. Je l'espère en ce qui me concerne. Pour Philippe, la transformation est visible. Il est en paix avec lui-même, il est plus sûr de lui. Et Natacha le sent d'instinct.

Lorsque le père et la fille se séparèrent enfin, Natacha s'écria :

– Tu sais, Laura, le poissonnier avait des langoustes toutes fraîches! Il y en aura pour le déjeuner, maman adore la langouste.

– Je suis ravie que tu aies trouvé de quoi la tenter. Si nous montions chez elle, Philippe? ajouta-t-elle en se tournant vers lui. Vous aurez le temps de lui parler avant le déjeuner. Natacha a beau faire des miracles à la cuisine, il est loin d'être prêt.

Assis auprès de Claire dont il tenait la main, Philippe avait le cœur brisé. Il savait combien elle souffrait, il connaissait la nature de ses douleurs et il ne pouvait rien faire pour elle. Rien, sinon apaiser ses craintes sur l'avenir de leur fille. Il ne pouvait que promettre de ne rien changer aux mesures qu'elle avait prises, lui dire que Laura et sa pupille pourraient toujours compter sur lui. Sur lui et sur sa mère.

En entrant dans la chambre de Claire, il avait aussitôt pris conscience que sa mère et elle avaient fait la paix. Pourquoi faut-il que le pardon et la compréhension mutuelle arrivent toujours trop tard? s'était-il demandé. Pourquoi les êtres humains ne redeviennent-ils solidaires qu'à la faveur d'une catastrophe? Si cette réconciliation était intervenue plus tôt, la vie de sa fille aurait suivi un autre cours. Peut-être auraient-ils tous mené une vie meilleure.

Claire le dévisageait en silence. Philippe était toujours le plus bel homme et le plus séduisant sur lequel elle ait jamais jeté les yeux. Dix-huit ans plus tôt, elle était tombée follement amoureuse de lui et n'avait jamais tout à fait cessé de l'aimer depuis. Malheureusement, ils avaient été l'un et l'autre incapables de vivre ensemble, elle par la faute du terrible secret qui avait brisé sa jeunesse, lui par celle de son psychisme tourmenté. Dès le début, les dés étaient pipés à leur détriment. Nous n'avons jamais eu une chance de gagner, pensa-t-elle tristement.

Dur, exigeant, ambitieux, son ex-mari était aussi un homme aimant, sensible et généreux. Claire en prenait conscience trop tard. Trop tard pour moi, se dit-elle, peut-être pas pour une autre. Il est prêt à aimer de nouveau. Il a longtemps choisi la solitude. Il est temps qu'il connaisse le bonheur.

— Je regrette du fond du cœur que notre couple ait échoué, Philippe, dit-elle enfin. Je me repens de t'avoir tant fait souffrir...

Les larmes aux yeux, elle dut s'interrompre.

— Ne dis pas cela, Claire. Ce n'était ni ta faute ni la mienne, mais celle des circonstances. Et puis, nous étions trop jeunes. Il aurait mieux valu que nous fassions connaissance aujourd'hui, ajouta-t-il en souriant.

— C'est vrai. Sauf que je ne peux plus te servir à rien.

— Chut!

Il lui reprit la main, la porta à ses lèvres.

— Tu as admirablement élevé Natacha, poursuivit-il. Elle est merveilleuse, Claire. Je l'aime et je l'ai toujours aimée. Tu croyais que je ne pensais pas à elle, ce n'était pas vrai.

— Je sais, Philippe. J'ai eu tort de vous séparer. Peux-tu me le pardonner?

— Pas de pardon ni de reproches entre nous, Claire. Nous avons tous les deux eu des torts, oublions-les.

— Tu veilleras sur Laura pour moi, veux-tu? Tu l'aideras quand elle en aura besoin? Elle est forte, énergique, mais malgré tout...

— N'aie aucune inquiétude pour Natacha et Laura. Je veillerai sur elles, je te le promets.

— Tu sais... Rose et moi avons fait la paix.

— Je l'ai déjà compris rien qu'en la voyant tout à l'heure.

— Puis-je te poser une question?

— Bien sûr.

— Pourquoi ne t'es-tu pas remarié?

— Parce que je n'ai jamais rencontré une femme que j'aurais assez aimée pour l'épouser, tout simplement.

— Tout simplement..., répéta-t-elle. C'est drôle, tu sais, comme tout me paraît clair et évident maintenant que je suis sur le point de mourir. Je trouve les réponses que j'ai cherchées toute ma vie quand elles ne peuvent plus me servir à rien. C'est idiot, non?

Depuis un moment, Philippe l'observait. Il constatait avec angoisse qu'elle se fatiguait anormalement, même en parlant à voix basse. Ses traits se tiraient, elle pâlissait.

— Souffres-tu beaucoup, Claire?

— Non. Un peu, peut-être, mais le médicament me soulage. Je crois que j'aimerais me reposer quelques instants.

Philippe l'embrassa sur le front, se leva.

— Tu as raison, repose-toi. Je reviendrai tout à l'heure.

Il s'était éloigné d'un pas quand elle le rappela :

— Philippe.

— Oui?

— Pourquoi voulais-tu me voir aujourd'hui?

— Parce que je tenais à te rassurer, à te dire que tu ne devais pas t'inquiéter au sujet de Natacha. A aucun point de vue.

— Merci.

Claire lui sourit, ferma les yeux. Il se pencha vers elle, écarta une mèche de cheveux qui retombait sur son front et sortit sans bruit. Mais dès qu'il fut dehors, il partit en courant et dévala l'escalier à la recherche de Laura.

Elle l'attendait dans le jardin d'hiver. Quand elle vit Philippe entrer dans la pièce, elle comprit à son expression que Claire était proche de la fin.

— Elle va plus mal, n'est-ce pas?

— Oui. Elle est très affaiblie, ses forces l'abandonnent. Elle essaie de nous jouer la comédie, mais elle n'est absolument pas en état de se lever pour déjeuner avec nous. Je doute d'ailleurs qu'elle désire manger quoi que ce soit. Je sais que Natacha lui prépare elle-même une langouste...

Il se détourna brusquement et alla vers la fenêtre, en affectant de regarder dehors pour mieux dissimuler sa peine.

— Vous devriez peut-être monter la voir toutes les deux, dit-il en se tournant à nouveau vers Laura. Passer un moment avec elle.

La gorge trop nouée pour parler, Laura ne put qu'acquiescer d'un signe. S'appuyant au dossier d'une chaise, elle regarda Philippe dans les yeux.

– Montez, Laura, lui dit-il avec douceur. J'enverrai Natacha vous rejoindre.

Laura monta en hâte, le cœur battant si fort qu'elle le crut prêt à éclater. Parvenant à dominer le tremblement de panique qui la saisissait, elle ouvrit sans bruit la porte de la chambre, s'approcha du lit où reposait Claire, son amie la plus chère, plus proche d'elle qu'une sœur. Un simple regard lui fit comprendre que c'était fini. Claire avait lutté avec un courage admirable, mais le combat se terminait. Bientôt, elle connaîtrait enfin la paix.

Laura se retourna en entendant un léger bruit. Natacha entra, livide, et vint s'agenouiller près de la chaise où Laura était assise.

– Maman va mourir, n'est-ce pas? chuchota-t-elle en levant sur Laura ses yeux pleins de larmes. Bien que papa ne me l'ait pas dit, je l'ai compris en le voyant.

Laura passa un bras autour de ses épaules, l'attira vers elle.

– Oui, ma chérie. Pour nous, c'est dur, c'est affreux. Mais elle souffrait tant, ces derniers temps... Bientôt, elle ne souffrira plus.

– Je sais.

Du bout des doigts, Natacha s'essuya furtivement les yeux.

– Vous êtes ici, Laura, Natacha? dit Claire d'une voix faible.

La main qu'elle essaya de lever pour les toucher retomba sur l'édredon, inerte. Laura la saisit, s'agenouilla à côté de Natacha.

– Oui, maman, dit la jeune fille en étouffant un sanglot. Nous sommes ici, avec toi.

– Je suis contente d'être revenue à Rhondda Fach, Laura, dit Claire en ouvrant les yeux. C'est le seul endroit sur terre où j'aie jamais été heureuse.

– Je sais, Claire. Je suis heureuse moi aussi que tu sois revenue.

– Quelle aurait été ma vie sans toi, Laura ?...

Elle tourna vers Laura et Natacha ses yeux d'un vert plus intense, plus profond qu'il ne l'avait jamais été. Puis elle leur fit un sourire qui reflétait une paix surnaturelle. Un sourire d'adieu.

– Veillez bien l'une sur l'autre, leur dit-elle. Pour moi.

– Nous le ferons, ma chérie, promit Laura, le visage ruisselant de larmes.

Natacha grimpa sur le lit, s'étendit contre sa mère, la serra entre ses bras.

– Tu es le meilleur de moi-même, ma fille bien-aimée, murmura Claire.

– Je t'aime, maman ! Je t'aime, s'écria Natacha d'une voix entrecoupée de sanglots.

Claire ne répondit pas.

Natacha l'étreignit avec désespoir, Laura serra sa main plus fort entre les siennes. Ne pouvant ni l'une ni l'autre se résigner à la quitter, elles restèrent la veiller ainsi un très long moment.

La première, Laura lâcha la main inerte de Claire, se releva, lui posa un baiser sur chaque joue.

Puis elle sortit de la chambre et descendit annoncer aux autres que Claire était enfin libérée de ses souffrances.

Quatrième partie

Printemps 1998

28

MEGAN ne pouvait s'empêcher d'admirer Natacha. Dans la robe de soie bordeaux incrustée de dentelles que Laura lui avait rapportée de Londres, elle était en effet ravissante ce soir-là. Ses longs cheveux auburn cascadant sur ses épaules encadraient son fin et joli visage, où brillaient ses grands yeux d'ambre doré. Elle aura seize ans cette année, pensa Megan. Seize ans! Déjà une petite femme...

— Vous me regardez fixement, bonne-maman Megan. Vous n'aimez pas ma robe, en fin de compte?

— Si, ma chère petite. Elle me plaît beaucoup, au contraire, et je te regarde parce que je te trouve jolie comme un cœur.

— Merci! répondit Natacha avec un large sourire.

Rose revint de la cuisine à ce moment-là, porteuse d'un grand plat qu'elle posa sur la desserte.

— J'espère que ce n'est pas trop cuit, dit-elle en commençant à servir la viande et les légumes.

— Je ne crois pas qu'on puisse trop cuire un ragoût, ma chère Rose, dit Megan en prenant l'assiette qu'elle lui tendait. N'importe comment, vous êtes si bonne cuisinière que vous ne gâterez jamais rien.

— Nous avons tous nos mauvais jours, répondit Rose en riant.

– Je suis d'accord avec bonne-maman Megan, intervint Natacha. A part maman, tu es la meilleure cuisinière au monde.

– Merci, ma chérie, dit Rose en s'asseyant à son tour. Mange vite pendant que c'est chaud.

On était au début de mai. Comme tous les vendredis, Megan et Natacha étaient venues dîner chez Rose Lavillard. Laura n'avait pas pu se joindre à elles, comme elle le faisait chaque fois qu'elle le pouvait. Elle devait, ce soir-là, assister à un vernissage et dîner ensuite avec la directrice de la galerie, avant de passer chercher Natacha plus tard dans la soirée.

Après la mort de Claire, près d'un an auparavant, chacun s'était efforcé d'aider Natacha à surmonter son chagrin. Grâce à l'amour et à la compassion que lui avaient prodigués Laura, Megan et Rose, elle y était parvenue mieux qu'elle ne le pensait. La disparition de sa mère lui laissait un grand vide qu'elle ne comblerait jamais tout à fait, elle pensait sans cesse à elle, mais elle était assez mûre pour savoir qu'on ne pouvait pas vivre en s'attardant sur le passé.

C'était vers Laura qu'elle se tournait le plus volontiers quand elle affrontait un problème, mais aussi vers son père quand il était de passage à New York. Philippe venait souvent d'Atlanta lui rendre visite. Il descendait chez sa mère où ils passaient ensemble de merveilleux week-ends, parfois seuls, parfois avec Laura.

C'est en pensant à l'amitié croissante qu'elle voyait se développer entre Laura et son père que Natacha laissa tout à coup échapper :

– Papa est idiot et Laura aussi.

Megan sursauta et reposa ses couverts.

– C'est ce qu'on t'apprend à ton école ? demanda-t-elle d'un ton sévère. A manquer de respect à ton père, qui se met en quatre pour te faire plaisir ? A Laura qui te consacre tout son temps libre ?

– Megan a raison, renchérit Rose. Pourquoi as-tu dit cela ?

– Je ne voulais pas leur manquer de respect, mes chères grands-mères, répondit Natacha en riant. Je disais simplement ce que je pensais, comme Laura me l'a toujours recommandé.

– Eh bien, éclaire-nous, dit Rose. Dis-nous pourquoi ils sont idiots l'un et l'autre.

– Idiots n'est peut-être pas le mot juste, j'aurais dû dire... bêtas.

Rose et Megan échangèrent un regard amusé.

– Tu en as trop dit ou pas assez, Natacha, dit Megan. De quoi s'agit-il ? Où veux-tu en venir ?

– Ils sont amoureux l'un de l'autre, répondit Natacha en adoptant le ton de la confidence. J'en suis certaine.

– C'est merveilleux ! s'écria Rose, ravie.

– Voilà un point de vue que je partage, déclara Megan avec un large sourire.

– Ce serait merveilleux s'ils se le disaient, enchaîna Natacha. Mais ils sont muets comme des carpes. Quand ils sont ensemble, ils ont l'air gênés, ils ne savent plus quoi faire. C'est pourquoi je dis que mon père est... est *idiot*, il n'y a pas d'autre mot. Et Laura autant que lui ! Elle devrait lui dire ce qu'elle pense, si lui n'ose pas. Pour une femme, à notre époque, il n'y a pas de honte à se déclarer.

Rose réprima à grand-peine un sourire.

– Les choses ne sont peut-être pas tout à fait comme tu les vois, ma chérie. Sont-ils vraiment amoureux l'un de l'autre ?

– J'en suis absolument certaine. Et mon amie Katie aussi.

– Compte tenu de votre longue expérience des affaires de cœur, je te crois sur parole, dit Megan d'un ton ironique.

Natacha pouffa de rire.

311

– Nous aurions quand même dû remarquer quelque chose, intervint Rose en reprenant son sérieux. Pour ma part, je ne me suis vraiment aperçue de rien.

– Moi non plus, confirma Megan.

– La situation se clarifiera peut-être quand Philippe sera revenu s'installer à New York, dit Rose pensivement. Je suis enchantée qu'il ait accepté ce poste de directeur de recherche à l'université de Columbia. Cela lui fera le plus grand bien – et surtout à toi, Natacha.

– Et aussi à Laura, compléta Natacha avec un nouveau fou rire.

– Mais enfin, voulut savoir Megan, comment peux-tu être aussi certaine qu'ils sont amoureux l'un de l'autre ? Qu'ont-ils dit ou fait pour te le faire croire ?

– J'ai bien vu les regards que papa lance à Laura quand elle lui tourne le dos. Et la manière dont elle le couve des yeux quand il ne se sait pas observé, quand il m'aide à la cuisine, par exemple. Et ce n'est pas tout ! Ils rient tous les deux aux mêmes plaisanteries, elle rougit jusqu'aux cheveux quand il lui fait un compliment. Écoutez, vous deux, il faut me croire ! Papa est amoureux de Laura et Laura est amoureuse de lui, c'est vrai.

Les deux femmes échangèrent un regard entendu.

– Dis plutôt que tu voudrais bien que ce soit vrai, n'est-ce pas Natacha ? demanda Rose.

– Bien sûr ! Je voudrais qu'ils se marient et que nous puissions vivre tous les trois ensemble, répondit-elle avec un sourire joyeux.

– Es-tu sûre de ne pas prendre tes désirs pour la réalité, ma chérie ? insista Rose.

– Non, grand-mère, pas du tout ! Je n'imagine rien. Katie a tout remarqué, elle aussi. Si seulement papa pouvait se décider à l'embrasser ! J'ai bien cru qu'il allait le faire, la dernière fois que nous étions à la campagne, mais il s'est retenu à la dernière minute. Laura devait y croire aussi, parce qu'elle avait l'air déçue.

— Quand cela se serait-il passé? demanda Megan. Je suis venue à Rhondda Fach chaque fois que vous y étiez.

— C'est arrivé près de la rivière, expliqua Natacha. Ils marchaient devant, Katie et moi les suivions. A un moment, ils se sont arrêtés pour voir quelque chose sur l'autre rive et ils se sont tournés l'un vers l'autre comme s'ils voulaient se dévorer du regard. Katie m'a empoigné le bras en disant que cette fois, ça y était, il allait enfin se décider. Mais il n'a rien fait du tout, conclut-elle d'un ton dépité.

Megan se détourna un instant pour effacer son sourire amusé.

— Alors, que pouvons-nous faire? As-tu une idée?

— Euh... non. Et vous?

— Aucune pour le moment.

— Et toi, grand-mère Rose? insista Natacha.

— Je n'en vois pas non plus, dans l'immédiat du moins. Je veux dire... que pourrions-nous faire? Nous ne pouvons quand même pas nous mêler de leurs affaires, ils sont adultes tous les deux.

Natacha se plongea dans une profonde réflexion.

— Ce qu'il faut, s'écria-t-elle enfin, c'est les placer l'un et l'autre dans une situation propice! Et je crois savoir laquelle.

— Laquelle? demandèrent Rose et Megan à l'unisson.

— L'anniversaire de Laura est à la fin du mois, n'est-ce pas? Eh bien, nous pouvons organiser un bon dîner en son honneur et inviter papa. Il se passera quelque chose entre eux, j'en suis certaine!

— Ton idée est excellente, ma chère petite, approuva Megan. Je regrette de ne pas l'avoir eue moi-même. Eh bien, la cause est entendue. Commençons tout de suite à nous y préparer.

29

ROSE préparait le thé beaucoup trop tôt, elle le savait. Mais elle avait les nerfs à vif et ne connaissait pas d'autre dérivatif à son impatience. Les macarons dont raffolait Laura étaient frais du matin et les biscuits au miel sortaient tout juste du four.

Laura lui avait téléphoné la veille en s'invitant pour le thé parce que, disait-elle, elle avait de merveilleuses nouvelles qu'elle préférait lui apprendre de vive voix. Depuis, Rose se perdait en conjectures. Laura allait-elle lui annoncer son mariage avec Philippe? Natacha avait-elle vu juste à leur sujet? Peut-être, soupira-t-elle en sortant d'un placard son meilleur service à thé.

La mort de Claire et, plus encore, le lien que Natacha constituait entre eux avaient rapproché Philippe et Laura. Rose avait elle-même eu l'occasion de les observer ensemble et, de même que Natacha, elle avait été intriguée de les voir se tourner autour, comme des lutteurs qui s'observent sans oser prendre l'initiative. De fait, elle s'était souvent demandé pourquoi son fils ne se décidait pas à faire le premier pas. Les déclarations de Natacha avaient donc confirmé ses propres impressions.

Mais à quoi bon échafauder des hypothèses? se dit-elle en disposant les tasses et les soucoupes sur son plus beau plateau d'argent. Elle ne tarderait plus à savoir pourquoi Laura voulait la voir et à découvrir ainsi la clef du mystère.

Le timbre de l'interphone résonna enfin, Laura s'annonça dans le haut-parleur. Son plus accueillant sourire aux lèvres, Rose ouvrit la porte de l'appartement à l'instant même où Laura sortait de l'ascenseur et traversait le palier.

– Quelle bonne surprise, ma chère Laura! s'exclama Rose en lui rendant son baiser de bienvenue. Il y a si longtemps que vous n'étiez pas venue, je me languissais de vous.

– Merci, Rose. Moi aussi, je suis ravie de vous revoir.

– Entrez au salon, mettez-vous à votre aise. Tout est prêt, je vais servir dans une minute.

Laura s'assit dans un confortable fauteuil en laissant un sourire lui venir aux lèvres. Comment Rose allait-elle réagir à ses nouvelles? Elle serait étonnée, sans aucun doute, mais également folle de joie. Elle-même enchantée de la manière dont les événements avaient évolué, Laura brûlait d'impatience de les dévoiler à Rose.

Rose revint de la cuisine avec le plateau, versa le thé, passa les assiettes de gâteaux.

– Des macarons! s'exclama Laura. Vous me gâtez toujours quand je viens chez vous, Rose. Ils sont délicieux. Il faudra que vous donniez la recette à Natacha.

– Je n'y manquerai pas et je suis sûre qu'elle les réussira très bien. Alors, poursuivit-elle après avoir bu une gorgée de thé, quelles nouvelles voulez-vous m'annoncer? Je suis dévorée de curiosité.

Laura reposa sa tasse, marqua une pause.

– J'ai retrouvé un de vos tableaux.

Rose fronça les sourcils sans comprendre.

– Vous avez trouvé un... tableau? répéta-t-elle.

– Un de *vos* tableaux, Rose, insista Laura. J'ai réussi à remonter la piste d'un des tableaux de votre père. Un de ceux volés par les nazis. Un Matisse, Rose. Oui, un Matisse!

Cette fois, le choc balaya l'incrédulité de Rose.

— Dieu tout-puissant! s'écria-t-elle. Un des tableaux de papa? Non, je ne peux y croire! Comment l'avez-vous retrouvé, Laura? Comment avez-vous fait? Dites-moi tout!

— Écoutez bien, c'est une assez longue histoire. Il y a environ cinq mois, quand j'étais à Londres pour travailler à la collection de Sir Maximilian West, je suis tombée par hasard sur le catalogue d'un petit musée de Vienne. Vous savez sûrement que beaucoup des œuvres volées par les nazis se trouvent actuellement dans des musées un peu partout dans le monde. Bref, la plupart des œuvres répertoriées dans ce catalogue étaient représentées par une photographie. Celle d'un tableau de Matisse a aussitôt attiré mon attention, parce qu'elle portait le titre qui figurait dans le registre que vous m'aviez communiqué. Vous le reconnaîtrez sans doute vous aussi : *Jeune Marocaine en caftan rouge tenant une mandoline.*

Des larmes d'émotion montèrent soudain aux yeux de Rose.

— Mais oui, bien sûr! Je me souviens très bien du titre et aussi du tableau. Il est superbe, avec des couleurs vives et franches, des rouges, des bleus, des jaunes typiques de Matisse.

— C'est exact. Donc, après avoir vu la photo dans le catalogue, je suis allée à Vienne voir le tableau lui-même et parler au conservateur du musée. Je lui ai déclaré que le tableau vous appartenait, mais il a exigé des preuves, ce qui était normal. Dès mon retour à New York, je lui ai envoyé une copie certifiée de la page du registre où figurait le Matisse et les détails le concernant. Une semaine plus tard, il m'a téléphoné pour me dire que la preuve était insuffisante.

— Il n'y en a plus d'autre, hélas! dit Rose. Qu'avez-vous fait?

— Je me croyais dans une impasse quand j'ai bénéficié d'une incroyable coïncidence. En parlant de mes déboires à

316

Vienne à une de mes clientes, Sandra Newsam, elle a reconnu le titre du Matisse, dont elle avait récemment vu la photo chez une de ses amies en Suisse dans un vieux numéro d'un magazine artistique. Elle a immédiatement téléphoné à cette amie, une certaine Mme Gilda Sacher, qui lui a appris que ce magazine avait réalisé un reportage sur la collection Sacher, dont le Matisse faisait partie à l'époque.

Laura se tut un instant pour boire une gorgée de thé.

— Vous pensez bien, reprit-elle, que je me suis rendue dès que possible en Suisse, à Montreux précisément, où réside cette Mme Sacher. Elle a près de soixante-dix ans, elle est anglaise de naissance et a hérité de la collection de son mari, Léon Sacher, un important homme d'affaires suisse passionné de peinture. Bien entendu, l'origine de chaque œuvre de sa collection était spécifiée. Celle du Matisse portait le nom de M. Duval, de Paris.

— C'est incroyable ! s'exclama Rose. Vous avez donc réussi à convaincre le conservateur du musée de Vienne ?

— Non, j'étais encore loin du compte, répondit Laura. J'ai commencé par demander à Mme Sacher comment ce tableau avait fini dans les collections d'un musée. Elle m'a répondu qu'elle l'avait vendu avec quelques autres à un marchand de Genève qui l'avait revendu à un de ses clients autrichiens lequel, à son tour, l'avait cédé au musée. Elle m'a d'ailleurs communiqué sans difficulté les noms de tous ces intermédiaires. Je lui ai demandé si elle avait remarqué des inscriptions au dos de la toile, à quoi elle m'a répondu qu'y figuraient en effet les lettres DU et le chiffre 3958. Je lui ai alors appris que les nazis identifiaient les œuvres qu'ils volaient par les deux premières lettres du nom du propriétaire suivi d'un numéro d'ordre, ce qu'elle ignorait. Elle m'a alors fourni un document tout à fait remarquable retraçant le parcours complet du tableau. D'après ce document, le Matisse était passé de M. Duval à une Mme Wacker-Bondy, également de Paris, puis à un certain H. Wendland. Ce dernier nom, qui ne signifiait rien pour Mme Sacher, m'a immédiatement sauté aux yeux.

– Pourquoi, Laura ?

– Depuis que je m'occupe de la collection de Sir Maximilian West, je me suis beaucoup familiarisée avec tout ce qui concerne les œuvres d'art volées aux juifs pendant la guerre. Dans ce domaine, Hans Wendland était un personnage notoire. Basé en Suisse, il trafiquait pour le compte des nazis et se chargeait d'écouler l'« art dégénéré » saisi partout en Europe. Par un coup de chance extraordinaire, j'ai eu peu après connaissance, grâce à Sir Maximilian, d'un mémorandum du ministère britannique de l'Économie dans lequel il était indiqué qu'en 1942, un certain Hans Wendland, travaillant pour le compte des nazis, avait réceptionné en Suisse un wagon d'œuvres d'art en provenance de Paris et ayant transité sous couvert de l'entreprise de transports Wacker-Bondy.

– Ce dernier nom ne me dit rien, commenta Rose.

– Peut-être le reconnaîtrez-vous quand j'aurai terminé. Car je suis allée de coïncidences en coups de chance plus extraordinaires les uns que les autres dans toute cette affaire. J'étais donc plongée dans le dossier de votre Matisse quand Sir Maximilian a reçu la copie d'un rapport rédigé en 1966 par une Française, Marguerite Gressy. Résistante de la première heure et conservateur de musée par profession, elle s'était efforcée de conserver la trace des œuvres d'art volées à Paris par les nazis. Son rapport confirmait que le tableau de Henri Matisse intitulé *Jeune Marocaine en caftan rouge tenant une mandoline* avait été déposé au garde-meubles de l'entreprise de transports dirigée par Mme Wacker-Bondy par la galerie Duval & Fils.

Les sourcils froncés, Rose tenta de raviver ses souvenirs.

– Non, décidément, ce nom ne me rappelle rien. Je ne crois pas que mon père ait jamais traité avec ces gens-là. Ce serait alors son employé indélicat qui aurait livré les tableaux de la galerie et la collection personnelle de mon père aux complices des nazis?

– C'est possible, voire probable. Quoi qu'il en soit, le rapport de Mme Gressy avait été communiqué à Sir Maximilian par un de ses vieux amis, marchand de tableaux parisien réputé, parce qu'il mentionnait plusieurs Renoir. Après vérification, aucun ne provenait de la collection Westheim. Mais le Matisse était bel et bien le vôtre.

– Vous n'aviez donc plus besoin d'autre preuve!

– Non, du moins je le croyais. Armée d'une copie certifiée des documents de Mme Sacher, du mémorandum du ministère anglais et du rapport Gressy, je suis retournée voir le conservateur du musée de Vienne, qui ne m'a pas mieux reçue cette fois-là que les précédentes. J'ai eu beau le menacer de lancer une procédure judiciaire s'il ne restituait pas le tableau de son plein gré et de tenir une conférence de presse pour exposer toute l'affaire à l'opinion publique, il s'est entêté à me répondre que mes preuves ne le satisfaisaient pas.

– C'est insensé! s'écria Rose.

– Je l'ai donc quitté, mais j'avais dû lui faire peur car il m'a téléphoné le soir même à mon hôtel en me priant de ne rien dire à personne tant qu'il n'aurait pas consulté son conseil d'administration. Sa demande était normale, j'ai accepté. N'ayant toujours pas de ses nouvelles au bout de deux jours, j'ai décidé de repartir pour Londres d'abord, puis à New York. Une fois de retour, j'ai commencé à préparer le dossier nécessaire au lancement de la procédure quand, il y a tout juste trois jours, le conservateur m'a téléphoné. Le musée reconnaît la légitimité de votre requête, Rose. Ils affirment avoir acquis le tableau de bonne foi et tout ignorer de son origine, et ils sont prêts à vous le restituer!

Rose ne manifesta pas l'enthousiasme auquel Laura s'était attendue.

– S'ils l'ont acheté légalement, pourquoi m'en feraient-ils cadeau ? Je ne comprends pas.

– Parce qu'ils ont peur, Rose. Ils ne veulent pas être montrés du doigt et se voir accusés de profiter des victimes de l'Holocauste, comme les banques suisses qui détiennent des avoirs juifs. Vous savez que le scandale éclate désormais à une échelle mondiale. D'autres musées dans le même cas adopteront sans doute la même attitude. Par peur pour la plupart, certains par scrupules, du moins je l'espère pour eux.

Étreinte par une profonde émotion, Rose fut hors d'état de parler. Elle ne put que hocher la tête avant de céder à une crise de larmes. Touchée, Laura vint s'asseoir près d'elle et lui prit la main.

– Vous voyez, Rose, il ne faut jamais désespérer. Justice vous est enfin rendue, même si ce n'est qu'en partie.

Rose leva vers elle un regard encore noyé de larmes.

– Je ne peux pas croire, non... je ne peux pas croire que vous ayez fait tout cela pour moi, Laura. Merci, oh ! merci de m'avoir rendu un peu de mon âme. Un peu de celle de ma famille. Je ne pourrai jamais assez vous exprimer ma gratitude.

30

– CE que vous avez fait pour ma mère est extraordinaire, Laura, lui dit Philippe quelques jours plus tard, pendant le week-end qu'il était venu passer à Rhondda Fach pour voir Natacha. Nous avons envers vous, elle et moi, une dette de reconnaissance que nous ne pourrons jamais vous payer.

– Sincèrement, Philippe, vous n'avez pas à me remercier. Je ne pouvais pas faire moins après avoir découvert ce tableau. Pour moi, c'est une question de principe.

– Je connais vos sentiments sur le problème des œuvres d'art pillées par les nazis, Laura, répondit-il en riant. Vous êtes plus têtue qu'un chien à qui on voudrait arracher son os. Pour parler sérieusement, poursuivit-il, je sais que vous avez des principes et que vous les respectez envers et contre tout. J'admire votre intégrité. Savoir que le Matisse est à la disposition de ma mère dans ce musée et qu'il reviendra enfin dans notre famille nous cause une joie profonde. Mais vous avez fait à ma mère un don infiniment plus précieux, Laura. Vous lui avez apporté la paix de l'esprit. Une paix qu'elle éprouve sans doute pour la première fois depuis la disparition de sa famille entière dans les camps il y a cinquante ans.

– Si c'est vrai, Philippe, je suis récompensée de mes efforts et au-delà. J'aime beaucoup Rose, voyez-vous. C'est une femme remarquable à tous égards et je suis heureuse d'avoir pu contribuer à lui apporter un certain apaisement.

Dieu sait si elle le mérite, après ce qu'elle a subi dans son enfance !

– Elle vous a raconté son histoire ?

– Oui. Pourquoi avez-vous l'air surpris ?

– Parce qu'elle ne s'était jamais encore confiée à personne.

– Pour quelle raison à votre avis, Philippe ?

Il réfléchit un instant avant de répondre.

– Elle m'a dit avoir entendu une fois quelqu'un faire une remarque désobligeante sur les juifs qui exhibaient leurs tatouages de déportés. Elle en avait été scandalisée, blessée, parce qu'elle ne pouvait imaginer un survivant de l'Holocauste assez infâme pour tirer profit de ses épreuves en excitant la pitié d'autrui. Aussi a-t-elle toujours cherché depuis à... comment dire ? A protéger son passé devenu pour elle *sacré*, en un sens. De fait, elle ne l'a révélé qu'à mon père et à moi. Elle ne voulait pas le voir profané par le scepticisme, la curiosité malsaine ou même la compassion de gens indifférents. Vous comprenez peut-être ses raisons.

– Je les comprends parfaitement. Trop de gens sont incapables de réelle compassion, parce qu'ils ne peuvent pas même imaginer la gravité du traumatisme éprouvé par les victimes d'un drame. Que dire, alors, d'une tragédie telle que l'Holocauste, sans précédent dans l'histoire de l'humanité !

Philippe ne répondit pas. Une fois de plus, Laura l'avait touché et étonné à la fois par la profondeur de ses pensées et la sincérité de ses sentiments. Il s'efforçait pourtant de ne pas trop se laisser affecter par l'attrait qu'elle exerçait sur lui. De jour en jour, il devenait plus amoureux d'elle, mais il avait peur de le lui avouer sans savoir comment elle réagirait. Il ne le saurait sans doute jamais s'il ne se risquait pas à faire le premier pas...

– Votre mère doit décider quand elle pourra m'accompagner à Vienne pour prendre possession de son tableau, reprit Laura. Vous en a-t-elle parlé ?

– Oui. Elle espère se libérer vers la fin du mois, mais la date dépendra surtout de vos propres obligations.

– Cela ne devrait pas poser de problèmes. Pour ne rien vous cacher, je suis presque aussi émue qu'elle en pensant à ce voyage.

– Nous le sommes tous. Au fait, Laura, pourquoi ne pas emmener Natacha avec vous ? C'est une occasion trop mémorable pour qu'elle la manque. Qu'en pensez-vous ?

– Vous avez raison, Philippe. Elle doit venir elle aussi.

– Et... que m'objecteriez-vous si je me joignais à l'expédition ?

Laura parvint à dissimuler la surprise que lui causait cette question inattendue.

– Mais rien du tout ! Ce tableau vous appartiendra un jour. Et je crois qu'il faut que vous puissiez partager la joie de votre mère.

Elle n'avait pas fini de parler que Laura regretta sa réponse. Voyager avec lui, descendre dans le même hôtel, être près de lui plusieurs jours d'affilée... N'était-ce pas trop s'imposer ?

Les sentiments qu'il lui inspirait la mettaient littéralement au martyre dès qu'elle se trouvait en sa compagnie. Car, à sa propre stupeur, elle était tombée amoureuse de Philippe. Quand elle s'était remise du choc de la mort de Claire et avait retrouvé son équilibre, elle avait pris conscience de se trouver dans une situation intenable. Elle était pourtant obligée de le voir régulièrement à cause de Natacha, puisqu'il était le père de celle dont elle avait la charge. Aussi, plutôt que de s'imposer des épreuves inutiles, avait-elle décidé de se faire rare lors des visites de Philippe à sa fille. Elle s'inventait des rendez-vous d'affaires, du travail urgent qui l'attendait au bureau, cent autres prétextes pour disparaître. Mais au bout de quelques semaines de ce manège, Natacha s'était plainte de sa froideur apparente. Depuis, la jeune fille insistait pour qu'ils soient ensemble et faisait en sorte de les réunir aussi souvent que possible en ville et à la campagne.

Il faudra donc que je tienne le coup à Vienne, se dit-elle en réprimant un soupir. Ce ne sera pas facile...

– Plus j'y pense, dit Philippe, plus vous avez bénéficié d'incroyables coïncidences, pour ne pas dire d'une chance extraordinaire. D'abord en retrouvant le tableau de Matisse, puis en disposant de tous ces documents qui semblent vous être parvenus par miracle au bon moment.

– Ce que je vais vous dire vous paraîtra peut-être étrange, Philippe, répondit-elle : la recherche des œuvres volées par les nazis est entourée de coïncidences providentielles et de hasards invraisemblables. Prenez l'exemple des frères Goodman, de Los Angeles : ils ont bénéficié non pas d'une ou deux, mais de quatre coïncidences décisives quand ils ont voulu retrouver la trace d'œuvres d'art ayant appartenu à leurs grands-parents en Hollande et que leur père avait cherché en vain à localiser pendant plus de quarante ans. Des « coups de chance » de ce genre semblent arriver à tous ceux qui traquent le butin des nazis : un vieux registre ou un document que tout le monde croyait perdu retrouvé dans un endroit inattendu, un tableau qu'on découvre dans les réserves d'un obscur musée de province ou qui refait surface dans une vente aux enchères. C'est souvent si incroyable qu'on peut se poser des questions.

– Peut-être faut-il y voir le doigt de Dieu, dit-il à voix basse.

Laura lui lança un regard étonné, mais ne répondit pas. Oui, se dit-elle, peut-être Dieu s'en mêle-t-Il, en effet...

Pensif, Philippe se leva et alla regarder par la fenêtre. Une paix profonde émanait du paysage qu'il découvrait : un pré où paissaient deux chevaux, le ciel bleu. Au loin, on entendait le claquement étouffé de balles de tennis sur les raquettes de Natacha et de son amie Katie. Qu'on est loin des bruits de bottes, des claquements métalliques des grilles qui se referment sur les prisonniers, des cris de douleur des victimes de la torture, pensa-t-il malgré lui. Plus d'un demi-siècle s'était écoulé et, pourtant, ces souvenirs hantaient toujours sa mère. Ne peut-on jamais échapper au passé ?

La voix de Laura derrière lui l'arracha à sa rêverie :

— Votre mère ne s'est jamais confiée à Claire, n'est-ce pas ?

— Non, elle n'en était même pas capable, comme je vous l'ai expliqué il y a un instant. J'ai moi-même donné à Claire une version partielle des événements, mais peut-être ne lui en ai-je pas révélé assez. Je me suis souvent demandé pourquoi. Par crainte, sans doute.

— Que voulez-vous dire ?

— J'avais peur de choquer Claire, de l'effrayer par le récit de l'horreur vécue par ma mère. Claire avait mené jusqu'alors une vie si calme, si protégée dans son enfance que...

— Calme ? Protégée ? s'écria Laura sans pouvoir se retenir. Qu'elle ait bénéficié de la sécurité que procure l'argent, à la rigueur. Protégée, non ! Elle n'était à l'abri de rien.

Philippe comprit qu'il avait involontairement touché un point sensible. Il revint s'asseoir en face de Laura, se pencha vers elle :

— Je ne comprends pas ce que vous voulez dire.

Laura prit une profonde inspiration.

— Depuis un certain temps, je voulais vous apprendre sur Claire certaines choses que vous devez savoir, mais j'attendais le moment propice. Je crois qu'il est venu. Vous rappelez-vous m'avoir demandé une fois à Paris si je savais quoi que ce soit susceptible d'expliquer pourquoi Claire semblait haïr tous les hommes ?

— Je m'en souviens, en effet.

— Peu de temps avant sa mort, Claire m'a fait des confidences concernant son enfance. Et ce qu'elle m'a révélé était tellement épouvantable que je me demande encore comment elle a réussi à ne pas perdre la raison.

— Voulez-vous dire que... ses parents la maltraitaient?

— Oui.

— Alors, pourquoi ne vous en a-t-elle pas parlé plus tôt? Ni même à moi, quand nous étions mariés?

— Elle en avait trop honte, Philippe, c'est elle-même qui me l'a dit. Son père battait Claire et sa mère quand il avait trop bu. Il a même abusé de sa fille à plusieurs reprises. Jack Benson était non seulement un coureur de jupons et un alcoolique, mais un obsédé sexuel, un monstre. Vous comprenez maintenant que Claire avait de bonnes raisons de se défier des hommes et de les détester.

Un froid glacial envahit Philippe. Il crut que son cœur allait cesser de battre et il ne se ressaisit qu'au prix d'un effort.

— Elle avait plus que de bonnes raisons, dit-il enfin. Pauvre Claire, pauvre chérie... Elle si délicate, si fragile... Comment un être humain a-t-il pu la battre, lui faire du mal? Son père était un monstre, comme l'avez dit! Grands dieux... Quand je pense à ce qu'elle a souffert, je... je...

Il se tut tout à coup, enfouit son visage entre ses mains. Laura vit des larmes sourdre entre ses doigts.

— Elle a toujours fait l'impossible pour dissimuler ses épreuves, dit-elle avec douceur. Elle échappait aux sévices de son père en venant chercher refuge ici, avec nous. Et puis, quand elle a eu quinze ans, elle a réussi à tenir son père en respect en le menaçant de tout révéler à mes grands-parents. Cela a suffi à faire cesser les répugnants agissements de ce triste individu.

— Si seulement elle s'était confiée à moi, j'aurais compris, dit Philippe avec un profond soupir. J'aurais pu l'aider à oublier, à surmonter son traumatisme. Pourquoi s'est-elle fermée ainsi, Laura ? Pourquoi me traitait-elle en ennemi ?

– Elle ne vous considérait pas comme un ennemi, Philippe. Pas vous, vous êtes trop foncièrement honnête, trop...

Elle se tut brusquement de peur de laisser échapper des mots qu'il n'aurait pas fallu dire. Le silence s'éternisa.

– Si nous allions au tennis voir comment les filles s'en sortent ? dit Philippe en se levant.

– Bonne idée.

Laura se leva et courut presque vers la porte. Tout valait mieux que rester plus longtemps seule avec lui. Elle dépassait Philippe quand il l'arrêta en l'agrippant par le bras.

– Merci de ce que vous m'avez appris sur l'enfance de Claire, Laura, dit-il en plongeant son regard dans le sien. Je m'explique beaucoup de choses, maintenant. Merci de la preuve de confiance que vous m'avez donnée.

Laura ne put qu'incliner la tête en souhaitant de toutes ses forces qu'il lui lâche enfin le bras. Le contact de sa main lui faisait l'effet d'un courant électrique.

– Cette année a été si mauvaise, bonne-maman, que je ne me sens vraiment pas d'humeur à fêter mon anniversaire, dit Laura en se forçant à sourire. Merci quand même d'y avoir pensé, mais je n'y tiens pas du tout.

– Voyons, ma chérie, un anniversaire marque surtout le début d'une nouvelle année de ta vie et celle-ci sera peut-être merveilleuse, plaida Megan en espérant réussir à lui faire changer d'avis.

Le dos tourné, Laura regardait couler l'East River en pensant à Philippe Lavillard. Elle se demandait parfois si Natacha se doutait des sentiments que lui inspirait son père et si elle ne s'était pas mise en tête de jouer l'entremetteuse. Mais comment marier une personne à une autre qui n'éprouve

327

pas de sentiments identiques ? Philippe n'avait pour elle qu'indifférence, c'était assez évident. Il n'y avait d'ailleurs aucune femme dans sa vie, lui avait annoncé Natacha quelques jours plus tôt. Curieuse déclaration, pensa Laura. Aurait-elle deviné ou perçu mes sentiments ? Elle est assez intelligente et intuitive pour cela. Dieu merci, je n'aurai pas à passer plus de quarante-huit heures avec lui à Vienne. Dès que Rose aura son tableau entre les mains, je filerai à Londres...

— Tu parais bien préoccupée, ma chérie, dit Megan derrière elle.

Laura se retourna, s'efforça de sourire.

— C'est vrai, bonne-maman. Nous sommes débordées de travail, ces temps-ci, et je n'arrive pas à surnager.

— Il n'y a que le travail qui te tracasse ? Et moi qui espérais que c'était un beau jeune homme qui accaparait tes pensées !

Laura alla s'asseoir près de sa grand-mère.

— Voyons, bonne-maman, où prendrais-je le temps de penser à un homme, jeune ou vieux ? Je travaille comme une bête, je dois faire la navette entre ici et Londres et j'ai la charge d'élever une fille de quinze ans. Bientôt seize, par le fait... Seize ans, c'est un âge important dans la vie d'une fille. Si tu tiens à tout prix à fêter un anniversaire, occupe-toi plutôt du sien.

— J'y compte bien, mais en temps utile. Pour le moment, c'est le tien qui m'intéresse et je veux absolument t'avoir à dîner. Un petit dîner intime, juste toi et moi avec Natacha et Rose. A moins que tu ne souhaites avoir d'autres invités. Alison et Tony, par exemple ?

— Ils ne viendront sûrement pas, Alison est encore enceinte. Et je ne vois personne d'autre à inviter.

— Personne du tout ? Vraiment ?

— Oui, vraiment.

– Et décidément aucun homme, jeune ou vieux?

Pour la première fois depuis longtemps, Laura éclata de rire.

– Non, bonne-maman!

– Mais tu es quand même d'accord pour venir dîner chez moi ce jour-là, n'est-ce pas ma chérie?

– C'est du chantage, bonne-maman! Bon, d'accord. Mais pas question d'un gâteau avec des bougies!

– Pas de gâteau, approuva Megan. Pas de ballons non plus, c'est promis.

– Et quand prévois-tu ce dîner intime, sans gâteau ni ballons, bonne-maman? voulut savoir Laura.

– Cela dépend de toi, ma chérie. Comptes-tu aller voir Sir Maximilian ce mois-ci?

– Non, il est en voyage avec sa femme. Je dois quand même accompagner Rose à Vienne vers la fin du mois.

– Nous fêterons donc tes trente-trois ans le jour de ton anniversaire, déclara Megan. C'est d'ailleurs la date la mieux appropriée.

31

– B^{ON} anniversaire, Laura! s'écrièrent joyeusement les convives en levant leurs flûtes de Dom-Pérignon.

– Merci à tous, dit Laura en souriant. Et merci bonne-maman pour ce délicieux dîner.

– Tout le plaisir était pour moi, ma chérie. Et maintenant, déclara Megan en se levant, allons au salon. Il est grand temps d'ouvrir tes cadeaux, Laura.

– Oh, oui! renchérit Natacha en se levant d'un bond. Viens Laura, viens papa!

Ne voulant pas s'attarder près de Philippe, Laura courut au salon en tenant la main de Natacha. Dès l'instant où elle l'avait vu arriver chez sa grand-mère, elle s'était sentie atteinte d'un curieux malaise. Sa présence était une surprise. Elle ne s'attendait absolument pas à ce qu'il arrive en avion d'Atlanta pour son dîner d'anniversaire. Qu'il en ait fait l'effort la touchait et lui faisait plaisir, en un sens, alors que sa raison lui disait le contraire. A la réflexion, elle ne devrait même pas y attacher d'importance. On était vendredi soir, ce n'était ni la première ni la dernière fois qu'il venait à New York passer le week-end avec sa fille.

Natacha l'entraîna au bout de la pièce et la fit asseoir d'autorité sur un canapé :

– Reste ici, Laura. C'est moi qui t'apporterai tes cadeaux.

Laura obéit en souriant. Megan et Rose entrèrent à leur tour, escortées par Philippe. Une fois qu'elles eurent pris place, il alla s'accouder à la cheminée d'où il embrassait toute la scène d'un coup d'œil. Il espéra que son cadeau, déniché chez un antiquaire de New York la semaine précédente, plairait à Laura, car il n'en était soudain plus aussi sûr que quand il l'avait acheté.

Malgré lui, son regard était attiré par elle comme il l'était à chaque fois qu'ils se trouvaient dans la même pièce. Pour lui, elle était la plus belle femme au monde, autant, sinon davantage, moralement que physiquement. Elle était douée à la fois d'intégrité, de compréhension et de compassion. Il n'en existait pas beaucoup d'autres comme elle. Du moins n'en avait-il jamais rencontré.

Oui, il aimait Laura. Il l'aimait depuis des mois, peut-être même davantage s'il voulait être tout à fait franc avec lui-même. En cette froide journée de décembre, presque deux ans auparavant, il aurait voulu prolonger leur rencontre au musée d'Orsay; mais l'arrivée de sa mère avait interrompu leur conversation et il avait dû quitter Laura sans savoir s'il la reverrait un jour. Il se demandait maintenant comment infléchir leurs rapports dans le sens qu'il espérait. Ferait-il une tentative pendant le week-end? Sinon, il devrait attendre d'être revenu s'installer à New York. C'était encore si lointain... Il contenait mal son impatience de vivre dans la même ville qu'elle, de respirer le même air, de la voir tous les jours.

L'exclamation joyeuse de Laura le détourna de sa rêverie :

— Merci, Rose, merci mille fois! Ce livre sur Renoir est une merveille!

Elle se leva pour aller embrasser Rose et regagna sa place.

— Ce cadeau-ci est celui de bonne-maman Megan, annonça Natacha avec la componction d'un maître de cérémonie.

Laura se hâta de défaire l'emballage et découvrit un écrin en maroquin marqué par les stigmates de l'âge, contenant un anneau d'or serti de brillants qu'elle passa à son doigt.

— Merci, bonne-maman! s'écria-t-elle en l'embrassant.
Cette bague est superbe. Elle me va si bien qu'on la dirait
faite à ma taille.

— Ton grand-père me l'avait offerte il y a bien longtemps,
ma chérie. Je n'avais même pas ton âge, mais j'étais sûre
qu'elle t'irait.

— Et celui-ci, c'est le mien! annonça Natacha en tendant
à Laura une boîte en carton longue et plate.

Laura en sortit une écharpe de soie blanche ornée de
pivoines roses peintes à la main.

— C'est ravissant Natacha! Merci, ma chérie.

— Je l'ai peinte moi-même, répondit-elle en lui rendant
son baiser. Et maintenant, le dernier cadeau, celui de papa.

Laura leva les yeux vers Philippe, toujours debout accoudé
à la cheminée, qui se sentit tout à coup gêné et mal à l'aise.

— J'espère qu'il vous plaira, bredouilla-t-il.

— J'en suis certaine, Philippe, répondit Laura en
dénouant le ruban avec soin.

Une fois encore, elle découvrit un écrin ancien dont elle
souleva le couvercle avec curiosité. Un camée monté en
broche, un des plus beaux qu'elle eut jamais vus, reposait sur
le velours bleu nuit.

— Oh! Philippe, quelle merveille!

Elle se leva, traversa le salon à pas lents, comme si elle
hésitait, et lui effleura la joue d'un baiser.

— Merci, Philippe, dit-elle, le visage soudain empourpré.

— Je savais qu'il manquait quelque chose! s'écria Natacha.
La musique. On ne peut pas avoir une fête sans musique.
J'en ai pour une minute.

Elle courut vers la porte en fredonnant un air joyeux.

— C'est un vrai tourbillon par moments, cette petite,
observa Megan. Mais je devais être pire qu'elle à son âge.
Laura, laisse-moi donc admirer le cadeau de Philippe.

Laura s'exécuta de bonne grâce, montra ensuite le bijou
à Rose. Quand elles se furent toutes deux extasiées sur la

beauté du camée, Laura remercia à nouveau Philippe, qui se borna à sourire.

Natacha revint à ce moment-là, précédée par les accents d'un air de danse à la mode.

— Voilà! déclara-t-elle d'un air satisfait. C'est mieux comme cela, n'est-ce pas? Cette musique vous plaît, bonne-maman Megan?

— Beaucoup, ma chérie. Ton choix est parfait.

Natacha alla alors rejoindre son père près de la cheminée.

— Tu devrais inviter Laura à danser, papa, lui souffla-t-elle à l'oreille. Tu ne peux pas faire autrement, c'est son anniversaire.

Philippe lança à sa fille un regard perplexe.

— Tu crois? Et où allons-nous danser? Il n'y a pas de place.

— Si, dans le vestibule.

Philippe hésita. Natacha lui prit le bras, fit mine de l'entraîner :

— Vas-y, papa! ordonna-t-elle. Au moins, sois poli.

Cette fois, Philippe se laissa convaincre. Il traversa le salon vers le canapé où Laura était assise et s'inclina devant elle.

— Puisque c'est votre anniversaire et que la musique joue en votre honneur, dit-il avec un sourire emprunté, voulez-vous danser avec moi, Laura?

— Volontiers, Philippe, répondit-elle après une brève hésitation.

Elle le suivit dans le vaste vestibule. Philippe lui prit la main, lui encercla la taille et ils commencèrent à faire le tour du dallage de marbre... sans desserrer les dents.

Laura pouvait à peine respirer. Philippe avait les nerfs aussi tendus qu'elle, mais il parvenait à le lui dissimuler. Quand la musique cessa, il la lâcha à regret.

— Ce n'était pas si terrible, vous voyez? dit-il avec un sourire contraint en reculant d'un pas.

– Non, pas du tout, répondit-elle en s'éloignant elle aussi.

Ils retournèrent ensemble au salon, pour le trouver désert. Des voix et des rires leur parvenaient de derrière la porte close de la bibliothèque. Ils se regardaient, interloqués, sans savoir que faire quand un autre disque débuta. Une ballade romantique dont les échos résonnaient dans l'appartement.

– Pensez-vous comme moi que nous sommes les victimes d'un complot? demanda Philippe en souriant franchement.

– Je ne me considère pas du tout comme une victime, répondit Laura. Et vous?

– Moi non plus.

Il lui reprit la main, l'entraîna à nouveau vers le vestibule... dont les lumières, comme par miracle, étaient assourdies.

Au milieu du dallage de marbre, ils restèrent face à face, les yeux dans les yeux, sans pouvoir se détourner. Puis, presque malgré lui, Philippe fit un pas vers Laura et la prit dans ses bras. Elle se serra contre lui, leurs lèvres s'effleurèrent, se joignirent. En une fraction de seconde, leur baiser se fit passionné, exigeant.

Lorsqu'ils s'écartèrent l'un de l'autre un long moment plus tard, Philippe caressa avec une douceur infinie la joue de Laura.

– Oserai-je espérer que vous éprouvez les mêmes sentiments que moi, Laura? demanda-t-il à mi-voix.

– Oui, je crois. Mais quels sentiments éprouvez-vous, Philippe?

– Je suis amoureux de toi, Laura. Je t'aime comme un fou.

– Alors, dit-elle en revenant se blottir dans ses bras, les sentiments que tu éprouves sont bien les mêmes que les miens. Et j'ai la nette impression que je les éprouverai toute ma vie.

– Tu te trompes, mon amour, murmura-t-il, les lèvres contre ses cheveux. Il fallait dire toute *notre* vie.

Cet ouvrage a été achevé d'imprimer
sur Roto-Page
par l'Imprimerie Floch
à Mayenne
pour le compte de France Loisirs
en mai 2000

Cet ouvrage est imprimé
sur du papier sans bois et sans acide.

N° d'édition : 33505. N° d'impression : 48696
Dépôt légal : mai 2000
(Imprimé en France)